凤凰枝文丛

读史杂评

孟彦弘 著

凤凰枝文丛／孟彦弘 朱玉麒 主编

凤凰出版社

图书在版编目（CIP）数据

读史杂评 / 孟彦弘著. -- 南京 : 凤凰出版社,
2020.6
（凤凰枝文丛 / 孟彦弘, 朱玉麒主编）
ISBN 978-7-5506-3189-2

Ⅰ. ①读… Ⅱ. ①孟… Ⅲ. ①随笔—作品集—中国—当代 Ⅳ. ①I267.1

中国版本图书馆CIP数据核字(2020)第070982号

书　　名　读史杂评
著　　者　孟彦弘
责任编辑　韩凤冉
书籍设计　徐　慧
出版发行　凤凰出版社(原江苏古籍出版社)
　　　　　发行部电话025-83223462
出版社地址　南京市中央路165号,邮编:210009
出版社网址　http://www.fhcbs.com
照　　排　凤凰零距离数字印前中心
印　　刷　苏州市越洋印刷有限公司
　　　　　苏州市吴中区南官渡路20号　邮编:215104
开　　本　880毫米×1230毫米　1/32
印　　张　10.25
字　　数　189千字
版　　次　2020年6月第1版　2020年6月第1次印刷
标准书号　ISBN 978-7-5506-3189-2
定　　价　68.00元
　　　　　(本书凡印装错误可向承印厂调换,电话:0512-68180638)

孟彦弘

1966年生，山西省襄垣县人。先后求学于中国人民大学、首都师范大学历史系，历史学博士，现任中国社会科学院历史研究所研究员，主要从事隋唐史、历史文献等研究工作。著有《出土文献与古文献研究》《不够专业》等。

弁 言

“凤凰台上凤凰游”，是李白《登金陵凤凰台》之诗句，昔年我江苏古籍出版社立足南京、弘扬文史，而更名所由也。

“碧梧栖老凤凰枝”，是杜甫《秋兴八首》所吟咏，今日我凤凰出版社为学林添设新枝，而命名所自也。

30多年来，凤凰出版社围绕中华传统优秀文化，彰显传承文明、传播文化、服务大众、贡献学术的出版理念，坚持以整理出版中国文、史、哲古籍及其研究著作为主的专业化方向，蒙学界旧雨新知之厚爱、扶持，渐已长成“碧梧”，招引了学界“凤凰”翩然来栖。箫韶九成，凤翥凰翔！嘤其鸣矣，求其友声！

“凤凰枝文丛”是本社与学界同人共同打造之文史园地，除学术研究论文外，举凡学人往事、经典品评、学术札记之文化随笔，旧学新知，无所不包。是作者出诸性情而诗意栖息之地，读者信手撷取而涵泳徜徉之处。

“凤凰鸣矣，于彼高冈。梧桐生矣，于彼朝阳。”

愿“凤凰枝文丛”成为我们共同的文化家园。

2019.5.22

自序

周保松先生曾在新浪实名认证的微博上发过一个帖子。他引用他一位老师的话，说治学有三个阶段：开始，觉得别人都行，就是自己不行；随后，是觉得别人都不行，就是自己行；最后，才明白，其实大家都不行。大家都不行，但不要相互瞧不起，而要相互鼓励、砥砺前行，争取共同为学术的进步尽可能做些有价值的工作。

我转发时，写了个跟帖，也就此发了些议论。我觉得，要推动学术的进步，就得进行学术批评。我们批评别人，不是说自己行、别人不行，而是要提醒同行者，我们都不行，所以须格外努力。人性是恶的，印成铅字，发表了若干篇文字，甚至能堆成一堆，就难以自制地飘飘然起来。这时，需要听到同行的严厉斥责，让自己清醒一点。放到学术史来看，我们还差得很远。发表印行的那一堆东西，也许留不下什么。既不用把别人太当回事，也不用把自己太当回事。

批评，才能促进学术进步。但批评，常是吃力不讨好。人家再版时删改了，即成无的之矢。我的批评，没有做到站得高、看得远，都是琐碎的。对学科的发展，既无引领的作用，也没有多少建设性。如果说有些意义，那就是提醒研究者，史学研究要重视材料；可这又算什么意义呢？

2012年吧，在已经关张的"往复论坛"上，我曾与中国台湾的一位同人就研究生撰写书评事，发生过一次小争论。他说：

我都不赞成我的唐史研究生去写书评。我想现在的研究生也都挺聪明，都会洁身自爱，不会去写什么学术书评，吃力不讨好，还要忍受像我这种"反对者"的"白眼"（阮籍式的"白眼"，呵呵），顶多逞一时之快，但很容易得罪人，未步入学界已经树立了敌人，搞不好对他未来的留洋学习、求职和升迁等，可能都会有影响（我看过这样的例子）。这样，花精力去"培养写书评的能力"，又有何用？不如学明眼的 La Mer，只写论文，还可加分升等。台湾书评不可用来升等（不论多长篇），不知大陆可不可以？

我觉得这位先生的看法，实在迹近市侩。于是发了以下一段议论：

我对书评的认识，与L先生不同。这主要是因为我喜欢对论著说三道四，而在胡说时，从未想到行辈的问题。读L先生帖，让我想起大学读原始社会的所谓行辈婚。于婚姻的变化，行辈婚对乱婚而言是进步，但于学术批评而言，我看“乱”一点，挺好。

一、学术是公器。论著一经出版，就不能也不应限制人们的评论。

二、著作的好坏，与书评无关。差的著作，书评拔也拔不高（也不会因为无人指摘，它就会变成好书）；反之，书评也不会遮蔽其光辉。无论著作还是书评，都是给学术界看的，都是学术积累的一部分，都是要对学术负责的。书评胡说八道，只是让学术界看到书评者的浅薄，但不能因此就对书评者设“准入门槛”。

三、L先生给自己学生设规矩，别人管不着。但建议杂志不发研究生所撰书评，我看杂志也未必都会听从L先生的良言苦劝。如果我负责杂志，我不会听。

四、书评像文章一样，我们只需审查它的水平，不必管它的作者。蛋好吃就行，不必找那只鸡。

五、就像我们不能保证每个出版社出版的每本著作、每个杂志所刊发的每篇文章都很优秀一样，我们也不能苛求每个刊物发表的书评都很优秀。不能因此就给杂志刊发书评人为地设置种种限制。

六、对某篇书评的评价，就像对某本书的评价一样，都会有不同认识。L先生认为《唐研究》的一些书评不尽如人意，这就像也有学者对L先生的著作有非议一样，是正常现象。这是学术自由、学术交流、学术争鸣的一组分。

我个人建议研究生多写书评。理由，正如荣新江先生所言，研究生，特别是博士研究生，选题做学位论文，肯定要对学术史进行梳理，对相关史料进行收集、排比、鉴别；在此基础上，对该课题在学术史上重要的论著，加以评议，对学术的发展是有益处的。当然，即使花了大功夫，写出的书评也未必到位。但这正如一位资深教授的论著，也未必篇篇都好、本本都强一样，不必因此而规定研究生不得写书评。

这很可以代表我对书评的一些看法。其实，批评或商榷，主要并不是给对方看的，而是给学术界同行看的。批评得不对、评论不到点子上，只会暴露批评者的无知、无识。论著的光芒不仅不会因此而被遮蔽，贡献和水平反能藉此得到彰显。你的东西一团糟，没人批评，也并不意味着那团糟糕的东西会变成菁华。论著的质量，跟批评没有关系。所以，不要太把批评当回事。当然，听到批评，产生不快，是再正常不过的生理反应。但也要想想，人家公开不说，难道背后也不会说？即使修养好，背后也不说，难道大家真的都没有看出你的问题、心里就没话可说？批评，是面镜子，正可藉此反省。一辈子把太行山念成“代形山”，总不是好事。

中华书局点校本廿四史在学术界具有广泛的影响力。我因缘际会，跟随吴玉贵先生，参加了《隋书》的点校修订工作。此书面世后，2019年3月9日中华书局和复旦文史研究院举行了出版座谈会；承主办方安排，我作了发言。会后，《南方周末》王华震和《光明日报》杜羽两位记者又先后对我作了访谈。我按他们给出的问题，作了答复。2019年4月11日《光明日报》刊发了《十年“磨”一书　点校本〈隋书〉修订本问世》，4月25日《南方周末》刊发了《二十四史的点校、修订和等待》。杜羽君的访谈内容，更多与点校工作有关，而这些内容，我大多已在出版座谈会的发言中涉及了；今仅收录王华震君与我的问答。他是分两次提问的，此处作了归并。

主持《南方周末》副刊的刘小磊兄常常帮我发表小文，同时也会约我写些读书录之类的文字，就是给大家汇报一下，我这一年主要读了些什么书、觉得什么书比较有趣。我的专业就是读书，但介绍专业书，对一般阅读来说，意思不大，所以总是赖着不交作业。我平常乱翻的书多是日记、回忆录之类，所以偶然介绍，也多半是这类书。最后一篇，是自我推销；尽管我很卖力，但遗憾的是，该书迄今未曾重印。

古人云“悔其少作”。我第一篇学术论文发表，是1995年；本书所收，绝大多数都是进入新世纪之后写的。

照古人的平均年龄，我这个年纪，人生已过半矣；不属少作，可以不必悔了。我创新能力很低，于收拾旧日文字，却犹对昔日情人，热情甚高，毫无厌弃之意；读着往日的议论，也并无过时之感。这也在在证明，我确无寸进，虽略感惭愧，想到这是能力问题，与态度无关，顿觉释然。

各文收入本书，只作了一些技术上的改动，如尽可能采用了随文注。内容方面，如有说明处，则用“编校按”作了标识。

小书得以面世，全赖凤凰出版社及其主事者倪培翔先生的厚爱和朱玉麒兄的关照。谨致深深的谢意。

二〇一九年五月于新都槐荫室

目录

研究平议

抉隐探微　发掘真相

——读《六至九世纪中国政治史》

黄永年先生是著名的古籍版本和文献学家，也是研究唐史卓有成绩的学者，同时还精于篆刻。他治学勤奋，在许多领域都有建树，但由于被划为“右派”以及随之而来的“文革”，他的研究成果绝大多数是在他年过半百的上世纪八十年代以后刊布的。近来，前后结集出版了《文史探微》（中华书局，2000）、《文史存稿》（三秦出版社，2004）、《古籍整理概论》（上海书店出版社，2001；初刊1985）、《唐史史料学》（上海书店出版社，2002；初刊1989）、《古文献学四讲》（鹭江出版社，2003）等。《六至九世纪中国政治史》（上海书店出版社，2004）是他在一系列相关专题研究论文的基础上，撰写的一部系统讨论北齐、北周至中唐政治发展演变的一部著作。

本书共分十五章，以这一时期的政治史为线索，围绕旧史记载的歧误和前人的研究成说，抉隐探微，发掘真相，

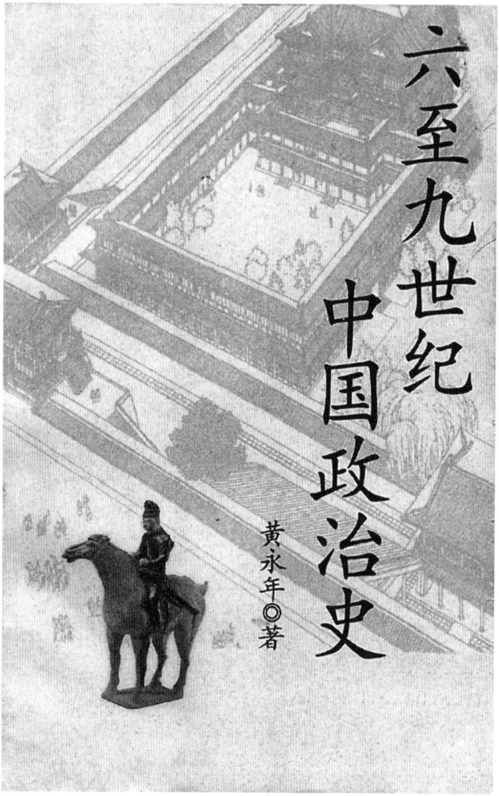

《六至九世纪中国政治史》，黄永年著，上海书店出版社，2004年

提出了自己的认识。第一章“北齐政治斗争的真相”要解决的是这一时期的第一件重大政治事件，即北周吞并北齐，统一北方。在作者看来，北周的文化要远逊于北齐，但却将北齐吞并了；北齐内部的政治斗争，不是像许多学者所认为的那样是民族矛盾，而应该是武人与文人之争。北周吞并北齐不久，北周的外戚杨坚就发动宫廷政变，建立了隋朝。

关于隋及唐初的政治，陈寅恪先生在《唐代政治史述论稿》中揭出了“关陇集团”。他认为从北周统一北方、隋统一全国直至武则天控制政权，其间宰制政局的是所谓“关陇集团”，即原来北周的统治集团（军事贵族）及其后裔，其政治文化特点是胡汉融合、文武合一。所以在隋及唐前期，统治集团内部存在着关中与关东的对抗。武则天是关东人，她在掌控政局后，就采取种种措施拔擢山东人，从而打破了关陇集团对政坛的垄断。陈寅恪的这种分析，不是对具体政治事件的抉发真相，或探究某一事件的因果，而是将一系列政治现象进行了通盘的考虑，并抽象、归纳出一个概念来加以分析的。对政治史作这样的研究，无疑具有方法论的意义。黄永年先生在本书第二章“关陇集团始末”中，对陈寅恪的这一认识进行了修正，认为关陇集团开始解体于隋初、消失于唐初，而不是迟至武则天时期。与“关陇集团”密切相关的，就是府兵制。黄先生认为府兵制的破坏不是由均田制的破坏导致的，而是由兵农合一所致。对这一兵制发展史上的一些关键问题，他也提出了不同于陈寅恪的认识。

第四至第八章，讨论的是唐前期的政治史，占了全书近三分之一的篇幅。对这一时期的政治，作者首先讨论的是“玄武门之变”。日后成为唐太宗的李世民就是在这次宫廷政变中，杀死了兄、弟，逼其父给自己让出了帝位。陈寅恪先生认为，李世民之所以能成功地策划并实现政变，主要是他收买了镇守玄武门的禁军首领。黄先生则认为早在开国之初，李世民就已与其父唐高祖李渊产生了权力矛盾；李渊杀掉李世民的得力谋士刘文静，正是为了遏制世民势力的膨胀。李世民一直图谋夺取帝位，与时为太子的李建成的矛盾也日益尖锐。就在李渊约建成、世民兄弟同时入宫，以处理矛盾时，李世民出其不意，带人在太子必经之处玄武门进行狙击，杀死了太子及其弟李元吉，随之进入宫中，劫持了其父李渊，并迫使其退位。

李世民临死时，命长孙无忌、褚遂良等为顾命大臣，辅佐其子李治即位，是为唐高宗。高宗上台，自然不会听命于顾命大臣，于是他与这批顾命大臣产生矛盾就是必然之事了。黄先生认为在这场斗争中，武则天还未拥有能发挥作用的实力和能力；而在武则天被立为皇后、参与政治之后，所起用的人也没有十分明显的地域背景。换言之，黄先生并不认为存在陈寅恪所指出的关东与关中之争。同时，黄先生还立专节（第五章第五节），围绕武则天是否得到人民拥护，是否杀人过多、任用酷吏、拔擢人才、文化贡献，是否出生于利州（今四川广元）等问题，对郭沫若的武则天研究，做了全面商榷和反驳。

从武则天上台到唐玄宗上台，是唐代政治最为动荡的时期。武则天称帝，建立周。她在由谁来继承她所创立的周的帝位的问题上，陷入了两难。从血缘上说，当然是母子情深；但她的儿子，却是李唐的血脉。将帝位传给她儿子，就等于断送了周朝。为保住武姓的天下，她只能将帝位传给她的侄子，但侄子毕竟不是儿子，当时就有大臣对她说，没有人见过在宗庙中侄子祭祀姑姑的。虽然她在传位的问题上有种种犹疑，但她在政治上，却一直通过通婚等种种措施竭力将李唐宗室与她的武氏宗亲融合在一起。武则天晚年，张柬之等五位大臣发动政变，拥其子即帝位，恢复唐的国号，是为唐中宗。但武氏势力并未因此而退出政坛，中宗之女安乐公主嫁的正是武则天的侄孙，而韦后又与武则天之侄武三思异常亲密。此时，中宗皇后韦后及其女安乐公主都参预政治，韦后甚至有效法武则天的想法。史书中记载中宗就是被韦后谋杀的，黄先生否认了这种说法（212 页）。中宗死后，其弟相王李旦、其妹太平公主发动政变，诛杀韦后及安乐公主，拥相王即帝位，是为唐睿宗。太平公主是武则天的女儿，后又嫁给了武则天的从父孙。唐睿宗时期，其子李隆基（即日后的唐玄宗）又与其妹（李隆基的姑姑）太平公主发生权力之争，最后李隆基将其姑姑杀死，才完全控制了政权，历史进入了史称“开元盛世”的稳定时期，直到玄宗晚年，发生“安史之乱”。在玄宗时期，宦官高力士最受玄宗信任，而他最先服侍的是武三思；杨贵妃之入宫，又是由高力士经手的。

对这段历史，陈寅恪先生在《历史研究》创刊号1954年第1期发表《记“李武韦杨”婚姻集团》，首先指出了李唐宗室、武氏后人、韦后、杨贵妃是控制这一时期政坛的四股力量，使我们得以透过这些纷乱如麻的宫廷政变表象，第一次看到了它后面存在着的操控力量。黄先生却未止于此，而是在此基础上，又提出了自己的认识。他认为韦后和杨贵妃没有参与控制朝政的实力；在唐玄宗以前，控制朝政的是李武两股势力，即“李武政权”。至于唐玄宗时期，他认为形成了以高力士为代表的内廷和以宰相李林甫为代表的外朝；内廷与外朝的矛盾才是这一时期政治史的主线。在这个时期，宦官已经控制了禁军，而不是像传统所认为的，要到了安史之乱以后。安史之乱爆发，玄宗仓皇出逃，至马嵬驿时，禁军发动政变，杀死了宰相杨国忠，逼令杨贵妃自尽。而操纵这场政变的是宦官高力士，这仍然是内廷与外朝斗争的继续。

安史之乱是唐朝历史的转折点。第九至十一章就是围绕这一重大事件展开的。安史的老巢是范阳，第九章主要对范阳节度使的设立，以及它所要防备的奚、契丹（所谓“两蕃”）的情况做了说明。第十章讨论了安史之乱发生的背景及其过程。在背景分析中，特别指出了安史之乱前西北和东北两大军事集团之间的矛盾，以及府兵制破坏后边境屯驻重兵而内地却缺乏足够的力量对它进行牵制和平衡。马嵬兵变后，玄宗逃到了剑南（今四川），时为太子的肃宗则乘机脱离玄宗的控制，北上灵武（今宁夏境内）即位称帝。肃宗在位期间虽然没有能彻底平定安史之乱，但毕竟收复了两京（长安和洛阳），并将其父玄宗接回长安，予以严密监控。在肃宗病死前夕，唐玄宗也突然死去。黄先生认为这是肃宗所任用的宦官李辅国因担心肃宗病死，作为太上皇的玄宗可能会复辟而将玄宗杀死的。肃宗死后，李辅国杀死肃宗皇后张氏，迎立太子即位，是为代宗。代宗则利用宦官程元振杀死了跋扈的李辅国，内朝由宦官鱼朝恩所控制；后代宗又利用宰相元载的力量，除去了鱼朝恩。作者认为“在很大程度上反映了外朝宰臣与内廷宦官之争”。除去鱼朝恩之后，“自此大权完全归皇帝所掌握，中枢政局出现了短期的稳定”（369 页）。

代宗死后，德宗即位。他采取的第一项重大措施，就是施行两税法。在作者看来，两税法的政治意义就是限制地方的财权，因为在安史之乱发生后，中央对地方的控制力大为削弱了（见第十二章）。同时，德宗还开始用兵藩镇，打击对中央跋扈的控制着河北的原安史旧部，以及山南东道和淮西。当战事陷入胶着时，中央调动驻守于关中的泾原之师前往援助；不料这批奉调的军人在途经长安时，竟然因犒劳不如意而发动了兵变，史称“泾师之变”。中央不得不将前线的部队调回关中平定叛乱，从而“提前”结束了对跋扈藩镇的攻讨。原本在前线作战的朔方军统帅李怀光得知关中兵变、德宗被迫出逃的消息后，马上回师救驾。就是这位扈驾有功的李怀光，不久自己却又起而反叛。黄先生对这两起事件做了分析，特别是围绕神策军的成立及其作用，指出李怀光之变是中央直属部队神策军的统帅李晟排挤、打压地方部队的结果（见第十三章）。这些内容，仍然可以被视作对安史之乱研究的继续。

安史之乱以后的政治史，本书主要讨论了两个问题：顺宗在位不到一年的时间内发生的所谓“永贞革新”（第十四章），以及宪宗之死（第十五章）。关于永贞革新的问题，主要针对学界一度流行的看法，如士庶之争、反藩镇反宦官等，进行了驳难。宪宗死于宫廷政变，而政变的主谋就是登上帝位的穆宗。

以上是我对本书的主要内容及其内在逻辑的把握，当然这种把握和认识未必准确，所作的归纳和总结也未必妥当。我认为黄先生对许多问题的研究都有推进，比如将陈寅恪提出的“李武韦杨婚姻集团”修正为“李武政权”，就非常有道理，是可以信从的。再如对神策军的分析，指出“由于对朔方军等地方势力不够信任，需要另行组建中央直属的嫡系部队”（418页），就揭示了神策军设置的政治本质。这不仅有助于理解李怀光之变，而且对我们认识唐后期的藩镇与中央的关系有重要意义。类似研究，可谓精义纷呈。由此，我们还可以发现黄先生研究政治史的一些特点。

首先，他十分重视对历史真相的抉发。比如，对玄武门之变的过程、对武则天在高宗与顾命大臣之争中的作用、对韦后及杨贵妃在当日政治中的地位、对马嵬之变的主谋、对李怀光之变原因，等等，都无一不是对真相的探寻。一些章节的题目更是直接点出了“真相”“揭秘”“真实面貌”“本来面目”“之谜”等。只有在弄清具体事件的真相的基础上，我们才可能进一步寻求事件之间的联系、因果和意义。

其次，他对政治史的分析，主要是从统治集团内部（或上层统治者）的矛盾斗争着手的。北齐内部的文武之争、唐初李世民与其父及其兄的斗争、高宗与顾命大臣之争，武则天控制政权后形成的“李武政权”、唐玄宗时期的内廷和外朝之争、安史之乱发生后玄宗与肃宗之争、安史之乱前夕西北和东北两个军事集团之争、李怀光之变中的中央部队与地方部队之争，等等。这也是传统政治史分析的主要方法。发现了这些矛盾斗争，我们才能更好地理解当时出现的种种政治现象。当然，作为后辈学者，我们应在此基础之上，进一步拓宽视野，因为这种内部斗争虽然是古代政治史的主要内容，但却未必是古代政治史发展最重要乃至唯一的线索。我们应当努力挖掘政治斗争与当时整个社会状况的有机联系，致力于从多种角度、在多个层面上发现更多的理解历史发展演变的线索，以期于能更深入地理解和认识政治史。

第三，由于黄先生在版本目录学和古籍校勘方面有很深的造诣，所以在对一些不同记载进行辨析时，多能从版本流传方面校正记载的歧误。比如对《北齐书·恩倖传》“生民免夫被发左衽”一句中“免夫”应作“厄夫”的辨析（49—50页）；再如利用版本、文献的学问对《辛公平上仙》所作的分析（469—472页），都十分精彩。

第四，通观全书，许多重要问题的讨论，都有明确的针对性，或者是针对旧史的记载和认识，或者是针对现代学者的研究成果，有些论述甚至主要是以驳难为中心来展开的。这在目前的学术界是较为少见的。这样的写法，能让读者更容易明白学术史的脉络，但有时又容易让人只记住了驳难，而忽视了驳难之后的立论。

本书是在若干专题论文的基础上撰成的。将原来属于单篇论文汇入一部有内在联系的著作中，有时也会出现一些问题。比如第一章“北齐政治斗争的真相”，作者认为北齐的政治斗争不是民族矛盾，而是文人与武人之争。作为单篇论文，这是很有新意的见解。但是，第二章又谈到了西魏、北周文化落后于东魏、北齐，随之又特别指出了落后一方消灭先进一方是历史上很正常的现象。我们知道，在文明者与野蛮者的对峙中，并非文明者必然要被野蛮者所消灭，因此，这仍然无法让我们理解为什么是北周灭了北齐而不是相反。如果不解决这个问题，第一章和第二章之间就失去了桥梁；换言之，第一章在本书中就失去了意义。有的章节所讨论的问题，与政治史虽有关，但却并不密切，似乎不必收入本书，比如第三章“府兵的兴衰”。陈寅恪分析府兵的分布（大多数折冲府设于关中），是为了说明“关中本位政策”；黄先生此处的辨析则是府兵制度本身。类似的情况还有第十二章“两税法的实施”，其中对许多细节的辨析都十分精彩，但多系税法本身。与此相关，全书重在于“点”的辨析，而发展线索则时断时续。照陈寅恪的理解，直到武天控制政权之前，始终是“关陇集团”在控制着政局。黄先生提出该集团在唐初已消失，则唐初的政治发展线索就变为：高祖时主要是高祖、太子与李世民的矛盾，高宗时主要是高宗与顾命大臣之间的矛盾，那么太宗时期的政治与前后这两个时期的政治如何衔接？从武则天控制政权到唐玄宗上台，是“李武政权”；玄宗、肃宗、代宗时期主要是内外朝的矛盾，而对随后的德宗、顺宗、宪宗、穆宗、敬宗，即从公元780到826年近半个世纪的政治史，黄先生只讨论了两税法、泾师之变、李怀光之变、永贞革新、宪宗之死这几个事件，但这几个事件之间似乎缺乏有机联系，还不能连成政治史发展的完整线索。

在古代史书中，有关政治史的记载最为丰富、集中而详赡。这对研究者来说，既有利又有弊。利是收集史料较为容易，弊至少表现在两个方面。一是政治史涉及当时政治参与者的利益和形象，相关记载最容易为人所篡改甚至伪造，所以辨析史料的可靠程度就比研究其他专题更为重要——黄先生对此非常重视，比如，李唐在建国过程中，李渊的作用超过了李世民，但在李世民通过政变夺得帝位后，在史书编纂中，有意识地抬高他自己在李唐建国中的作用。黄先生认为关于此事最可信据的记载是《大唐创业起居注》（见第四章）。再如在代宗即位的问题上，他认为《肃宗实录》（《资治通鉴考异》引）不如《旧唐书》中的“张皇后传”“代宗纪”可信（365—366 页）等。二是不好把握叙述的程度。史书的记载既然已经比较详明，那么我们在研究论著中就要注意尽量减少对过程的叙述。就本书而言，史料征引繁富，但大段大段乃至整页整页征引史料的情况较多，似嫌过于详细。比如出现“二圣”格局后武则天的政治举措，几乎全引史书（179—180 页）；再如在谈到范阳节度使的作用时，连续征引史料达两页之多（302—304 页）。因为本书毕竟不是教科书，不必事事详其过程，即使要对过程进行分析，也可边叙述边分析，只需注明这一叙述所依据的史料即可。

对一些具体问题，我对黄先生的分析仍有保留。比如“关陇集团”，黄先生认为它在隋初开始解体、唐初已消失，并对这一时期重要的政治人物用籍贯和文武合一这两项标准逐一进行了排查（参第二章第五、六节）。我认为这一分析方法欠妥当。首先，在古代政治史上，对政局的实际控制力，并不主要是由人数多少来决定的，而某个人物的政治影响力，也不完全是由其官位决定的。其次，“关陇集团”的意义，是揭示了一个割据于一地的政权在统一全国后，本应全国化，而控制政权的人却不愿“开放”政权，仍然想继续由该地区的人垄断政权。因此，陈寅恪在使用这一概念时虽然使用了“文武合一”这样的定语，但我们在理解这一问题时，对此应作修正，应该认识到这一概念的核心价值是地域性，而不是它的文化性。黄先生根据某人并不是文武合一，即使他是关陇人，也将其排除出关陇集团之外，是不妥的。用这样的方法来论证，还难以服人。再如，对李林甫的长期任相，黄先生从内外朝的关系来解释，我则认为这是唐玄宗竭力防范太子所致，而将玄、肃、代三朝政治史的主线归纳为内外朝的斗争，似乎也将当时的政治简单化了。

从总体上说，黄先生对六至九世纪中国政治史的研究有许多新见，这对我们重新认识这一时期的政治斗争多有益处。但本书重点在于对具体政治事件的考辨，而对政治史演变线索的勾勒和系统解说似有所欠缺。这可能是因本书系据专题论文改写所致。当然，就政治史研究而言，作为后学，我们也应当反思这种着重于统治集团内部斗争的研究角度，和对单一政治事件的真相的抉发的局限性。

原刊《中国图书评论》2005年5期

评《剑桥中国隋唐史》

这部书是《剑桥中国史》的第三卷。

据《总编辑序》,《剑桥中国史》主要是给西方的历史读者提供一部有内容的基础性的中国史著作，虽然在具体的编写过程中，随着研究成果的增加、新的研究方法的出现以及研究领域的扩大，与原计划相比，全书的篇幅有了成倍的增加，但其基本的目的似乎并未改变。以我们正要评价的第三卷而言，它主要是以时间为序（时段的划分基本上是以皇帝为单元），大致以《资治通鉴》为线索，叙述了隋唐的政治史。从全书总体来看，这样的叙述基本上属于教科书性质，而不是研究性质。正在编写中的第四卷可能将主要论述隋唐时期的制度、社会经济、宗教、民族以及对外关系等种种专题（如本书第四章叙述“和佛教僧徒的关系”时，作者出注说“详情可参考《剑桥中国史》第 4 卷中 S. 温斯坦所写的一章”。216 页）。这种编排方

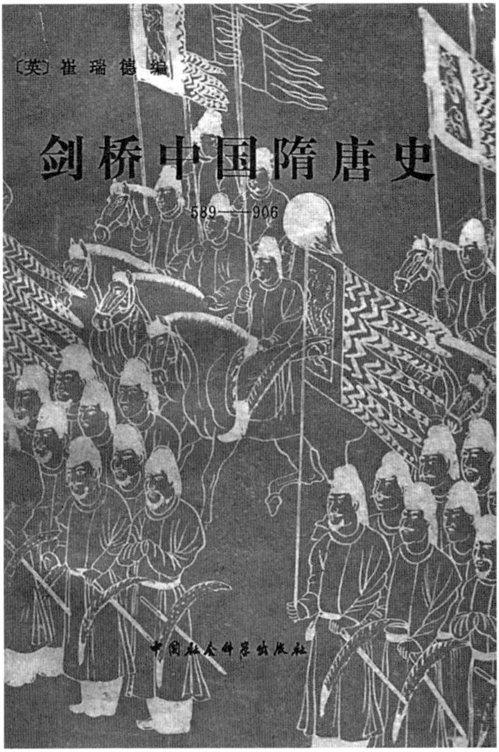

《剑桥中国隋唐史(589—906)》,[英]崔瑞德编,中国社会科学出版社,1990年

式，与吕思勉先生所编撰的四部断代史（《先秦史》《秦汉史》《两晋南北朝史》《隋唐五代史》）的体例十分相似，而我们目前坊间所流行的教科书大多采用的，则是先划分时期，然后再在每个时期之内叙述其政治、制度、经济等状况，文化部分被置于全书之末，统一介绍。两者相比，我以为前者更为可取。

面对这部二十年以前西方学者编写的教科书式的隋唐政治史，我们觉得实在难以置评。作为教科书，它主要是对学界已有的研究成果的综合和吸收（当然也包括执笔者的成果）；他们编写时所能参考的也只能是二十年前的研究成果。用这二十年来的学术研究的进展作坐标来品评这部二十年前的著作，不仅有苛责之嫌，也实在没有多大意义。

但这只是从整体上来说的。它对我们今天的研究，也并非毫无参考价值。由于书出众手，写作水平有参差是自然的。全书共十章，第一章“导言”属于概观性的东西；第二章至第七章分别叙述了隋朝、唐高祖、唐太宗、唐高宗、武后·中宗和睿宗、唐玄宗时期的政治史；第八章“中唐和晚唐的宫廷和地方”，是围绕唐后期中央与藩镇的关系展开的讨论；第九章“晚唐的宫廷政治”，主要叙述的是唐后期（宣宗以前）的中央政治，但其第一节“安禄山之乱及其后果”与第八章多所重复，而其深度却又远远不及。第十章“唐朝之灭亡”是懿宗以后的政治史，其中心是唐末的社会动乱。第七、八两章写得最有深度，已不仅仅是对政治史事的梳理和叙述了。

许多学者都将唐后期的政治史概括为藩镇、宦官、党争三项，学术界研究的重点也确实是在这三个方面。这三个问题也是本书着力比较多的方面，但颇具新意、很有启发的是关于藩镇的研究，即本书第八章。

最早人们对藩镇的认识是粗浅的，以为安史之乱以后，唐朝就进入了藩镇割据的时代，以后又进一步恶化，最终出现了五代十国的分裂局面。二十世纪六十年代，中国台湾学者王寿南先生完成《唐代藩镇与中央关系之研究》（大化书局，1978）才使我们比较清晰地认识到，在唐后期，并不是所有藩镇、在所有时期都是跋扈于中央的；换言之，藩镇对中央的跋扈有时间性和地域性。八十年代大陆学者张国刚先生发表《唐代藩镇的类型分析》（见其《唐代藩镇研究》，湖南教育出版社，1987），将唐后期的藩镇分成河朔型、中原型、边疆型、东南型四类，其中割据于中央的是河朔型。这实际上是将藩镇对中央跋扈的地域性进一步予以明确化了。但问题并不止此。除割据的河朔型方镇之外，其余各类方镇都曾有对中央跋扈的记录。这使我们认识到，不论藩镇是不是一级军镇合一的实体，它之所以能够跋扈于中央，根本原因是其拥兵；没有这一基础，它就不可能跋扈于中央。安史之乱发生以后，许多地方利用各种契机、通过各种方式拥兵；在其拥兵的条件之下，它对中央的态度，实际上反映着中央是否能够有效地控制它。因此，中央对藩镇的控制，才是藩镇与中央关系的关键：中央有能力控制之，则藩镇所拥之兵就能为中央所用，否则就极易出现跋扈于中央的局面。本书第八章的作者 C.A. 彼得森先生在认识唐后期中央与藩镇的问题时，恰恰抓住了这一关键。他将藩镇分成"自治的藩镇"和"忠于朝廷的藩镇"两大类，在叙述安史之乱以及安史之乱以后的代宗、德宗、宪宗各朝与藩镇的关系，在论述中央政府企图对藩镇进行限制的种种措施（如裴垍对赋税上缴之制的改革，将驻守于支郡之兵划归州刺史统领以削弱藩镇对军队的控制力量等）以及藩镇的文职化时，都是紧紧围绕着"控制问题"来展开的。这无疑大大深化了我们对藩镇问题的认识，因此它已不仅仅是研究视角的变化了。当然，在叙述上似乎不如第七章那样有条理。

崔瑞德在第七章关于玄宗朝政治史的叙述中，有许多值得研究者重视的观点，虽然这些观点可能囿于本书的体例而未能得到充分展开。比如，关于 710 年到 720 年间宰相构成的分析（346 页）；关于中书、门下的合并（他认为这是在 714 年至 720 年间门下侍中和中书令从未同时在职的情况所导致的。349 页）；关于李林甫财税改革的意义（政府放弃了税率、劳役以及财政管理实施细则全国一致的总原则。400 页。另参 417 页）；指出主持科举考试的机关由吏部转至礼部，是"削弱吏部控制官员出仕和他们关键的早期生涯的垄断权”（403 页）等等，都很有启发性。特别是他通过对玄宗朝宰相任用的分析，来对这一时期政治格局变化的把握，尤为精彩；比那些简单地铺陈史事，或套用现代政治学的概念所进行的简单解说，或就具体事件发表几句不痛不痒或似是而非的议论或推测要高明得多。这表明了他对当时政治理解的深度，以及对相关问题的敏锐的观察力。

大陆有关隋唐断代史的著名教科书，如岑仲勉《隋唐史》（高等教育出版社，1957）、王仲荦《隋唐五代史》（上海人民出版社，上册 1988、下册 1990），有关政治史的部分，份量都很有限，只是一种粗线条的勾勒。吕思勉《隋唐五代史》（中华书局，1959）有一半的篇幅叙述这一时期的政治史，但有关隋及唐前期的内容，侧重于开边和武功。《剑桥中国隋唐史》中的唐前期的政治史则侧重于朝廷或中央的政治格局，主要是围绕各个皇帝在位时期的执政宰相及其所面临的社会、政治问题而制定的相关政策及实施状况来展开的。这从以下章节的标题就可以很容易地看出来——第二章第二节“开国者隋文帝及其辅弼之臣”，第三节“隋代面临的大问题”；第三章第三节“（唐高祖）对内政策”；第四章第一节“太宗朝的群臣”，第三节“国内政策和改革”，第四节“旨在加强中央权力的政策”；第五章第三节“高宗的对内政策”；第七章第一节“玄宗在位初期：姚崇和宋璟”，第二节“玄宗中期”（主要内容是宇文融、张说、萧嵩和裴光庭的内阁，调和班子：裴耀卿·张九龄和李林甫等），第三节“李林甫的掌权”、第五节“杨国忠的掌权”，即玄宗晚期的政治。

本书的叙述方式也与我们国内的同类著作有很大的差异，其中最为显著的一点，就是他们采用了现代政治学和社会学的角度和概念，大量使用了诸如“社会结构”“社会精英”“公共工程”“国家利益”“政治上的机会主义”“滥用权力”“政治清除”“行政上的延续性”“方针路线”“行政质量”“人口增长和再分配”“宫廷政治”“丑闻”“行政传统”“扩张主义”等名词。这些概念以及与此相关的描述方式，有时甚至让我们感到作者给我们叙述的不是一千多年前的史事，而像是在我们身边刚刚发生的事件。对当时政治制度的认识，更充分地反映了他们所凭借的现代社会科学对他们历史认识的影响。比如，谈到隋文帝杨坚夺取北周政权后所面临的问题时，作者说：

如果隋不准备成为另一个短命的政体，如果它要发展成一个稳定有效率的政府，还有艰巨的任务有待完成，而杨坚也为之献出了他的余生。（62 页）

用政府的“稳定”与否和“行政效率”来认识政府的运作，并无不可，但一个王朝的短命与否，最重要的因素，恐怕还不是这两个方面；帝制时代的政府与政治，与三权分立和民选政府背景下的政治与政府，有本质的区别。再如对唐高宗时期的政治制度的描述和认识，他们认为：

高宗继承的是一个稳定的国家，它具有一套顺利地发挥作用的制度，一个受集权的法制约束的行政体系，其中各官署的职责都由法律作了周密的限制和规定。制订出的兵制和财政制度把中央政府的直接干涉减少到最低程度。政府主动实行的政策被严格地限定在维持秩序、处理军事任务以及管理土地制和税制等方面。事实证明，这套行政体制具有非凡的持久性，在缺乏坚强的上层直接领导时又具有明显的弹性。它经受住了高宗统治的紧张时期、武后篡权时期和她垮台后唐皇室恢复时期的考验。它的设置是为了使它能在最低限度的中央积极指导的情况下继续发挥作用。（270 页）

这恐怕是作者通过对现代政治学的理解，构筑出来的对古代的想象。政治制度有极强的沉淀性和延续性，即使是通过战争这一极端方式改朝换代之后，制度的核心内容常常并未因此而改变。政治制度的沿革演变虽然一定会受到政治的影响，但有其自身的规律或所谓内在理路。此处通过对高宗、武则天时期政治动荡的强调，以说明制度的合理性，实在欠妥。又如对使职差遣的认识。作者认为武则天上台后，努力扩大皇权而限制相权，其中一个证据就是她

“临时任命和在京师外执行长期任务的情况比以前更加频繁”（307 页）。谈到宇文融的括户时，作者认为这一行为遭到反对的真正原因，“与其说是针对重新登记，不如说是针对进行再登记时使用的非正规制度的方法”（384 页）。这两处涉及的都是使职差遣出现这一情况。使职差遣虽然是在当时的正式政府部门，即三省六部五寺九监及地方行政部门之外又临时因事设立的“职位”，而且在日后的发展中，这些职位也确实越来越重要，并使原来相当一部分正式政府部门的官位成了官员地位和待遇的标志，但是从总体上看，使职差遣在其产生、发展过程中，与原来政府部门的冲突虽然存在，却并没有如此严重。在另一处，再一次涉及这一问题时，作者说：“玄宗没有沿着更加合理的路线改进他的总的行政系统。相反，政府只是努力根据具体情况，通过任命专‘使’，一个个地处理它最紧迫的经济和政治问题。”（577 页）我们不知道作者所说的“更加合理的路线”是什么；但我们认为，与其为古人设想一种所谓合理的路线，不如将事实上已经出现的使职差遣视作唐代政府改革的一种方式。又如，对玄宗时期设置的按察使，作者认为“它在中央政府和州之间设立了一级常设的中间权力机构”，它“是一个咨询性的视察机构”，“它没有行政权和道的实际民事司法权”（402 页）。一方面说它是“中间权力机构”，另一方面又说它是“咨询性的视察机构”，两种表述似乎存在矛盾；同时，以“行政权”

和“民事司法权”来认识，也欠妥当，因为当时的地方政府的权力中并没有严格区分行政权和民事司法权。

总之，作者对当时制度的理解，似乎要比对一般政治事件的理解更为困难一些。

此外，“人民”或“群众”在现代政治中发挥着非常重要的作用。但在中国帝制时代，他们的作用恐怕更多地表现在特定的时期，如民众暴动之时。但本书作者似乎并不这么看。在武则天统治时期，作者特别提出了“人民”或“群众”对她的态度：“传统历史学家的种种评价很少注意群众的境况。……在人民中间，武后甚至可能是得人心的。”（329 页）但我们不知道民众对武则天上台或被迫下台，究竟如何起了作用；所谓“民心”云云，恐怕无从谈起，因为当时实在没有民意表达的合法途径。关于唐后期藩镇的问题，作者感叹：“最难从文献中了解的藩镇的行政特征是藩镇当局与当地人民的确切的关系，以及在它们的辖区得到多少人民的支持。”（521 页）在谈到唐后期中央与淮西节镇的对抗时，作者也特别提到“何况淮西还得到当地民众的有力支持”（531 页）。关于对唐后期河北藩镇的认识，作者指出“这些长期建立起来的藩镇得到民众真正的支持”（548 页），但同时“这些地区的人民显然认为，他们继续是一个正统君主统治下的更大的政治体制的一部分”（549 页）。“八世纪八十年代藩镇与唐王朝之对抗是赢得老百姓的充分尊重的，所以它们能够令人敬佩地把这场长期的斗争坚持下去”（588 页）。但在唐后期藩镇与中央的关系中真正发挥决定性作用的是当地的地方军人集团，而不是普通的民众。在一个以军队为基础的强权政府面前，人民能做什么呢？他们有选择的权力和可能吗？况且，在当时的社会政治背景下，民众有没有自己较为明确的政治诉求，还是个疑问。作者对人民或群众的重视，正反映了现代政治学对他们认识古代政治的影响，然而事实上，这二者之间是存在着相当差距的。

要使现代人，特别是现代西方人，了解发生在遥远的东方、且已逝去千年之久的政治史，确实有相当的难度。为了让他们对中国古代的历史有更为真切和直观的感受，甚至变得似乎可以触摸，以使他们更容易接受这一切，或许也只有使用这种表述方式。况且，虽然处在不同的历史时期，处于不同的文化背景，但人类也有其共性；用现代社会科学去了解历史、解说历史，似乎也是我们理解历史的重要的方式之一。然而现代社会科学所据以得出的结论，只是近几十年、百数十年的情况；这些结论和认识是否也完全适合于古代大量的史事，还值得进一步研究，至少古代社会与近现代社会在许多方面存在着不小的差异。吴承明先生在谈到经济史研究与经济学的关系时，提出：“在经济史研究中，一切经济学理论都应视为方法论。”（《中国经济史研究的系统工程——序九卷本〈中国古代经济史〉》，收入其《中国的现代化：市场与社会》，三联书店，

2001，329页）我想，这一认识适用于整个历史研究与社会科学理论的关系。

西方学者往往会自觉不自觉地将他们的历史作为参照物，来认识中国历史。比如，西方学者在对西方艺术史的研究时，很重视“赞助人”的作用，并因此而推动和深化了他们对艺术史的认识。本书作者在谈到武则天设立的“北门学士”时，使用了“对文学的个人赞助”（260页）这样的表达方式。在谈到玄宗时，指出“所有学者都认为，他是一个出类拔萃的统治者……他多才多艺：他精于音律、诗文和书法，是许多艺术家和作家的庇护人”（332—333页）。用这样的概念来表述，或许是为了帮助读者来理解，但是，“北门学士”与西方的受赞助者恐怕是有本质区别的。

作者对许多史事提出了一些新的看法，但几乎很少展开论证。这可能是教科书的通病。比如，关于武则天上台的原因，作者认为“她利用了一群有野心的中级官员的不满情绪和抱负来帮助她取得权力，后者则报答了他们的支持”（249页）。关于高宗临死遗诏命太子处理国家重要事务应与皇后协商，作者认为“他一定是有意地要确保武后在他自己在位时期建立的政治统治能够继续下去。很可能他已得出结论，中国一旦又被边界纠纷和国内的财政危机所困扰时，它在武后坚决的、哪怕是残酷无情的控制下要比在年轻和缺乏经验的皇帝控制下更好”（285页）。“员外和斜封官人数的增加、在连续两个统治时代中由于妇女擅权而造成的官僚宗派的形成，使一个原已严重的问题更趋严重。韦后和太平公主的垮台和对她们所支持的弊病的改革，使玄宗赢得了一个重新统一的官僚集体的支持。他准备很好地使用这个官僚集体”（330—331 页）。作者似乎将自己对史事的认识和解释，揉合到对史实的叙述当中，这样就使这种认识和解释变成不再需要进行论证的“公理”或“必然之理”，这实在有用“叙述”代替“论证”之嫌。又如，“在财政的一个领域中，贵族的支配——实际上是一个家族的支配——自玄宗即位以来一直持续不断”（418 页）。对这样一个重要的现象，作者没有进行充分的论证，以致我们多少怀疑这个现象是否存在，以及它在当时的社会政治经济中的作用和意义。关于安禄山的久任和兼任，作者只是指出“朝廷在授权这一基本任务方面显然已经变得草率从事了”（467 页），但这一问题绝非如此简单。在谈到安史乱后的权力结构时，作者举出 764 年和 765 年从荆南和江西分离出的湖南和鄂岳，认为这一措施“肯定是由于当时的行政能力不能胜任所致，而不是像以后的情况那样是出于削弱军事上强大的藩镇的愿望”（486 页）。这样的认识与作者对唐朝“叛乱后的权力结构”（485 页）的整体把握密切相关，本应作出详尽论证，但也只是点到为止。关于安史乱后的河北藩镇，作者认为：“在八世纪后期，认为中国已进入像东周时期那样的封建割据时期的思想相当普遍。但这并不意味着河北的这些节度使名副其实地要称孤道寡。从以后的事件中可以清楚地看出，他们宁愿在帝国内追求更正规的地位。”（504 页）“这些藩镇虽然在内部施政方面享有充分的自治，它们仍迫切需要得到承认并与朝廷建立正式关系。”（530 页）安史之乱以后，河北事实上已经割据，但却始终没有另立国家、称王称帝，其原因绝不是他们本着“宁愿在帝国内追求更正规的地位”或“迫切需要得到承认”这样的愿望这么简单；用这样一种主观的愿望或选择来解释这样一个历史现象，无疑是将问题过于简单化了。类似的这种简单化的认识或想象式的表述还有不少，比如，对陆贽被贬，作者说：“这件事本身就说明，德宗皇帝已对全体官员不抱任何幻想了。”（601 页）

本书十分重视史料的撰集者以及撰写过程对史料可信程度的影响。崔瑞德在第一章“导言”中，用名为“史料的问题”的整整一节对此进行了强调。我们从全书的叙述中，也能清楚地看出作者对这一点的有意识的反思。比如，对太原起兵的史料的辨析（当然这个问题还主要是对他人研究成果的吸收）；认为《贞观政要》是“把太宗皇帝所作所为多少理想化了的记载，从而成了乌托邦式理想统治的著名模板”（347—348 页）；叙述玄宗在诛灭韦后中的行为和作用时，作者特别指出：“与他祖父一样，玄宗也亲自插手干预了他这一时期的历史，以确保任何史料都不能与这种官方解释有矛盾。”（325 页）。在谈到史籍中有关李林甫的记载时，作者指出："因为当时的所有历史学家都非常仇视李林甫，竞相尽量给他抹黑。"（396 页）崔瑞德在叙述玄宗时代的政治史的第七章末，特别注明："本章的叙述大量取材于新、旧《唐书》和司马光在十一世纪作的《资治通鉴》所描述的大事。重要的是，读者必须注意某些情况，其中之一是这一时期的历史编纂在材料上影响我们对事件的理解。"（458—459 页）对顺宗时二王八司马的"永贞革新"的史料，作者指出："很明显，许多材料都被故意毁弃，而几乎每一件流传下来的东西都有敌视二王集团的语气，所以要分析他们的动机就只能凭猜测了。"（608 页）凭猜测来谈其动机，未必可取；但充分注意史料的局限性，却是应该的。但是，在史料的具体使用上也有一些问题，比如，关于肃宗死后，程元振杀死张皇后一事（574 页）；设左右厢神策中尉一事（589—590 页），作者使用的史料都是《文献通考》，就非常不妥；至少应当用两《唐书》和《资治通鉴》，而不应使用大致转引自上述诸书的《文献通考》。

有些具体的史实在叙述时也有欠准确。比如关于玄宗的兵制改革，作者认为："在七世纪最后几十年，轮番从不同的府兵抽调兵将的古老的禁军制开始蜕变。过去显赫一时的禁军的地位逐渐降低，除了少数精锐的单位，玄宗时期的禁军都不足额，素质也差，并且主要由朝中有关系的和不知兵的文官担任军职。"（414 页）这是张说主持的改革兵制的背景。禁军中有府兵，但也有不属府兵的元从子弟；而上番至中央服役的府兵分属十六卫统领者，也不属禁军。安史之乱发生以后，作者认为在“755年末和756年初期，朝廷为了便于组织防御以对付叛军进一步的推进，开始任命指挥国内各道的节度使和受叛军威胁的地区的防御使。这类任命越来越多；中国内地新藩镇的设立导致了一连串中央权力下放的措施，这证明是唐朝后期的最重要的变化之一”（455页）。安史叛乱发生至潼关失守，即755年末到756年初，虽然朝廷下令“诸郡当贼冲者，始置防御使”（《资治通鉴》卷二一七，天宝十四载十一月丙子，中华书局点校本，1986，6937页），但将权力大幅下放给藩镇，则是在潼关失守、玄宗幸蜀途中，即七月丁卯颁下的《幸普安郡制》（《旧唐书·玄宗本纪下》，缩印百衲本二十四史，商务印书馆，1957，81页；《唐大诏令集》卷三六《命三王制》，商务印书馆，1959，154—155页）。藩镇辟署的官员，作者认为：“根据中央政府的观点，那些通过藩镇非正式任用而进入仕途的人不全是正式官员，按理说依然是属于‘流外’官。”（517页）这句话很费解，“非正式任用”是不是指未经中央同意的辟署呢？应当说，辟署是否经中央认可，与其所辟署者原有的身份是两回事，不能混为一谈。未有官者入幕任职，与流外、流内是两个问题。809年赋税分配的改革，要求节度使将其驻所州的赋税收入充当“送使”部分，支郡的赋税收入直接上缴中央；这是对两税三分之“三分”方式的改革。作者认为：“这个措施又把三层制（镇—州—县）转成二层制（镇 / 州—县）。”（526 页）相对于支郡而言，这样的赋税上缴体制，变成了“州—县”两级，因为不再“送使”（上缴节度使）；当然这只是财税分配上的二级制，至于在政治上，州、县仍然会受到节度使或观察使（即“道”这一级）的影响乃至控制。又如，谈到科举制时，作者指出：“士子通常要在考试前把‘温卷’送给主考官，以显示他的文学才能。”（647 页）“温卷”是种行为，而不是用以温卷或行卷所用的篇什。

通观全书，对作者们的研究影响最大的有三位学者，即陈寅恪、崔瑞德和蒲立本。陈寅恪的研究成果，虽然他们不是全盘接受，而是时时处处都尽可能予以批驳或补充，但这却恰恰反映了陈著对他们把握、认识唐史的巨大的影响。其次是蒲立本，《安禄山叛乱的背景》几乎成了他们认识唐王朝与北方民族关系的指南。而在对唐代许多重要问题进行分析时，他们非常重视财政问题对社会政治的影响，这不仅反映出经济史观的影响，而且具体地反映了崔瑞德关于唐代财政的研究对他们的影响。另外，“儒家观念”是作者们分析具体人物的一个重要视角，但是这种“儒家观念”却是抽象的，而不是具体的、在那个时代直接起着作用的东西。

《剑桥中国史》第三卷汉译本对大陆隋唐史研究的影

响似乎不大，至少远远没有汉译专题论著和论文集的影响大。这恐怕是本书的教科书的性质所决定的。大陆学者所编写的同类著作，也面临着类似的尴尬。严耕望认为吕思勉是“通贯的断代史家”，是与钱穆、陈寅恪、陈垣并重的“前辈史学四大家”之一，他的四部断代史“贡献可谓相当大”，但针对有些人对吕先生的批评，严先生也指出“他实有很多创见，只是融铸在大部头书中，反不显露耳”（《通贯的断代史家——吕思勉》，《治史三书》，辽宁教育出版社，1998）。吕思勉在1952年所作《自述》（《嵩庐问学记》，三联书店，1996）中也曾说：“予所述作，多依附学校讲义而行，故中多普通材料，现甚想将其删去，全留有独见之处，卷帙可简什七，即成精湛之作矣。”（227页）吕先生所言当然是谦辞，但也道出了“讲义”自身难以克服的缺点——作者的独到之见极易被大量的常识性史事的叙述所湮没。教科书式的通史、断代史，对总结一定时期的学术成果，对初学者的入门，无疑有很大的作用；但是，这类作品不宜太多，编写的时间相隔不宜过密。然而事实却与此相反。近二十年来，我们编写的这类东西已经非常之多，而且还在不断地进行着，甚至有些高校将编写教材列为考核教师的指针之一。于是，我们看到百分之九十九的教科书，重复叙述着百分之九十九的内容。这种情况不利于正常学术研究的开展，恐怕已经到了我们应当引以为戒的时候了。

最后需要说明的一点是，以上评述所依据的是汉译本，我没有与原文进行核对。如因翻译问题而造成我的评述出现不当或错误，我负有完全责任。同时，汉译本的印刷错误非常之多，可谓举不胜举。但愿在重印时已得到了改正。

原刊于《燕京学报》新 17 期，北京大学出版社，2004 年

编校按：将该书视作“教科书”，欠妥；实为通论或概观性的著作，不完全是我们通常理解的教科书。本书主编，据说有汉文名字，作杜希德，但似乎长期不为人所知，大家都用音译。刘淑芬《中古的佛教与社会》（上海古籍出版社，2008）自序，言及自己上世纪八十年代在普林斯顿大学作博士后研究，曾得到过他的帮助时，译作“崔启德”。何冠环译《从敦煌文书看统治阶层的成份》（《唐史论文集》，幼狮出版社，1990），译作“崔维泽”。《北美中国学：研究概述与文献资源》（中华书局，2010），陆扬称崔瑞德，“又译杜希德”；似乎杜希德仍为音译，而非其汉名。

五十年来中国大陆地区唐代兵制研究概观

唐代的兵制始终是唐史研究中的一个重要课题。“府兵制”本身有其特殊性，在中国古代兵制史上并不多见；府兵制破坏后出现了藩镇，藩镇林立及藩镇跋扈又最终导致了五代十国的大分裂，这次分裂也是中国古代史上最后一次中原统一王朝的分裂。因此，唐代兵制及其演变被认为是影响这一时期政治乃至整个社会变化的最为重要的因素之一。

唐代兵制较为复杂。从兵制演变的角度看，存在着一个从府兵制向节度使兵制变化的过程。这个变化是以士兵的职业化为中心，以士兵身份（或集兵方式）和统领系统为线索展开的。我们将前者称为府兵制时代，后者称为节度使兵制时代。

在府兵制时代，存在着多种兵员。从军队作用上看，有禁军、有到京师番上的府兵，有驻屯防戍的防人和镇军，

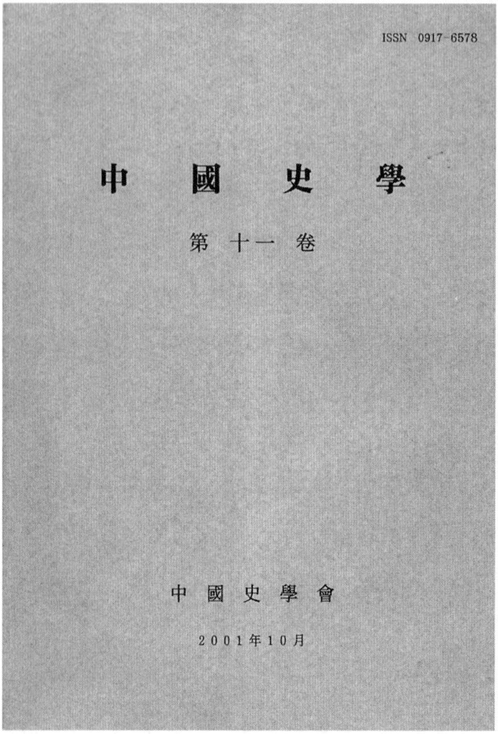

《中国史学》（第十一卷），中国史学会编，日本朋友书店，2001 年

还有专事征讨的行军；前两种是常备军，后一种属临时组建，而不上番和不从征行的在家府兵，则属预备军。从士兵的身份上看，既有府兵，又有募兵；前者是征点，后者是招募，因此这也是集兵方式的不同，但二者都有强制性。在行军和镇军中，既有府兵也有募兵，还有以力役的形式承担军事任务的民众，如防丁等。从军队的统领系统来看，府兵平时统于诸卫，行军则临时设行军总管，防人统于都督府，而镇军则成为由府兵制时代向节度使兵制时代演进的中介。从军队的编制上看，府兵平时的编制和行军的编制既有区别又有联系。

府兵是身份性的“终身”兵，但不是职业兵。当他服役时，需要自备一些军资，但当他不服役时，却不必向政府承担其他义务；同时，他们服役也有时间限度。逾期服役的府兵，虽然身份仍是府兵，但政府会对其超役时间予以补偿，这就使他们与募兵一样得到了政府的酬劳，使“府兵募兵化”了。“府兵的募兵化”是政府放弃府兵制的方式。于是，禁军也直接全部改成了招募。

随着国家军事形势的变化，驻屯于边地的军队日渐增强。承担这部分任务的军队，起初是由都督府统领的镇戍防人；此后在征服边地部族后，设置都护府或都督府对他们进行监管，这些都护府或都督府所统领的驻兵，我们称之为镇军或边军。再后，随着这些被征服部族的复兴，他们对唐朝边地造成了很大的压力，唐廷不得不增加镇军的数量和驻屯的地点（这些军队主要有两种来源，一种是行军结束后留下的屯防军队，另一种是面对边地形势的恶化，专门在某地设立的屯驻军队），这些军队突破了原来都护府或都督府的统领范围，出现了单独的编制，这就是军、镇、守捉、城等。为了加强彼此的配合，充分发挥其作用，唐廷以划分防区的形式，确立了这些驻屯军队之间的统属关系，形成了安史之乱以前的八个（后分为十个）边地节度使及其下属的军、镇、守捉、城，于是新的防御体系（各节度使之间的配合）和军队统领体系（节度使所统领的军、镇、守捉、城）最终得以确立。

无论是府兵制时代，还是节度使兵制时代，从军队的性质来看，都有中央军队和地方军队之别；在安史之乱发生以后，节度使兵制下本属中央的军队逐渐地方化。从士兵的族属来看，又有汉兵与蕃兵之异。

下面，我们就根据唐代兵制的构成和变化情况，对近五十年来大陆地区的唐代兵制研究作一回顾。因已出版多种相关论著目录（如中国社会科学院历史研究所魏晋隋唐史研究室编《隋唐五代史论著目录》，江苏古籍出版社，1985；胡戟主编《隋唐五代史论著目录［1982—1995年］》，陕西师范大学出版社，1997；中国社会科学院历史研究所编《中国史学论文索引》第三编，中华书局，1995；卢善焕、师勤编《中国敦煌吐鲁番学著述资料目录索引》；师勤编《中国敦煌吐鲁番学著述资料目录索引续编》，中国敦煌吐鲁番学会印刷；郑阿财、朱凤玉主编《敦煌学研究论著目录》，台湾汉学研究中心出版，2000；等），我们对成果不再一一罗列，仅就自己的理解所及，谈些认识。囿于见闻和理解，不当之处，敬请教正。

一、府兵制时代的兵制研究

（一）关于府兵制

府兵，既是泛称也是专称。我们所讲的府兵制是专称，是指起源于西魏、北周，经隋代的变化而唐朝沿习的一种军事制度。它既表明这一制度下的士兵具有身份性，也表示这种兵制本身所具有的特殊的军队组织体系；同时，其内涵前后又有变化。在唐朝的府兵制时代，府兵制当然是兵制的主体，但还有其他相关制度与之配合，为其补充。府兵制渊源于西魏、北周，但唐代的府兵制才是本文的重点，对其渊源的研究，只在必要时做些回溯而不予展开。

关于府兵制的研究，大致可分为两个方面。

一方面是对相关史料的补充和订正。《新唐书·地理志》记载了各地折冲府的设置，《新唐书·兵志》又较为集中地记载了府兵制的各个方面，而《唐六典》《通典》《旧唐书·职官志》《唐会要》《新唐书·百官志》等记载典章制度的史籍中，也从官制的角度，谈到了府兵制的组织、设官、禄秩等。唐长孺《唐书兵志笺正》（科学出版社，1957）对唐代兵制记载最为集中和系统的《新唐书·兵志》进行了全面梳理，考辨异同，定其是非，为进一步研究兵制提供了坚实的史料学基础；其中卷一是对府兵制的笺正。

折冲府的设置和分布，是最早引起学者注意的一个方面。劳格《唐折冲府考》、罗振玉《唐折冲府考补》《唐折冲府考补拾遗》、谷霁光《唐折冲府考校补》（以上四文均收入开明书店辑印的《二十五史补编》）、岑仲勉《隋唐史》唐史第二十一节（高等教育出版社，1957）等都曾利用金石、敦煌文书、时人文集等史料，对折冲府的府名、分布、数目进行了考订，证实了折冲府设立最多的地区是关内道，表现了李唐王室居重驭轻的政治意图。其中，对折冲府的总数和河北道的设府与否成为争论的一个焦点（详见岑仲勉《府兵制度研究》，上海人民出版社，1957；谷霁光《府兵制度考释》，上海人民出版社，1962）。

另一方面，是对府兵制的渊源、流变、运作等情况所进行的研究；当然，这一研究的基础仍然是对相关史料的解读和辨析。陈寅恪在《府兵制前期史料试释》（初刊《中央研究院历史语言研究所集刊》7本3分，1936；后收入其《隋唐制度渊源略论稿》第六节“兵制”，上海古籍出版社，1982），首先揭示出府兵制渊源于鲜卑部落兵制，有一个复杂的变化过程，即“由西魏制变为唐代制”，特别指出不能以后期的史料来认识前期的制度。具体而言，在军队统领上，是由鲜卑部落兵制下的酋长领兵制变成为君主直辖制；这一变化发生在北周。从士兵的身份上看，则是由兵农分离的职业兵，变成为兵农合一之制；这一变化发生在隋代。这篇文章点出了府兵制的关键之处，将府兵制研究提高到了一个很高的水准。此后的研究，或许对他的看法存在着不同意见（如对府兵渊源于鲜卑部落兵制含义的论证，对兵农合一的争论等），或许对府兵制的勾勒更为具体，但从总体上来看，我们对府兵制的理解和认识大致不出这一范围。换句话说，此文对府兵制的研究具有质的推进，后人的许多研究都是在此基础上的量变。当然，这篇文章的范围是府兵制的前期，对唐代府兵制的情况涉及不多。

谷霁光《府兵制度考释》在对府兵制研究进行全面清理的基础上，对府兵制作了系统的勾勒，使我们对这一制度的了解更加清晰。可以说，这是一部府兵制研究的集大成的著作。与此前的研究相比，特别是与陈寅恪的研究相比，他不仅勾勒了府兵制的组织系统，还强调了家兵部曲与鲜卑兵制的关系、北周府兵与乡兵的关系（乡兵是如何通过纳入府兵系统而中央化的）、府兵与其他兵制的关系（如府兵与禁军的关系）、隋后期府兵与内外宿卫军及中外军的关系、府兵制与军镇城戍及边兵的关系等，纠正了府兵制是隋唐唯一兵制的误解（这一点，是我们认识府兵制的又一个重要的跃进，可惜当时未能引起人们的足够重视），同时，还指出了府兵制与地方州郡的关系等。总的来说，这部著作使府兵制的研究更为具体而深入了（参何兹全书评《读〈府兵制度考释〉书后》，原刊《历史研究》1962年6期；收入其《读史集》，上海人民出版社，1982）。

需要指出的是，1949年以后，大多数历史研究者已将马克思主义史学观作为自己研究历史的指南，多从经济的角度来认识历史上的方方面面。研究者将府兵制作为上层建筑，从经济基础的角度来加以审视，是当时研究府兵制的一个主要方向（《府兵制度考释》也从经济角度对府兵制进行了思考，探讨了府兵制与均田制、赋税制的关系；还运用马克思主义的国家学说，探讨了府兵制的职能等）。这样的研究，一方面为研究者认识这一制度提供了新的视野，但也过于公式化。比如，大多数研究者都认为，作为上层建筑的府兵制，其经济基础就是均田制；府兵制的设置、破坏，都是由均田制的实施和破坏决定的。从逻辑上说，有什么样的经济基础，就会有什么样的上层建筑，但并不是说，上层建筑的一切变化都是由经济基础决定的。事实上，所谓府兵制的破坏，是政府为适应新的军事形势的要求，通过将府兵变成募兵的方式，放弃了府兵制。国家能够对上层建筑进行主动的调整，而不都只是被动的接纳。

总之，陈寅恪之后的对府兵制的研究，主要集中在以下几个方面：（一）府兵制的渊源和演变；（二）府兵制的组织体制及其与其他武装力量和地方州郡的关系；（三）府兵制这一在中国古代史上颇具特色的兵制，其存在及崩坏的原因；（四）对唐代府兵制研究的加强。

敦煌、吐鲁番文书在府兵制研究中的应用，使我们对府兵制的了解更为具体，还印证或补充了相关史料的记载。史料中记载了府兵的主要职责是番上和征行、镇守，但对镇守的记载很少且很模糊。唐长孺《吐鲁番文书中所见的西州府兵》（《敦煌吐鲁番文书初探二编》，武汉大学出版社，1990），利用吐鲁番出土文书，对西州府兵的检点、卫士所承担的征镇防戍之役作了全面勾勒。特别是对史籍中语焉不详的府兵的镇戍镇守（镇守分为两种，一种是军镇的镇守，一种是镇戍的镇守），即充当防人的服役情况，以及在此期间所承担的各种杂役的勾勒，尤为重要。另外，按规定，府兵需到京师上番宿卫，但文书中并没有发现当地府兵到中央上番宿卫的史料。唐先生特别点出了这一点，但未作论述。张国刚《唐代府兵渊源与番役》（《历史研究》1989年6期）则认为府兵上番分为到中央服役和在当地地方服役两种。我们认为，张先生举出的府兵在地方所服之役，与唐先生所举出的府兵在充当镇戍防人期间所服的各种杂役之间的关系，可能是这一问题的关键所在。这一问题的解决，无疑会进一步加深我们对府兵番役的认识。

府兵的资装问题，史籍记载更为简略和原则；吐鲁番文书则提供了许多详细的情况。孙继民《吐鲁番文书所见唐代府兵装备》（原刊《敦煌吐鲁番文书初探二编》，后收入其《敦煌吐鲁番所出唐代军事文书初探》，中国社会科学出版社，2000），讨论了府兵的马匹、器仗、资装等情况；陈仲安《唐府兵随身七事辨》（中国唐史学会编《中国唐史学会论文集》，三秦出版社，1989）、张国刚《所谓府兵"随身七事"辨》（见其《唐代政治制度研究论集》，台湾文津出版社，1994）等则对"府兵随身七事"也进行了考辨和分析。

（二）与府兵制相关的诸方面

府兵制无疑是唐府兵制时代的兵制的主体，但从兵员上说，府兵并不是当时唯一的兵员；政府常常通过招募结集军队，这就是所谓的募兵或兵募。

募兵是相对于府兵而言的。从集兵方式来说，府兵是征，募兵是政府出资招募，二者都具有强制性；从身份上看，府兵具有身份性，而募兵则不具有身份性，事毕放归，仍为百姓。唐耕耦《唐代前期的兵募》（《历史研究》1981年4期）较早注意到了这一问题（岑仲勉《隋唐史》唐史第二十一节中已注重到了募兵制，但他认为这是在府兵制废止后才出现的，所谓"随废府兵而连带引起者尚有募兵、边兵两个问题"，而他所举的几个例子又都属太宗、高宗时期）。张国刚《关于唐代兵募制度的几个问题》

（《南开学报》1988 年 1 期）则对其行赐与资粮做了进一步探讨。但他们二位都强调了兵募制是既区别于府兵又区别于唐后期募兵制的一种独立的兵制。其实，唐前期之所以强调募，主要针对的是府兵；唐后期的士兵无论是长期服役还是短期服役，都是由募而来。士兵服役由短期而变为长期乃至终身，是军队职业化的过程，与上述相对于府兵来讨论的募兵并不完全是同一个问题。至于唐后期“兵募”这一名称已不易见，是因为这一时期兵士都是由募而来，而且对他们有了固定的称呼，即“健儿”；这并不涉及制度的变化。

其次，府兵是轮番服役，且以防戍为主。正在上番的军人，总数不过十几万人。遇有战事，即需临时组建军队，这就是所谓的“行军”。可以说，行军是府兵制的一个组成部分。

较早注意并对行军进行系统研究的是孙继民。他在 1984 年完成了《从吐鲁番文书所见的行军制度》（武汉大学历史系硕士论文）；此后，在一系列有关行军研究文章的基础上（《跋〈唐垂拱四年队佐张玄泰牒为通当队队陪事〉》，《敦煌吐鲁番文书初探二编》。唐长孺《唐先天二年西州军事文书跋》也涉及行军中队的问题，但他认为他考证的这几件文书是在特定军事形势下的地方军队。该文也刊于《敦煌吐鲁番文书初探二编》），出版了《唐代行军制度研究》（台湾文津出版社，1995。张国刚撰有书评，刊荣新江主编《唐研究》1，北京大学出版社，1995）。该书对行军的统帅、军将及其僚佐，行军的编制、兵种，行军的侦察、预警，战略战术、后勤保障等各个方面都做了详尽的考述。这是学术界对这一问题所作的第一次系统周密的研究。他利用敦煌吐鲁番文书对行军所做的研究，其成果集中反映在其《敦煌吐鲁番所出唐代军事文书初探》第三编“与行军有关的文书”中。

敦煌吐鲁番文书也提供了许多行军个案及相关细节。唐长孺《唐西州差兵文书跋》（《敦煌吐鲁番文书初探》，武汉大学出版社，1983）对金牙道行军总管命令地方结集兵员的情况进行了考释，其中最重要的是，他指出垂拱年间随着军事形势的渐趋紧张，兵员也渐感不足，按常规征点府兵和白丁从军已不足应付当时的战局，为此，他们要求征发本不应参与征行的三卫。垂拱年间成为唐前期兵制转变的一个关键时期。还有不少利用文献对文书中所出现的具体行军个案进行过勾勒和稽考，但总的来说，对文书的考释超过了对行军本身的研究。

既非府兵，又不经政府招募，而是以徭役的形式承担军事任务的人，就是防丁。唐长孺《敦煌所出郿县尉判集中所见的唐代防丁》（《山居存稿》，中华书局，1989），对此作了讨论。

二、节度使时代的兵制研究

唐前期存在一个府兵制向新的兵制演变的过程。唐长孺是首先注意到这一问题，并对此进行了系统论证的学者（《唐代军事制度之演变》，《武汉大学社会科学季刊》9卷1号，1948年；此后，在《魏晋南北朝史三论》第三编第三章“军事制度的变化”中再次做出了更为系统的论说，武汉大学出版社，1992）。他把这一变化过程概括为从府兵制向军区的演变，这不仅打破了人们对府兵制的理想化的理解，指出了军区（即军镇守捉）的成立更有利于完成军事任务，而且打破了将府兵制视作唐代唯一兵制的误解，大大深化了人们对唐代兵制的认识。此后关于唐代兵制演变的研究基本上是顺着这一思路来进行的。

孟彦弘《唐前期的兵制与边防》（《唐研究》1）对府兵制、节度使兵制的内涵做了明确界定，以士兵身份和军队统领系统为线索对其间的演变轨迹做了勾勒。特别是点出了“府兵的募兵化”，认为所谓府兵制的破坏，实际上是政府在新的军事形势下，对府兵制的放弃。均田制是府兵制成立的前提，但并不是它破坏的原因（政府放弃府兵制时，均田制还没有破坏到连府兵制都无力支持的程度）。在统领系统上，则经过了从都督府到都护府再到节度使的变化。

对这一变化，许多学者归纳为从行军到镇军。这是从军队作用的发挥形式着眼的。这确实是军制转变的一个方面，但却忽略了军人或兵员本身的变化。同时，并不是所有的镇军都是由行军变化而来的，如镇戍防人，如都护府所统领的军队，如平高昌后调往镇守的军队等。岑仲勉《隋唐史》唐史第二十二节就直接视之为废府兵制之后出现的“边兵”，而没有把它视作与府兵制有内在关联的变化。因此，这一概括不够全面和准确。

三、其他方面

所谓节度使兵制下的军队，就是藩镇军队。军队的性质前后有很大变化，即由国家的军队一变而成为地方的军队；其契机就是安史之乱（见孟彦弘《论唐代军队的地方化》，《中国社会科学院历史研究所学刊》1，社会科学文献出版社，2001）。对藩镇以及藩镇军队研究最多的是张国刚。他关于藩镇分类、兵变等问题的研究，对后来正确理解唐后期的所谓藩镇割据起了非常重要的作用。这些成果都收集在其《唐代藩镇研究》（湖南教育出版社，1987）中。他在《唐代健儿考》（《中国史研究》1990年4期）中，对藩镇军队的士兵待遇和家口粮做了很好的勾稽，打破了士兵为争得对家口的供给而要进行兵变的认识（胡如雷《唐五代时期的“骄兵”与藩镇》，《光明日报》1963年7月3日）。《唐代藩镇军将职级考略》（《学术月刊》

1989年7期）对严耕望所未考或所考未详者做了考证，主要有都头（都知兵马使）、兵马使、同兵马使·散兵马使·同散兵马使、十将、散将·同十将（同正将）·同副将·同散将、押衙（牙）、虞候、教练使等。《唐代藩镇的军事体制》（《晋阳学刊》1991年3期）指出了藩镇军队包含三个部分，即驻守于州的牙兵、各个支州支郡的驻兵、各县的军镇等。戴伟华《唐方镇文职僚佐考》（天津古籍出版社，1994）对唐代方镇的文职僚佐进行了稽考编年。这虽然不是对制度的考察，但这一工作却为我们进一步研究相关问题提供了极大的方便。

唐代兵制的一些方面是通贯有唐一代的，或者说，是兼跨府兵制时代和节度使兵制时代，虽然也可能因兵制时代不同而内容有异。比如蕃兵、团结兵、军事武器、烽燧制度等。

在兵员的族属成分上，除汉人充兵外，还有大量的游牧部族参与了唐廷的军事行动，这就是所谓的蕃兵。但同是蕃兵，他们之间又有区别。一种是保有其部落，而且也未必降附唐廷；另一种是不仅归附唐廷，而且不再有部落的组织形式（陈寅恪《记唐代之蕃将与府兵》，原刊《中山大学学报》1957年1期，收入《金明馆丛稿初编》，上海古籍，1982）。同时，唐前期还有一种见诸史籍的“兵员”，就是城傍或城傍子弟。

方积六《关于唐代团结兵的探讨》（《文史》25，中华书局，1985）在讨论团结兵时，纠正了日本学者认为城傍是团结兵的看法，指出他们是因战败或主动归附而迁入唐境的北方游牧部族，因此，他们主要是在河北、朔方地区，时间是在天宝年间以前。他们不是团结兵。这是对城傍认识的一个质的突破。在此基础上，李锦绣《“城傍”与大唐帝国》，（《学人》8，江苏人民出版社，1995；收入其《唐代制度史略论稿》，中国政法大学出版社，1998）不仅将因归附而被安置在军镇周围的“城傍”一一坐实，而且指出从武后时开始，他们逐渐被纳入到了边军的正式军额中，变成了唐廷边军的一个有机组成部分；这一过程完成于安史之乱中。至此，作为兵员之一种的“城傍子弟”已基本搞清。但她将“侧近军州”“侧近人”等都视作城傍，则似嫌宽泛。同时，她从陈寅恪所提出的文化史观着眼，认为这部分人是造成唐后期藩镇割据的主要原因。这一看法，虽是对作为兵员的城傍研究的深入，但结论本身却有些简单化（陈寅恪以“胡化”来解释河北的割据，是把具有强制力的国家控制与文化、民族差异等同看待，已使问题简单化了）。

至于以部落或种族形式参加唐廷军事行动的“蕃兵”，实际上并不是唐廷的兵员，而是向他们借兵而已，如帮助唐廷讨伐安史之乱的回纥等（参张国刚《唐代的蕃部与蕃兵》，见其《唐代政治制度研究论集》）。严格说来，这并不是一种军事制度。

从武则天时起，唐廷在地方组建属于民兵性质的地方部队，即团结兵。方积六《关于团结兵的探讨》对团结兵的数量、团练使与团结兵之间的关系做了精辟的辨析，纠正了日本学者的误解；并对唐后期团结兵情况做了描述。张国刚《关于唐代团结兵史料的辨析》（《唐代的历史与社会》，武汉大学出版社，1997）提出了不同的意见，认为除健儿、彍骑之外的兵募、防丁、屯丁或土镇兵都是团结兵；这些人不是职业兵，不具有身份性，在役为兵，放役为民。两人对开元十五年十二月制书（见《册府元龟》卷九九二）中所提到的“团结”的含义有很大分歧：方积六认为是动词，而张国刚则认为是指团结兵。对史料理解的不同，导致了对团结兵人数估计的不同，从而决定了两人对“团结兵”之所指也有了分歧。我以为方先生的理解更为妥当。唐后期朝廷对军队进行过一次整顿，这就是《唐会要》卷七八“诸使杂录上”所载：“其兵士量险隘招募，谓之健儿……当上百姓，名曰团练。”此后，地方上民兵性质的军队就有了统称。当然，可能团结兵本身有一个从专称到统称的过程，因此也就有所指内涵不尽一致的情况，而不应一概视之。

与此相关，还有“子弟”，它是一种类似于兵役的役。有人径视之为兵役，而且认为这是兵役之一种。这种理解或欠妥，因为子弟在唐代并不是专称。只能说在“役”中，有子弟一项；虽然此役与军事密切相关。

唐前期在府兵系统之外，有独立的禁军。安史之乱以后，随着军队的地方化，中央不得不再组建军队，这支军队就是以神策军为中心的中央直属部队。这支部队与其说是禁军，不如说它是相对于地方藩镇部队而言的中央部队；或者说是中央军队与禁军的合二为一。关于唐前期的禁军，唐长孺《唐书兵志笺正》卷三有所考证。唐后期的禁军因与宦权专权关系密切而受到大家的普遍关注，成果也较多，比如齐勇锋《说神策军》（《陕西师大学报》1983年2期）、贾宪保《神策中尉与神策军》（《唐史论丛》5，三秦出版社，1990）、张国刚《唐代的神策军》（原刊《卞麟锡教授还历纪念唐史论丛》，1995，收入其《唐代政治制度研究论集》）等。

关于军费支出，陈明光《唐代财政史新编》（中国财政经济出版社，1991）第三章第一节、第八章第二节和李锦绣《唐代财政史稿》（北京大学出版社，1995）第三编第三章“供军”都有论述。前者过于简单，后者虽仅出版上卷，所叙述的只是唐前期的情况，却很详尽。但是，由于对兵制的情况认识不够，后者在叙述的分类上颇显纷乱。她将军费开支分作陇右监牧费、禁军及京师宿卫兵费和边兵费三类，在边兵费下又对军器、军粮、军衣赐、其他杂费分别作了叙述。在这四类开支之下，是将府兵、募兵、行军等混同叙述，这就使边兵与府兵的关系、行军与府兵·募兵的关系弄得非常混乱，从而影响了我们对唐前期不同兵员、不同费用的认识。

烽候制度与兵制密切相关。关于唐代烽候的情况，可参程喜霖《汉唐烽燧制度研究》(三秦出版社，1990)中的唐代部分。

四、结语

从研究的时间和过程上看，大致可分为两个阶段。第一个阶段主要是以府兵制为研究中心。最早是利用墓志等史料对史籍(特别是对《新唐书·地理志》)中所记载的折冲府进行考订和补充，此后则对府兵制的其他更为重要的方面更加关注，使府兵制的研究取得了质的进步。第二阶段是扩大了研究的范围，注意到了府兵制之外如募兵、团结兵等方面；节度使兵制也受到了注意(如健儿、方镇幕府等)。同时，还利用新发现的敦煌、吐鲁番文书对府兵制的一些细节和一些史籍记载不甚明了之处进行了勾勒和补订，取得了不少成果。

从研究方法和研究深度来看，已有的成果大致可分作以下几类。第一类成果是对兵制的某一个方面所进行的钩稽，比如劳格、罗振玉等利用金石等史料对折冲府的数目和分布地区所进行的考订(严格说来，这还没有脱离史料收集的范围)。第二类成果是对有关兵制的各种不同记载进行辨析，这种辨析是以对史料所记载的制度有相当深入的理解为前提，否则就不可能通过辨异同而定是非；如唐长孺对《新唐书·兵志》所做的全面整理。与此相关，就是静态地、个案式地恢复兵制某个方面的原貌，比如对兵募、团结兵、健儿等分别进行的钩稽。第三类成果是将兵制视作一个变化的有机整体，研究其演变的过程和契机，探讨其与其他相关方面的联系，比如陈寅恪《府兵制前期史料试释》、谷霁光《府兵制度考释》对府兵制演变的研究，唐长孺《唐代军事制度之演变》对府兵制向军区演变的勾勒（对唐代兵制来说，《唐代军事制度之演变》的眼界更宽、范围更广）。第四类成果是把兵制放到唐代的社会历史背景中来考察其意义，比如陈寅恪认为在府兵制时代，军府的分布和这种兵制本身所具有的兵农合一之制，是地方革命不易成功的原因之一。

从已有的成果看，对府兵制时代的兵制，研究得较为充分；对府兵制向节度使兵制演变的研究也较有深度；而对节度使兵制的研究，则还处在个案研究的阶段，缺少全面、综合性的研究。将兵制置于社会政治中来研究其意义，最为欠缺；但这方面的研究，与研究者对这一时期社会状况的全面理解密切相关，稍一不慎，就会牵强附会，或求之过深。

从府兵制的研究可以看出，新史料的出现补充了我们过去对一些问题知之甚少或模糊不清的认识，对我们进一步深入研究起了很大的刺激作用，但是，它并没有从根本上推翻基本史籍的基本记载。比如对行军的认识，对府兵制本身的认识，敦煌吐鲁番文书都为我们提供了更多的细节，为我们认识的深化提供了条件。因此，我们以为，新史料对我们研究唐代兵制起了很大的刺激作用，但对唐代兵制总体的认识和理解来说，它并不是最重要的因素。

原刊《中国史学》第十一卷，朋友书店，2001 年

评《唐朝朔方军研究》

在唐代政治史的研究中，唐前期的成果相对较多。这一方面是由于这一时期有关政治史的史料较为完整，同时也因为陈寅恪先生对这一时期的政治史所做出的勾勒和解释极具启发。唐后期的政治史的研究状况与此正好相反。因此，许多学者虽然对陈先生关于唐后期的解释和勾勒多有不同意见，但到目前为止，还没有出现更合理的勾勒和解释。这为后学继续深入研究提供了较大的空间，但也说明这一研究具有相当大的难度。从近几年的研究状况来看，出现了从唐前期向唐后期转变、从敦煌吐鲁番研究向唐研究转变的趋向。对唐史研究来说，这无疑是可喜的。

在唐后期的研究中，藩镇、宦官和党争是三个最为重要的问题。在没有出现令人信服的、对这些问题做出通盘解说的著作之前，进行专题性或个案性的研究是必不可少的过程。

《唐朝朔方军研究——兼论唐廷与西北诸族的关系及其演变》，李鸿宾著，吉林人民出版社，2000年

就藩镇问题而言，并不是所有的藩镇都在当时的社会政治中具有重要的作用；作为全面认识这一问题的突破口，可以选择其中具有重要作用的藩镇进行个案研究。朔方军无疑具有这种个案研究的价值。同时，朔方军所处的特殊的地理位置（地处西北边地），使它与游牧部族关系密切；二者之间的关系不能不成为研究的重点。李鸿宾《唐朝朔方军研究——兼论唐廷与西北诸族的关系及其演变》（吉林人民出版社，2000）选定朔方军，同时又以“唐廷与西北诸族的关系”为副题，可见其眼光。

朔方军因地处游牧部族杂处的唐朝边地，使其军事地位异常重要；安史之乱的发生，又使它得到了在政治上发挥作用的契机。因此，朔方军历来受到史家的重视。但是，诚如李鸿宾先生在“绪言”中对已有成果所做的总结那样，此前还没有出现过“研究这支军队的专门著作”（5 页）。更重要的是，就专门研究而言，此前的研究无论是在研究范围还是在研究深度上，都还存在很大不足。即以作者所引述者来说，如王永兴先生的两篇论朔方军的论文，讨论的时限基本是唐前期，讨论的问题基本上是朔方节度使所辖地区的民族迁徙及分布、所统军数、节度使人选等。樊文礼先生《唐朔方节度使略论》虽然从朔方军的设置时间和管辖范围、兵源兵力、财源、两次立功和叛乱、衰落及影响等五个方面对朔方军进行了勾勒，但仍有许多方面语焉不详，且全文叙述重而论说轻。安彩凤先生的《试论唐朔方军的历史作用》从捍卫边疆、平定内乱、恢复发展生产三个方面概述其作用，更是作者的归纳和总结；至于这种概括是否全面，以及这些作用所能说明的问题，则还需进一步探究。因此，全面地、如此细致地勾勒朔方军的发展变化，并对其变化的契机及原因做出如此详尽的论述，本书可说是第一次。

全书是围绕着一个变化、三个重心来展开的。“一个变化”，就是作为安史叛乱以前，边地的一个受朝廷重视并不断得到加强的节度使，经过在平定安史之乱中起到举足轻重的作用，到此后不断受到分割、削弱，以至最后成为京西北边防中一个普通方镇的变化过程。这个变化过程与当时唐朝廷对内、对外政策（或者说唐朝廷的内外形势）的变化是一致的。对这个过程的勾勒以及对其原因的探讨，深化了朔方军的研究，使我们不必只是泛泛地谈朔方军，或者泛泛地将朔方军以安史之乱为界分作前后两期。“三个重心”，第一是三受降城的修筑。中国古代中原政权的北方边防，主要需凭藉长城，而唐代却没有像隋代那样屡屡修筑长城。从这个角度来讨论，无论其结论如何，都很富启发性。第二是仆固怀恩和李怀光之叛。第三是唐后期京西北防御体系的调整和确立。在对这些问题的论述中，多有作者心得之处，如在讨论朔方节度使的人选时，作者指出“汉姓之充任朔方使不是对朔方军自身的调整或安排（或者不是主要地表现在这个方面），而是朝廷内部各种关系协调的结果”（150 页）。如对仆固怀恩的叛逃，作者强调了当时朔方军中胡族军将在受到朝廷削弱时，表现出的民族认同心理在这一事变中的作用（175 页）。关于安史之乱结束后宦官在削弱朔方军所起的作用时，指出：“肃、代二朝宦官对朔方军节度使的干预和刁难，决不是宦官个人的行为，而是反映了中央政府鼓励朔方军发展扩大政策的结束，代之以限制和羁控了。”（225 页）在论述朔方军的分割时，指出“京西北八镇的形成与朔方节度使的下降是同时进行的”（236 页）；“神策军的完善也在德宗贞元年间，这说明神策军与西北防御格局转换之间有着密切的关系”（239 页），等等。这些看法不仅很中肯，同时也反映了作者对唐后期整体历史的把握和理解，使这一课题从以史事叙述为主转变为深入的研究。

当然，本书对一些问题所作的分析，我们也有不同意见。比如对宪宗末年的吐蕃攻唐（第八章第二节），作者反驳了从唐蕃关系角度所作的解释，而认为虽然宪宗从未能将收复河陇付诸实施，但吐蕃一定知道他的这一企图；这一“企图可能更直接刺激了吐蕃人的神经”（283 页），于是才有攻唐之举。此论恐怕过于求新了。与此相关，作者在解释唐蕃关系时，更强调唐朝对京西北防御体系的调整，而将吐蕃内部的变化置于次要位置。我想，唐蕃之间的攻战与讲和，最主要是由双方的力量对比决定的；单方面的备战或攻伐，其结果一定要受到双方力量对比的制约。

唐朝的防御力量如果没有大到足以有效遏制吐蕃进攻的程度，吐蕃不会不进攻；如果吐蕃发生内乱，即使唐朝的防御力量差一些，吐蕃的进攻势头也会减少很多。因此，分析要尽可能具体和全面，结论要尽可能中肯。

中国传统的文献，对政治史记载相对比较完备和详细，这一方面为我们治政治史提供了很大的方便，同时也对研究者提出了更高的要求，即我们不能仅仅将有关材料罗列出来即告完成，而是要通过分析、解读史料，勾勒出它发展的过程、变化的契机以及在这个过程中所表现出来的具体的原因（而不是泛泛地或抽象地归纳一些放到任何时候任何问题上都无不可且难以证实的因果关系），要探究史事之间的联系，要关注并能具体论证出史事的意义所在。这样的政治史，才是具体的、鲜活的、有机的，才具有联系成一体的整体性。

作者对朔方军的研究，是个案式的研究。个案研究最大的优点是能将个案系统、深入、细致地展现出来。这是综合性研究所难以做到的。本书正使我们对朔方军的成立、发展变化的过程有了一个清晰的认识。作为个案研究，做到这一步就已经取得了成功。但个案研究又有它难以克服的缺点，即此个案本身与其他方面的联系很难同时得到充分的论证。

朔方军的成立是当时西北边地形势变化的结果，这与安史乱前，边地其他节度使出现的背景是一样的，只是具体的过程和所防御的具体对象不同而已；它的发展、它与蕃兵胡将的关系，似乎也很难使它同其他边地节镇截然分开。它最具特殊意义的作用，是在平定安史之乱期间。安史之乱之后，随着节镇军队的地方化，随着朝廷因此而不得不重新组建的中央军队的出现，朔方军作用的降低即是意料中事；此时的朔方军在政治上的作用，已远不能与河北周围及运河沿线的节镇相比了。作者在全书的章节安排上，只有第八章、第九章、第十章有“简短的结论”或“余论”一节，而全书没有一个结论性的东西；我想其原因可能正是因为从这个角度上看，对朔方军不大可能有什么可说的吧。当然，以上三节也具有全书“总论”的意义，如第八章第三节“简短结论”，实际上是对朔方军整个变化的概述（273—275 页），而第九章第四节“余论”和第十章第四节“简短的结论”，更是进一步的归纳：“朔方军在唐朝的发展历程，其地位升降蜕演，本质上是唐朝政治变化的反映。”（308 页）“可以说，朔方军的强盛，足以说明唐朝的强大；朔方军的下降，也反证唐廷力量的萎缩；到朔方军不再频繁见于史籍之时，唐廷也就陷入内乱混争，终至消亡。”（334 页）这些结论无疑是正确的。但能起到昭示朝廷盛衰作用的，恐怕不独朔方军。同时，它所昭示的情况可能有两种，一种是如作者所言；一种则是相反，某支军队很强而朝廷却很弱，比如唐末的宣武军，那是预示着要改朝换代了。

对相关研究成果的掌握和吸收，近来是被视作关乎学术规范的一个重要问题而被提出的；其目的可能主要是为了防止抄袭或重复劳动。但我以为，目前有些著作在这一方向上走得似乎有些远了。一位作者在研究一个问题时，只要对已有的研究状况已经掌握，那么在写作时他不必全部将现有相关或相近的研究成果一一罗列；或者更极端地说，只要作者能保证自己既没有抄袭，也没有作重复劳动，我们自然不必去追究作者对相关或相近的研究成果全部掌握与否。道理很简单，即使他掌握了相关成果，一旦出现抄袭，不会因为他对研究成果的掌握，学界即不予追究。因此，目前许多著作不厌其烦将相关或相近的成果一一罗列，不仅浪费笔墨，使自己的著作有变成“综述”的危险，更严重的是，对已有成果的大量综述，会淹没自己的研究心得；因为从数量上说，“心得”的表达总是比对已有成果的综述要少得多。大致而言，在两种情况下，必须标注：一是自己的研究是以某人的成果为基础来展开的（对某人观点的反驳，亦属此类），二是将某成果作为已知的知识或常识加以叙述时。将未知变成常识的过程，也正是作为公器的学术的发展过程。对上述第二种情况来说，如果变成为学界共识，则将来的研究者在叙述所及时即可不再标注。

对已有成果掌握得全面和吸收得充分，是本书的一个最为重要的特点（作者在“后记”中说自己对海外的研究成果吸收不够。但我对这方面的了解也是少而又少，所以本文的评述，也只好仅以大陆的研究成果为标准；至于海外的情况，则另待高明）。与朔方军研究直接相关者自不待说，叙述所及的问题，也一一开列相关成果。这对读者当然大有好处。但我以为有些偏多。比如第五章第二、三节，论述“仆固怀恩之叛”。作者认为，除了大家所重视的朝廷对军将的猜忌这一因素外，民族认同心理也是仆固反叛的一个重要原因，这是作者的心得；围绕这一心得进行论证即可，大可不必详细征引诸家意见。

在叙述方面，本书也略嫌枝蔓和拖沓，比如关于朔方军成立的叙述。作为专题性的深入研究，对一些背景或承转起合，应尽可能少而简短；要尽快切入主题，围绕自己的心得展开论证。这是区别于综合已有成果的教科书式的著作最本质的一点。同时，要围绕主题，与主题相关但不是自己有心得的地方，也要尽可能少或干脆不予叙述，比如第八、九章关于西北边地的形势，相对于朔方军而言，似有喧宾夺主之嫌。

书后所附“参考书目”之二（即研究著作）的设计欠妥。首先是排列方式不便于检核；不如以作者为经，以音序或笔划来排列作者，将同一作者的著作再以时间为序尽予列入。这不仅眉目清楚，还可以减少一些失误，比如第253页注[76]，将Edwin G·Pulleyblank标出音译为“普利布兰克”，而第132页注[57]采用“蒲立本”。另，书目中既已标出陈寅恪先生的《金明馆丛稿》初、二编及其《唐代政治史述论稿》等，似乎不必再标列《陈寅恪史学论文选集》；后者不过是前者的选编。其次，书目中只有“书”

而没有论文，使作者在各章末所附注释引述的与研究主题密切相关的重要论文均不见于此书目，比如作者在“绪言”中提及的与朔方军研究密切相关的几篇论文中，除王永兴先生的两篇论文因收入其论集而见于参考书目外，其他如樊文礼《唐朔方节度使略论》、安彩凤《试论唐代朔方军的历史作用》、黄利平《唐京西北藩镇述略》等均不见于参考书目。同时，参考书目中收入了以书代刊的论文集，如《民大史学》《中国古代史论丛》等，但读者并不能因此而得知作者所参考的究竟是哪些论文；其次，收入这些论集而不收书中频频征引的期刊，更有取舍标准不一之嫌。

本书在排印方面，错字不少。如樊文礼一文发表于 1988 年（“绪言”注 [14]），而第 247 页注 [22]、第 248 页注 [31] 误排作 1998 年，等。

本书对朔方军研究的系统性、深入性，以及对已有研究成果的掌握、梳理和吸收，使它成为我们进一步研究朔方军，乃至唐代藩镇、特别是唐后期的西北藩镇的一个重要基础。此处提出的一些不同意见，未必妥当，请鸿宾先生及读者批评指正。

二〇〇二年七月二日

原刊荣新江主编《唐研究》第 8 卷，北京大学出版社，2002 年

评《唐代幕府制度研究》

唐代方镇幕府制度是唐史研究中的一个大问题。对这个问题的研究，以往主要是围绕幕府僚佐职位的设置、职掌，以及僚佐的出任者来展开的，研究的时段也主要集中于唐后期。石云涛先生《唐代幕府制度研究》（中国社会科学出版社，2003）则不仅勾勒了幕府僚佐职位的设置，而且具体研究了僚佐的辟署、迁转；研究的时段也囊括了有唐一代；同时还将研究的问题扩大到了幕府辟署与唐代政治社会的关系等方面。全书共分八章，除第一章属溯源外，其余主要内容则正是以上三个方面，即幕府僚佐的设置、僚佐的辟署及迁转、幕府辟署与唐代政治社会的关系。可以说，本书的系统性、完整性是以往的研究成果所不具备的。下面，我们就围绕（一）研究内容的深度和贡献，（二）史料运用、章节结构及叙述方式、学术规范等，对本书做一简要评述。

《唐代幕府制度研究》，石云涛著，中国社会科学出版社，2003年

一

本书第二、三、五章分别对唐前期行军幕府僚佐、开元天宝时期的边地方镇幕府僚佐和唐后期的方镇幕府僚佐进行了考察，主要是围绕幕府体制（包括府主的名号和僚佐职位的设置）、僚佐的辟署和迁转（在叙述唐后期方镇幕府僚佐时，虽然作者将对辟署对象的限令单列一节，但实际这仍属辟署的内容；而对僚佐员额的限制也可归入幕府体制之中）等内容展开的。这一大部分内容，不仅是全书的重点，而且在我看来也是最有心得和贡献的部分。

关于幕府僚佐辟署制度的研究，颇见深度。对开元天宝时期“边镇僚佐辟署制度的变化”的勾勒和分析（127—142 页），已超出了单纯考证罗列僚佐出任者的范围。唐中央对应辟入幕者有些相关的规定，并非任由府主随意辟署，这是过去的研究著作已经注意并指出的现象，但是，这种规定前后是否有变化？变化的过程如何？实际情况又怎样？——本书对这些问题进行了详尽的考察和勾勒，从而将幕府僚佐的研究向前推进了一步。当然，在关于辟署制度的研究中，对作为使职差遣的僚佐与其朝衔、地方官衔、宪衔之间的关系还可深入；这其中既有职事官官阶化的趋势，也有方镇与地方，特别是与治所州郡之间的关系问题。

在幕府僚佐迁转的研究中（第三章第三节和第五章第四节），作者将其迁转分作两个部分，一是幕府内部幕职的迁转，另一个是由幕职而参与朝廷的铨选（即出任朝官或地方官）。前者迁转的前提是幕职存在着高低等级，这一点不难理解；而作者则将此等级大致划为几个层次，即开天时期的上佐和下僚（143 页），唐后期僚佐的四个层次（277 页）。这不仅让我们具体知道了他们在幕府中的迁转途径，而且还让我们更清楚地知道了幕府的结构。对由幕职参与朝廷的铨选的论述，则更有意义。如开天时期幕职与朝官之间的流动，指出大部分入幕的朝官是朝廷闲散卑官，而幕职入朝出任的却是清望近要之官（147 页）。这样的研究，不仅告诉了我们作者的一个结论，更重要的是能启发研究者进一步作深入的探讨——一部著作的意义，不仅在于它给人们提供了怎样的结论，更在于它为后来研究者提供的启发。另外，作者还指出幕职兼任地方官，或者将地方官直接辟署入幕的情况。这一现象值得进一步研究，比如，这种兼任仅发生于治所郡，还是也出现于支郡？如两种情况均有，则哪种情况更多？这种兼职情况在不同的方镇之间是否也有所不同？等等。

过去的幕府僚佐研究，主要侧重唐后期，作者则将唐后期的方镇幕府和唐前期的行军幕府、边地节度使幕府联系起来，作一整体考察，强调了唐后期方镇幕府的渊源。这对我们全面认识和把握唐代幕府有很大帮助。

以上关于幕府僚佐辟署制度和僚佐迁转的探讨，将唐代幕府制度的研究向前推进了一步；也正因为如此，称

“幕府制度”才有了更为充分的理由。

构成全书的另一个大部分，是第六至八章关于幕府辟署与社会政治关系的研究。这一问题的提出，不仅拓展了研究面，而且为深化幕府研究找到了一个切入点。这反映了作者的学术眼光。但是，从整体上说，这一部分主要是罗列了一些社会政治现象以及属于这些现象的许多事例，研究缺乏深度。

第六章第一节是对唐代铨选和使职差遣的概述，我们从《新唐书·选举志》和作者引用的陈仲安先生的论著中即可得知。第二节是对幕府得才原因的分析，但这些原因不仅唐代幕府如此，历代只要有辟举权者莫不如此，甚至适合于今天的招聘制。第三节关于辟署制度在人才历练方面的意义，实际上是再次叙述了幕府僚佐的职掌，而其结论（因为参与了事务，所以得到了历练）更属意料中事。第四节是将有关辟署的议论分类汇集到了一起，不知通过这样的列举要说明什么；而最后一小节更不属“议论”，不知何以置此。

第七章第一节告诉我们府主与僚属之间是由“礼”来维系的，这种宾主关系“明朗化和强烈化是在肃代之际”（379 页）。这个时代的划分是有意义的，可惜作者接下去并没有勾勒这个明朗化、强烈化的过程，更没有进行论证，而是列举了府主礼聘、礼遣、违礼与非礼等方面的例子。第二节作者主要谈宾主关系与朝廷党争这个“过去缺乏深入研究”的问题（398 页）。但作者的研究逻辑是府主与僚佐间存在密切的关系（还总结了造成这种密切关系的原因），他们同朝为官，结为朋党就在所难免。这样的分析恐不能算是深入。其实，府主与僚佐关系的密切，最重要的原因是府主对僚佐在升迁上的作用，这一点作者在总结其关系密切的第五条原因时已有言及（408—410 页），而卢建荣以徐州节度区为例所作的府主对僚佐升迁的个案分析和论证，更具参考价值（《中晚唐藩镇文职幕僚职位的探讨》，《第二届国际唐代学术会议论文集》，台北文津出版社，1993）。本节第三小节揭示了僚佐对府主的所谓忠诚；这个现象很有意义，虽然作者未能深入讨论。第三节则列举了一系列与僚佐有关的政治现象，如在对待中央的态度上，当府主与中央对立时，有的僚佐站在府主一边，有的则站在中央一边。作为特殊情况的河北方镇，僚佐成了府主的羽翼与帮凶；即使如此，也不乏忠贞之士，在十分不利的条件下，与分裂势力作斗争。在监军使与府主之间，僚佐站在府主一边，同时也有节帅与宦官勾结，陷害僚佐的现象。在唐后期的方镇动乱中，僚佐往往是受害者。遗憾的是，这些现象并非第一次被揭示出来。有些结论则似是而非，如关于僚佐对中央的态度，作者指出有些人与朝廷离心离德，支持府主跋扈，而大多数人则拥护中央（463 页、520 页）。这个结论就没有意义，因为大多数的藩镇是听命于中央的，因此表现在数量上，大多数的僚佐也是站在中央一边的。作者谈到方镇跋扈乃至叛乱时，说总有一部分人支持节帅叛乱，同时也有另一部分人坚定地站在朝廷立场上（434—445 页），这样的结论，意义不大。

第八章，在所归纳的士人入幕的原因中，第一“谋取功勋，报效国家”、第二“功名与出路”两点，人所共知；第三点“幕府为要津”，第五章第四节关于幕府僚佐的迁转已有论述；第四点关于幕府僚佐的待遇，最有意义，只是对近来有关成果注意不多（所引陈寅恪先生文，虽属经典之论，但晚近成果却已有深化）。第二节指出并非所有士人都愿入幕的现象，对我们认识方镇辟署对士人的影响颇有意义。

另外，第四章用大量的篇幅罗列府主及其僚佐的担任者，似乎并未展开研究。

在制度史的研究中，研究者多有追本溯源的嗜好，往往言必称商周，引必及《周礼》。但是，上古所出现的或《周礼》所记载的这个东西，未必即作者所要论述的后代的那个东西。即使是同一东西，对作者所要论述者也未必有多大意义。这正如人或许是从猿变来的，但我们在对“人”进行认识时，未必每项研究都非追溯到人所由来的猿的那个对应状态不可。我认为本书作者在第一章中所作的追溯对全书的研究意义不大，而且也缺乏作者自己独到的研究。

一项有价值的研究成果，或者揭示出一个人所不知或知之不详的历史现象及其变化过程，或者对史料进行考辨，或者对一个人所共知的现象或结论进行更为严密的论证（证是或证伪），或者深化了对历史的认识和理解（如揭示其因果、联系、意义等）。总之，能在前人研究的基础上，提出一些新问题，或者有针对性地展开讨论，所谓详人之所略，略人之所详，言人之所未言。我基本上是本着这样的标准来谈研究成果的深度和意义的。

二

因上面我已对第六至八章做了总体的评价，故以下所谈的问题都不再涉及这个部分。

本书虽然称作“研究”，但却选择了叙述、罗列的方式。大量的史料堆砌、现象罗列，使得本应成为专深研究的著作几乎变成了面面俱到、常识交待过多的教科书；作者的心得也因此几乎被大量例证性史料的罗列，以及枝蔓、庞杂的叙述所湮没了。

幕府僚佐的辟署、迁转的研究是作者的心得所在，但由于作者将幕府制度的发展分作三个时期，即唐前期的行军幕府时期、开元天宝的边地方镇幕府时期和唐后期方镇幕府时期，并对应地分作三章进行叙述，于是便出现了围绕幕府僚佐的大量的重复叙述（作者在叙述后一时期的情况时，几乎总是要追述前一时期的情况）。作者的心得就这样被混杂、稀释在了整个叙述当中，未能集中地、充分地予以展开，并凸显出来。

其实这三个时期的幕府僚佐在设置上是一脉相承的，其基本架构是基本相同的，因此，在叙述上可以参照严耕望先生《唐代方镇使府僚佐考》(《唐史研究丛稿》，香港新亚研究所，1969）的办法，以僚佐为经，叙述其渊源、流变及职掌，而不必分作三章。特别是开天时期边地节度使僚佐和唐后期方镇僚佐，虽然府主所兼使职有些差异，但大多是例兼，根本不必分别罗列。当然，这三个时期的幕府僚佐各有特点，如作者所揭示的，行军幕府僚佐具有出使性质；这可以用单列一节予以论证。因此，第二章、三章、五章合并成一章即可。目前的这种章节安排，大大方便了叙述，却不利于集中、深入的研究。

同时，幕府僚佐的设置及其职掌，前人已做了系统的勾勒和研究，其中以严耕望先生的工作最为重要，也最具基础性。后来的研究，完全没有必要再如此系统地重新勾勒（即使能多提供几条甚至几十条例证），除非可以改变或加深我们的认识；应当在此基础上展开有针对性的讨论，比如，作者关于唐后期藩镇幕府中观察支使、观察判官的讨论（211—217 页），就极富启发性。即使我们对作者的分析持保留意见，如作者在讨论观察判官时所引用的史料，没有辨析史料中的“判官”是广义还是狭义（广义的“判官”实际上是幕府僚佐的统称，严耕望先生业已指出），从而影响了结论的可靠性，但这些分析远胜过对已知史实的再次叙述，或者简单地增加若干条史料。

总体上说，本书在叙述上的枝蔓之处甚多，许多交待与其所论述的主题有一定的差距。

论证方面也存在一些问题。首先是许多结论性的认识没有经过详细论证。比如作者将唐前期行军幕府以高宗龙朔为界划分成前后两期。分期当然表示作者对事物发展的认识，但作者对此却只有一句："高宗龙朔二年以后，行军统帅僚属出现了一些新的称号。"（52 页）"新的称号"就能成为划分事物发展变化阶段的充分理由吗？作者在后面再次谈到这个问题，说："高宗龙朔以后又有判官、参谋、管记、随军要籍等新职名的出现，则标志着唐代行军幕府正在适应新的战争形势形成新的体制。"（60 页）为什么新职名的出现会标志着形成新的体制？也许这真有如此巨大的意义，可惜作者未作论证。再如作者在讨论开天时期幕府带宪衔与中官监军之间的关系时，认为："幕府带宪衔与中官监军之始，皆在开元二十年之后不久，这两者之间不能说没有联系。"随之他引用了《封氏闻见记》卷三的一条记载，便下断语："宪官之监察作用既已丧失，朝廷则易之以宦官监军。"（125 页）即便这两者之间果真是这样的关系，这样的论证却殊为薄弱。

其次是一些结论或认识流于空泛，比如关于"唐前期行军幕府体制的特点"，作者认为："唐前期行军幕府体制在唐代幕府制发展过程中，呈现出鲜明的过渡性，这种过渡性表现在逐步摆脱隋代幕府体制，并逐渐向边镇幕府发展两个方面。”（58 页）“过渡性”太过空泛。在一个事物的发展过程中，其中的每一个环节都可以视作上下两个环节的过渡。即以唐代方镇幕府而言，唐前期行军幕府是隋代幕府向唐代边地节镇幕府的过渡，那么唐前期边镇幕府又何尝不是从唐前期行军幕府向唐后期方镇幕府的过渡呢？果然，作者就说：“开元、天宝时期边镇幕府是唐代幕府的转变阶段和过渡形态。”（157 页，另 158 页）这种特点的总结，虽然不能说错，却对我们认识幕府制度的发展，意义不大。相反，应该深入分析的地方却没有能够深入分析，比如，“开元、天宝时期边镇幕府的政治影响”，这是有深入分析空间的，而且也是将幕府研究推向深入的一个很好的切入点，然而作者给我们提供的却只是一系列人所习知的政治现象。

另处，一些论述似有矛盾之处。如一处说幕府僚佐的本官没有意义（133 页），而另一处却已经指出了它的意义（122 页）；其实张国刚先生在《唐代藩镇使府辟署制度》（《唐代藩镇研究》，湖南教育出版社，1987）中已对此做了说明。再如唐后期行营统帅幕府，一处称“以亲王为首的天下兵马元帅府是最高军事指挥机关，副元帅幕府则是天下兵马元帅府下的战区或前线指挥”（175 页），一处称“由于元帅通常由亲王挂名，因此，副元帅是实际上的最高军事长官”（180 页）。又如关于太和九年对藩镇辟署进士的限制，一处说它成了一纸空文（260 页），别处则说“不能完全说成是一纸空文”（298 页、299 页），不知究竟是不是一纸空文。

史料丰富是本书的一个显著特点，特别是与幕府僚佐相关的碑传墓志史料或许已被收罗殆尽。但作者似乎将功夫全部花在了史料的收集和分门别类抄录上，没有预先给自己分析这些史料留下足够的精力。比如，作者将唐前期出任行军僚佐者的史料以表格的形式做了尽数罗列，并说要“加以分析”，但是在这个表之后，我们看到的是“在这六十余例中，除十五人入幕前情况不详外，其余的大致分为如下几类”云云（65—70 页）。分类是进行分析的一个基础，但分类绝不等于分析。类似的情况还见于对“唐前期行军幕府僚佐的迁转”分析（73—79 页）。

史料的使用也不无可议之处。作者似乎要把他所收集来的史料都堆出来。其实这是不必要的。特别是类似于史料分类汇编如《唐会要》这样的史书，更不必逐条大量征引，像本书第五章第四节谈唐后期方镇僚佐的迁转那样；而应当将重点放到对史料的分析上。相同性质的例证，我们可以挑选一二具有代表性的例证引用；记载同一史实的史料，我们应尽量挑选更为原始的、且最好属史源的史料来征引。比如，第一章追溯幕府起源时，屡屡用《册府元龟》的史料来说明先秦的情况；《唐语林》经周勋初先生的整理，许多史源均可覆按，但作者只是利用了周先生的成果，却没有覆按，比如第 296 页所引，出自《东观奏记》，而《东观奏记》卷上（第 6 条，田廷柱点校本，中华书局，1994，87 页）正有这一条；追溯幕府辟署制时，谈汉代的情况，用《册府元龟》，谈隋代将州郡辟署权收归中央，又用《文献通考》（61 页）。这些都属典型的不明史源。唐代史料比较丰富，同一事往往在不同的书中都有记载，这为我们排比史料以正讹误提供了有利的条件。作者在引用史料时，多处指出其讹误，但却未交待依据；其实有不少是完全可以找到校改依据的，比如引《唐会要》八二关于“冬荐”的记载，认为原文“贞观”当为“贞元”之误（292 页），实则《通典・选举三》明确记为“贞元”（中华书局点校本，1988，365 页）。作者在征引史料时，往往大段大段引用，实际只引出最能说明问题的若干句即可。比如引《停河南等道副元帅制》，其目的是要说明停河南等道副元帅，将其兵马充东都留守兵马。其实只要叙述出此事实，出一注，说明其根据是此制即可；即使引出原文，也只要一两句即可，而作者却引了近半页（234 页）。有的完全可以用自己的话做一简单叙述，而作者却详引原文，如《太平广记》卷一五一引《逸史》所载孟君故事（254 页）。这样的例子不在少数。这种处理方法，于论著实在是有害而无利。另外，有些问题则反映了作者对一些文献的生疏。比如他说“《周礼》反映了西周以前的古制”（9 页），这样的全称判断当然不对。再如，谈明朝的情况，引用了清修《续文献通考》，而没有引王圻《续文献通考》，说明作者不知此二书的关系。

学术规范应当引起足够的注意。

全书没有附录征引文献目录。从作者的处理来看，似乎是每一章自成一单元，即在本章中第一次出现时，标明版本等，此后则予省略。但也有不尽然者。同一章中的反复标注，对读者而言，并无不便，而本章出现而不作标注，则有害无益。比中，第五章注 [139]“前揭张国刚《唐代藩镇研究》”。此书是论文集，作者既未标页码，又不注文章篇名，读者如何查阅？书中在征引吴宗国先生《唐代科举制度研究》时，多处既不标章节，又不注页码，起不到让读者参阅的作用。最麻烦的是，根据注释标注，却遍觅不得。如第二章注 [10]、注 [11]，都说“见前揭”某文，但不知揭于何处。最不足为训的是，作者引用了某人的观点，称“有人说”云云（用引号标出），然后又表达了自己的不同意见，但却不出注，终不知此“有人”为何人，更不知出于何处，如第 126 页、156 页、330 页等。这反映了作者对其他学者的不尊重。有的则是说“据学者研究”，当然是引用别人的成果，但却没有注出（9 页）。另外，就研究成果的吸收来说，作者对与辟署紧密相关的研究成果了解得比较多，而对与课题相关的外围情况却知之不多，比如对营田使、支度使，对官员俸禄等研究成果都知之不多。遇到这样的问题，作者都是直接征引史料做些叙述，这无疑成为篇幅冗长的一个重要原因。

总之，作者花了很大的功夫，收集了许多相关史料（碑传墓志史料尤为丰富），系统、完整地叙述了唐代幕府制度，其中也不乏作者的研究心得。但从全书总体来看，叙述多于研究，罗列多于分析，举例多于论证，堆砌多于考辨。这就使得本书不仅瑕瑜互见，而且是瑕几掩瑜。如果作者能不这样面面俱到，而是围绕问题，就自己的心得展开充分的讨论，或者有针对性地进行辨析，瑕瑜之比恐怕会大为改观；因为篇幅越大，心得所占比例自然就会越小。

当然，对人文学科著作的评价，多半仁智互见，而且囿于闻见，限于眼界，自己以为是者未必是，以为非者未必非，没有读懂、理解不够之处更是在所难免，因此，以上一孔之见，仅供参考而已。

二〇〇三年七月十八日，三稿

原刊荣新江主编《唐研究》第9卷，北京大学出版社，2003年

编校按：本文刊出后，石云涛先生曾撰写《唐代幕府制度研究的若干问题》（《河南大学学报》2004年4期），做了回应，可参看。

评《走马楼吴简初探》

——关于新史料与传世文献的比对

走马楼吴简的出土，引起了学界的浓厚兴趣，许多学者利用这批新出现的史料，围绕相关问题进行了探讨。其中，于振波先生所著《走马楼吴简初探》（台北文津出版社，2004）是目前我所知道的第一部专题论文集。全书共收入作者前后所写的八篇论文和一篇词语丛考，主要围绕吴简中的佃田、限米、里与丘、户与里、调、刑手刑足、私学、性别与年龄等八个专题进行了探讨。《走马楼吴简所见佃田制度考略》（卷一）主要是围绕《吏民田家莂》所涉及的常限田、馀力田、佃田者的身份进行的讨论。《走马楼吴简中的“限米”与屯田》（卷二），则是将限米与屯田联系了起来，认为缴纳限米者，均系屯田。《走马楼吴简中的里与丘》（卷三），认为丘是耕作区。《汉调与吴调》（卷四）指出吴简中的“调”不是曹魏的户调，而是苛捐杂税。《走马楼户籍简性别与年龄结构分析》（卷五）、《走

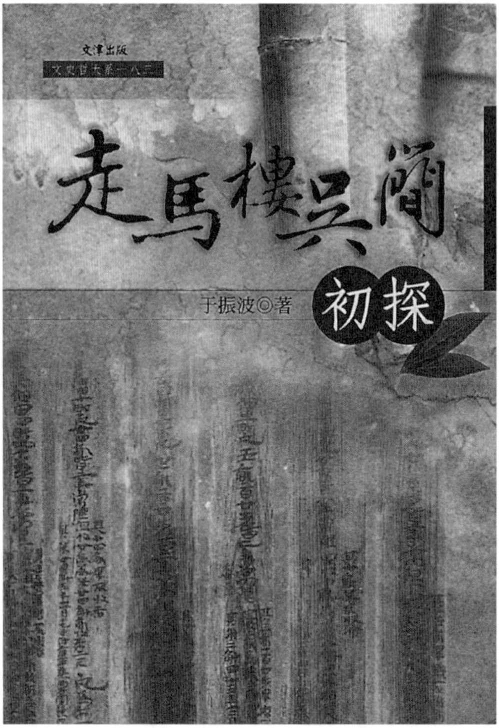

《走马楼吴简初探》，于振波著，台湾文津出版社，2004 年

马楼吴简所见户与里的规模》（卷六）主要是用统计学的方法，对性别与年龄结构、户里规模做了勾勒。《苛政与自残》（卷七）是对吴简中刑手足的现象进行了解读，认为此系百姓为避苛政而自残。《汉晋私学考述》（卷八），是因吴简中私学简的出现，使作者对汉晋间的私学这一问题作了梳理。这些问题都是目前整理出版的吴简中所反映的十分重要的问题。作者围绕着这些问题所进行的探讨，对我们进一步研究吴简，启发颇多。例如，对丘与里的探讨，就引起了大家对这一问题的争论。正是相关的论争，才促进了大家更进一步的深入思考和研究。

对这些问题本身，我们可能会有不同的认识和理解；但从研究方法和论证过程的角度来认识和反思目前的吴简研究，也许更有意义。

从研究方法上看，目前的研究大致可以分为两类。一类是文献学的研究，如简牍的释读、对简册的复原、对吴简相关内容的统计，等等。另一类是结合传世文献，将这批新发现的简牍作为史料来对相关问题进行探讨，我们姑且称之为历史学的研究。在作者所撰著的八篇论文中，性别与年龄结构、户与里的规模大致可划为第一类；其余各篇大致可划作第二类。这显示出作者研治吴简的用力之处，是要利用这些新史料，对一些历史问题进行研究和探讨。

对新发现的史料作历史学的研究，就需要将新史料所反映的史事，纳入或嵌到我们已知的历史事实的框架中来进行考察。但是，这种嵌入，在逻辑上或方法上讲，是有致命缺陷的，因为新史料所反映的史事与文献中所记载的史事，即使名称相同，其内容也未必相同。简单的比对，可能会南辕北辙。比如，对《吏民田家莂》，大家的认识就很不一致。我认为它所反映的是民屯的一种形式（《〈吏民田家莂〉所录田地与汉晋间的民屯形式》，《中国社会科学院历史研究所学刊》2，商务印书馆，2004），虽然我举出了传统文献中的有关的民屯记载，但是，从逻辑上说，我只是对二者作了“认定”，而没有确凿无疑的证据能直接证明出土的《田家莂》所登录的土地就是民屯。所以该文实际是谈了两个问题，对文献所记载的屯田史料的分析也许会加深我们对当时屯田的认识，对田家莂的分析也许会有助于我们对这批简牍的了解和认识，但这二者是否即属一事，从逻辑上说，是存在很大疑问的。我的文章并没有能真正证明这一点。关于财用钱，我也大致是用同样的方法，将吴简中的“财用钱”认定为文献中的“财用钱”（《释“财用钱”》，《吴简研究》1，崇文书局，2004）。在吴简讨论会上，就有学者对此提出质疑，认为历史上的苛捐杂税甚多，其中留下记载的是很少的一部分；这样的比对，十分危险。所幸《额济纳汉简》的出土，从一定程度上证明了我的认定（参赵宠亮《说“财用钱”》，《历史研究》2006 年 2 期）。这也许是新出史料与传统文献比对时所遇到的很难克服的尴尬。

这样的尴尬也不可避免地出现在了《走马楼吴简初探》中。比如关于吴简中的刑手足，作者举出了历史上的苛政所导致的民众自残的史实，于是认定吴简中的刑手足就是民众为逃避苛政而自残（卷七）。文献中所记载的民众因苛政而自残是事实，吴简有刑手足也是事实，但这两个事实之间是否即为一事，却大有疑问。作者在批驳作战致残说和肉刑说时，分别提出了反证，最重要的，一是刑手足中有妇女，二是刑手足中有小孩和老人。但这两点，也同样可以作为作者所提出的“苛政自残”的反证：难道只有几岁的孩子就要为将来的避役而自残？作者说：“我们有理由相信，吴简中的刑手、刑足事例，多数是苛政所造成的恶果，是贫苦百姓为逃避苛政的自残行为。”（174页）虽然使用了“多数”一词，但实际却没有对自己提出的反证做出解释，这无疑会大大削弱自己论点的说服力。

关于私学，作者花了很大功夫几乎收齐了文献中私学的史料，同时也对吴简中的私学做了勾勒（卷八）。但是，吴简中的私学，是否即如作者所说“官府免除了私学的其他赋税徭役，而让他们参加屯田，并缴纳限米”呢？（222页）关于限米，作者有专文讨论（卷二）。从目前公布的吴简材料来看，屯田要交纳限米；但反过来，交纳限米并不意味着它就是屯田。金民、私学都交纳限米，于是作者认定他们是被组织起来进行屯田，“在缴纳限米之后，减免其他的赋税徭役，这是符合当时的历史情况的”（41页）。像金民这样的手工作者有专门的名籍，政府对他们进行单独管理，他们的主要任务就是从事政府所需要的特定物品的制造。如果他们缴纳了限米，他们本应从事的手工业品的制造是否可以得到减免呢？换言之，是他们缴纳了限米才减免他们其他的赋税徭役，还是因为他们从事手工业制造而被减免其他的赋税徭役，故要缴纳限米呢？就目前所公布的这些史料来看，我认为从屯田的角度来理解限米是有很大局限的。

关于调，《三国志·吴志·太史慈传》裴松之注引用的《江表传》中有一条史料："近自海昏有上缭壁，有五六千家相结聚作宗伍，惟输租布于郡耳。"唐长孺《魏晋户调制及其演变》(《魏晋南北朝史论丛》，三联书店，1955)对此有分析，认为："这个'布'的名称，南朝还继续沿用……我想除了租以外的税目就是算赋、口赋钱、更赋。这些项目在汉末的江南业已折成了布完纳，所以简称为'布'，那末在产绵绢的中原也很可能折成绵绢交纳。"(64页)他认为此处所称的"布"是算赋、口赋、更赋的折纳，并将此折纳与曹魏按户征收绵绢之制联系了起来。这是力图解释汉代的算赋、口赋、更赋何以会变成为曹魏的户调制。但在吴简的《吏民田家莂》中，官府要按亩征收钱、米、布，所以振波先生认为"租布"就是《吏民田家莂》中按亩征收的米、钱、布中的布，这样，《江表传》中的"租布"就被比对成了吴简《吏民田家莂》中按亩征纳的米和布，是土地税(88页)。这里的问题就出在《江表传》中的“租布”与《吏民田家莂》中按亩征纳的米、布是不是一回事。其实《江表传》中的这一条史料，主要是说太史慈认为华子鱼“非筹略才”，上缭壁的事例即是为说明这一点的。这句话之后紧接着还有一句：“发召一人遂不可得。”全文大意是，上缭壁的五六千家结聚作宗伍，只输租布，而不听从官府对人力的调用。租布是与人力对举。将此置于汉代的赋役体系中来看，它是说这五六千家只出赋税，不出力役。如果将此租布单纯理解成土地税，恐怕是不妥当的；至少不如唐先生的理解更为可取。

用这种比对的方法进行研究，不可避免地会导致另一个结果，即主题论证不够充分，同时，对相关文献或史事交待得过多，又使文章略嫌枝蔓。比如，关于里与丘的讨论（卷三），全文分作五个部分：一是对以往论点的检验；二是先秦文献中民户编制与土地疆理；三是秦汉名田制下官府对民户和田地的管理；四是买地券所反映的土地制度；五是孙吴的里与丘的运作机制。前四个部分，可以说是全文主题的“过门”，是为了论证第五个部分所作的铺垫，但这个“过门”实在是太长了。文章的关键，是要证明吴简中的丘是耕作区、是土地区划单位，但关于这个问题，作者只用了三页的篇幅，这与过门相比，又实在太短了。在这短短三页中，作者所做的工作是通过前述“过门”来认定吴简中的丘就是耕作区，而没有进行周密、详尽的论证。

再如关于调，作者认为吴简中的调不是户调，是沿续东汉以来的对“苛捐杂税”的称谓（卷四）。所谓“苛捐杂税”的调，作者界定为“正常赋税以外的加征，可以说是各种苛捐杂税的通称，尽管这些调在东汉已经成为普通百姓经常性的负担，但仍然带有很大的随意性”（86页）。从缴纳者的一方来看，它是经常性的负担；从征收者的角度来看，它又有很大的随意性。既然是随意性很大，为什么在收不上来或收不够、政府出钱购置时还要特别标明是“调”呢？——作者将其所引用的简1144：“平出钱廿一万一千七百六十五钱雇元年所调布麻水牛皮并□。”和简3733：“万四千斛斛一千八百付库吏殷连当市二年调布。”（92页）理解成官府出钱购买调布。关于这个问题，还需要再作论证。

又如对性别和年龄结构的统计和分析（卷五）。作者根据目前所见的吴简进行了统计，这一工作是有价值的，是可信的。但是，在根据统计进行分析和讨论时，却略嫌简单化。比如，作者指出“14岁以下人口性别比例的严重失调”，并认为这“有着深刻的社会原因”（132页）。但随后作者在仅有一页的分析中，只引用《三国志·骆统传》中一条当时百姓为避役而弃婴、弃子的史料，和一条《三国志·吴主传》所载诏书称因水旱和吏或不良而导致百姓饥困的史料，便得出：“有鉴于此，走马楼户籍简中14岁以下人口性别比例失调，恐怕主要是百姓不堪忍受沉重的赋税徭役而弃婴的结果——由于男尊女卑思想的影响，弃婴的主要受害者当然是女婴，于是男性在未成年人口中便占据了绝对的优势，呈现出畸形的性别结构。”（133页）关于劳动力人口的性别结构问题，作者指出：“在15—59岁的劳动力中，女性数量多于男性。”（133页）作者对此所做的分析，是将此归于“连年的战乱，沉重的徭役，以及名目繁多的苛捐杂税”（134页），“有些人不堪忍受官府的残酷压榨，折磨至死，有些人甚至‘自贼杀’”（135页）在整个中国古代，徭役的沉重、苛捐杂税的征收，是常态；连年战争的结局，也是意料中事。用这些具有普遍性的因素，来分析一个特定时期所出现的现象，其说服力或许会有所削弱。我想，这恐怕与男性为逃避赋役而诈小有关，这也是后代要貌阅的原因。

另外，对一些史料的理解，也有欠妥之处。如作者引《晋书·王裒传》王裒“卿学不足以庇身，吾德薄不足以荫卿，属之何益”语，将“吾德薄不足以荫卿”，理解成王裒拒绝入仕，没有官品，当然不能荫客（210页）。王裒不是官，无荫客之权，自己是知道的，不必讲“德薄”云云，更不必说“属之何益”。这句话是说王裒自称自己因德行不够，故地方官没有将他的学生列入免役的范围，与品官荫客之制并无关系。一些史书不能以原始史料来征引，如有关元代的一则事例，作者引用了毕沅《续资治通鉴》（169页），这是不妥的；此书在研究上没有史料的价值。至于“据《日知录》记载”（170页）这样的表述，也易滋误会。这些小失误，对论著本身并无影响；如果将来修订，略予更改即可。

从历史研究的角度来看，新史料可以补史、证事。所谓补史，是指新史料提供了新史实；所谓证事，是指新史料证实了我们已知的史事。当然，就史料价值来说，证事不如补史。无论对新史料作历史学的研究还是作文献学的研究，也不论是补史还是证事，都存在一个新史料与传统文献相比对的问题。一般说来，新史料都是支离的，提供的是细节，具有很高的原始性和可信性，但如果不将其放到我们已知的史实中，不使用传世的系统的文献与之比对，我们对新史料的理解和认识会大加折扣，有时甚至无法认识和理解，更不要说利用这些新史料来研究历史。但是，两者的比对，又存在很大的随意性，一旦比对不当，又很容易出现“关公战秦琼”的结果。如何避免这样的局面，是我们在认识、使用新史料时必须要首先面对和解决的问题。

原刊《吴简研究》第2辑，崇文书局，2006年

附记：

本文发表后，振波先生曾著文《学术批评的价值在于学术良知——评孟彦弘〈评走马楼吴简初探〉及其他》对我就其大作的批评进行了反批评。我读到后，即将振波先生文及小文一并寄学术批评网（www.acriticism.com），2006年11月24日刊出。

面对批评或商榷，原作者常常会认为批评者或商榷者没有读懂乃至误解了自己的文义，而批评者或商榷者又往往从自己的认识或逻辑出发，认为自己已经理解了原作者的精义。解决这一争执最好、也是最为恰当的方法，就是请学界同仁来评骘；双方文章都已发表，已成公器，正可作为他人研究相关问题的线索。

其实，论著已经发表，其学术水平和学术价值自会有学界公论，原不必理会书评。如果论著价值不高，即使某书评将其评价得再高，也不会提升论著本身的学术价值；如果论著价值甚高，即使某书评刻意贬抑，不仅不会掩蔽论著本身的光辉，相反它只会彰显评论者的无知和无识。

就我所撰写的评于振波先生大作的书评而言，我只是讲了自己对其尊作的一点认识，是否中肯，有待于学界认定。我对振波先生大作容有误读乃至曲解，但振波先生大作真正的学术贡献绝不会因此而受到丝毫损伤，这是差可自慰者。至于振波兄对我为人的批评，我将引以为戒！

二〇〇六年十一月廿四日

这是几年前的一篇书评，发表后引起了被评著作的作者于振波兄极大的不快。他随即发文，进行了批驳。我读到后，将他和我的文章都寄给了“学术批评网”，同时在“往复”也贴了一份。今天与一位尚未谋面的朋友在网上聊及学术批评事，突然想到了此文。现贴出来，请指正。我也希望，振波兄的反驳能时时促我自省。

振波兄在北大读硕士时，与我的一位老朋友是舍友，因此相熟。后来，振波兄入中国社科院历史所读博士，我则在毕业后也进入了该单位，因缘又更进了一步。振波兄毕业后，先到吉林文史出版社工作，后调岳麓书院；中间经由北京，我与那位老友都能与他见面胡聊（记得有一次是在翠宫饭店），也偶然帮着做点预订房间之类的杂事。有时，蒙振波兄不弃，也将投寄给杂志的文章提前寄来，让我先读为快。不料，多年的朋友之谊，因我的一篇书评而打上了休止符。去年春天吧，我往长沙，先后在岳麓书院的会议和长沙简牍博物馆的会议上见到振波兄，虽然我主动与振波兄打了招呼，但想来振波兄的心中还是不快吧。我曾问起一些读过我书评的朋友，有的说没感到什么，有的则说我的语气不好。我因是作者，所以不易感受到。也许正是这种语气，让振波兄不快吧。但无论如何，振波兄的著作的光辉和贡献并未因为我的不恰当的评论而遮蔽和减弱，这是我差堪自慰的。

说完了私谊，我到今天仍然认为，将出土资料与传世文献进行比对时，要格外小心。这一点，恐怕是关注新史料的学者所应加倍留意的吧。

二〇一〇年三月卅一日

吴简所见的“吏户”及吏户问题研究

——兼谈如何进行学术评论并敬答李文才先生

李文才先生《评长沙走马楼吴简“吏民”问题研究及其学术乱象》(《陕西师范大学学报》[哲学社会科学版]2018卷2期。下简称“李文”，所引其说，随文注出页码)，大体包括三个方面的内容：一是高度评价黎虎先生的学术贡献；二是批评了不少学者的研究成果；三是超出学术范围的口诛笔伐。黎虎先生的学术贡献，学术界、学术史自会有公论，区区后学，无论是褒是贬，都不重要，故暂不论。具体的学术问题，我仅就该文涉及小文的部分，作一回应。同时，也想谈一下文才先生所强调的学术规范问题。当然，更重要的，是想就学者如何进行学术评论，谈些自己的认识，请同仁批评諟正。

一、关于“吏户”问题研究的学术回应

李文涉及我的研究，主要是吏户问题，集中在两篇文章，即《吴简所见“事”义臆说》(《吴简研究》1，崇文书局，2006)和《吴简所见的“子弟”与孙吴的吏户制——兼论魏晋的以户为役之制》(《魏晋南北朝隋唐史资料》24，2008；以下简称《资料》)；两文均收入拙作《出土文献与汉唐典制研究》(北京大学出版社，2015；以下简称《研究》)。

李文对吴简出土以前的“吏户”研究作了归纳，认为占统治地位的观点是：(1)吏的身份较普通百姓低贱；(2)吏有专门编制的户籍即吏籍；(3)吏的身份具有世袭性(见李文《摘要》)。我认为，黎虎先生的研究，基本是针对这三个问题来展开的，是“顺着说”(这是我从学术史的发展脉络，对黎氏学术研究理路的认识和概括，当然黎先生可以不同意)，即据吴简指出：(1)吏的身份并不低贱、甚至有些方面还略优于普通农民；(2)吏与民籍混编(没有单独的吏籍或吏户籍)。我认为，吏的身份地位的高低、吏是否单独编制户籍，都与“吏户”是否存在没有必然关系；吏是否具有身份性乃至世袭，才是“吏户”存在与否的关键。

黎虎《魏晋南北朝“吏户”问题四献疑》(《宜春学院学报》2016年10期)特予驳斥，认为我的这一逻辑很混乱、很矛盾：

> 孟文之逻辑混乱，更重要的还表现在他在否定“吏户”论关于存在单独的“吏户”这一“形式”问题的同时，却又步“吏户”论之后尘，把当时存在独立于民户之外的“吏户”作为自己主张的“吏户”论的重要论据。（4页）

我认为当时已存在单独的“吏户”，但吏户的户籍与民的户籍，是混编的。如果黎先生认为很不容易理解，我可以举府兵为例。开皇十年以前，府兵有单独的籍；此后，“垦田籍帐，一与民同”，但他们的身份仍是府兵，或者说，府兵仍然是一种身份。这也正是我强调的，籍是单独编还是与民混编，都不能说明“吏户”是否已单独存在这个问题。如果仍不易理解，我还可以再举一个现实的事例。干部与农民，都是种身份，但地位有天壤之别；在某一个国有厂矿企业所在地的派出所，很可能干部与工人的户籍统排的，这能说明干部与工人没有区别吗？

黎虎先生称：“这两个问题是‘吏户’论赖以成立的两个‘必然联系’，并非拙文外加于‘吏户’论之身的。凡是坚持‘吏户’论的著述，都必须对上述问题做出回答。”（3页）他又总结说：

> “吏户”论是由上述三个基本观点组成的，即：①吏有单独的“吏籍”，被编制于“民户”之外，从而被称为“吏户”；②吏的地位很低贱，他们不是一般的百姓，类似

于“兵户”；③吏是“世袭专业户”，“一经为吏，世代为吏，父死子继”。这三者是一个完整的体系。孟文如欲维护“吏户”论，应当先了解并熟悉一下“吏户”论的基本观点和主张，再行发表议论。孟文将“吏户”论强行加以割裂、抽换，只能有两种可能，一是并未完全掌握“吏户”论的基本体系和观点，二是有意将其割裂，肆意取舍，未经“吏户”论者同意或授权而擅做主张，从而为自己的“臆说”做铺垫。不论是哪一种，都不仅是对于“吏户”论者的缺少尊重，也是对广大读者的缺少尊重，于问题的探讨并无益处。（6 页）

黎先生命我要得到“吏户”论者的同意或授权，才能发表臆见。非常遗憾，我做不到。学术讨论是否需得到授权或同意，暂且不论；黎先生引用的“吏户”论者，有唐长孺、高敏先生，李文第一部分对“吏户”论的疏理，除提及唐、高两位先生，还提到了韩国磐先生，这些先生均已作古，我去哪里、怎么得到他们的同意或授权呢？

黎先生可以认为我逻辑混乱，但这确实是我的逻辑。本着这样的逻辑，在讨论“吏户”是否存在这一问题时，我不讨论当时吏的地位与民相比，是高还是低；我也不讨论当时吏的户籍与民的户籍是不是编联在一起。我只想通过讨论吏是不是以户为单位进行服役以及吏是否已具有身份性乃至世袭，来说明“吏户”是否存在。诚如黎虎先生所指出的，这一点，并不是我提出来的（6页），我也没有争夺过它的发明权；我只是把它作为一个标准、并坚持用这个标准来界定“吏户”是否存在而已。借用黎先生的术语，我是“‘吏户’存在论”，不是“‘吏户’论”。

黎先生所研究的“‘吏户’论”，目前还没有引起我的研究兴趣，恕不能遵照黎先生必须做出回答的要求，做出回答（这倒也能免去取得同意或授权的麻烦）。同时，我也认为，黎虎先生大可以继续研究吏的地位高低、吏与民籍混编这些“‘吏户’论”的内容，但从这两点来讨论“吏户”是否存在，是无法解决这个问题的。黎虎先生一定要坚持将这两项绑在一起，来讨论吏户存在与否，那是黎先生的学术自由，我不会、也没有权力要求黎虎先生必须放弃。

学术研究的逻辑起点不同，大可各自本着自己的逻辑，就自己感兴趣的问题进行研究，既不必强人从己，也不必要求别人作出回应。

李文对我研究的批评，主要有以下两点。

一、指出了我的一处计算的错误。所言甚是。这一点，在上引黎虎先生2016年发表的《魏晋南北朝“吏户”四献疑》中已经指出来了。我认为，对这一处指正，是黎虎先生那篇大作对吴简研究的惟一贡献（黎虎先生前后写了四篇“魏晋南北朝‘吏户’献疑”的文章；前三篇献疑，均已收入其自定论文集《先秦汉唐史论》，这篇“四献疑”未予收入)。这个计算，算对了，不能证明吏户的存在；算错了，也不能证明吏户不存在。事实是，我确实算错了。小书重版，当据黎先生的指教，加以改正。既然这处计算与吏户的存在与否没有关系，我为什么要去计算呢？这又不得不再从我的研究逻辑来谈。

这个问题的起因，是我们发现吴简中有一类“口若干事若干 算若干事若干”的简；这类简的开头，均有“凡”字，据此，我们认为这是所谓的结句简。如《长沙走马楼吴简·竹简》〔壹〕(文物出版社，2003):

〔简1〕凡口九事七　算四事三　中訾　一　百(壹·4994)

〔简2〕凡口八事七　算五事四　訾　一　百(壹·4950)

〔简3〕凡口五事三　算一事　訾　五　十(壹·4947)

〔简4〕凡口二事　算二事一　訾　五　十(壹·7813)

〔简5〕凡口三事　算一事　訾　一　百(壹·10510)

〔简6〕凡口二事一　訾　五　十　(壹·10092)

〔简7〕凡口二事　訾　五　十　(壹·4946)

〔简8〕凡口四事三　算二事复　訾　五　十(壹·10243)

吴简整理者推测“事”指简，若干事即指使用了若干支简；后来的研究者否定了事与简数之间的关系，认为这两个“事”都与役有关，但具体含义，各人的看法又各不相同。我认为前一句的“事”是指役，后一句的“事”是针对“算”而言；那么，前一句的“事”所指的役，是什么役、竟会如此之重呢？我认为这是吏役，是吏户所服的吏役。如果是吏户，我就要在吴简中找到吏户的户籍简。

什么才是户籍简呢？以“户人”开头的简，就是户籍简。在《长沙走马楼三国吴简·竹简》〔壹〕刊布的共约一万余枚简中，这样的简共计近390枚。以“户人”开头，与吏有关的，有标明为“真吏”的，有标明为“算一给州吏”“算一给县吏”“算一给郡吏”“算一给军吏”等；但我认为其中只有明确标明“真吏”或“吏”的户籍简，才是吏户，共计48枚。也就是说，至少48户是吏户。

通过上面的研究，我指出吴简中有吏的户籍简，说明有吏户；“口若干事若干 算若干事若干”的这类结句简，是吏户征发吏役和算钱的记录。这是我这篇小文章的结论和心得。如果不承认以“户人”开头的简是户籍简，也不承认以“户人”开头、且标明为“真吏”的简是吏的户籍简，那我的结论就不成立。我统计《长沙走马楼吴简·竹简》〔壹〕中，这类吏户占民户的比例，是为了印证《晋阳春秋》所载吴灭国时“吏”“民”“兵”的数字之所指。这个统计，我计算错了，这个努力当然也落空了。把这段统计删去，也完全无碍于我文章的结论。黎、李两位不讨论我所引用的这些简是否能说明吏户的存在，仅仅指出我统计的错误，于我的文章的立论，是无关紧要的。

二，李文第 95 – 96 页，批评了我关于吏户和吏役问题的研究。为行文方便，我逐段进行解释。

第 1 段：

除《臆说》外，孟先生的《吴简所见的“子弟”与孙吴的吏户制———兼论魏晋的以户为役之制》一文同样存在诸多逻辑混乱、观点错误和自相矛盾之处。从文章题目可知，孟先生立论的前提是孙吴吏户制的存在，并且认为“吏户制成立的前提是吏役由吏户承担，民户不必承担吏役”；但紧接着却说：“上举‘给子弟’简，也有可能是民户中的成员”；接下来又说：“‘给子弟’的含义就是指征派服吏子弟之役，也就是吏役。”其逻辑同样是：否定—肯定—否定的三段式解释模式。那么，“给子弟”到底是属于“民户”，还是属于承担吏役的“吏户”呢？ 按照孟先生此文的逻辑，“给子弟”既可以是“民户”，也可以是“吏户”！这还不算结束，孟先生在该文第 3 部分再次重申：

我们对子弟即吏之子弟、给子弟即被征发服吏役的认识，是以当时存在吏户制为前提的。……对此，我们需再作些辨析，特别是对吴简的一些关键史料。

……

其实，当时对力役的征发，均以“户”为单位，如：

简94：定应役民十九户（贰·1973）

简95：领应役民廿六户（贰·617）

孟先生在文中一再强调，其所有分析都“是以当时存在吏户制为前提的”，正是在这个预设前提下，孟先生认为子弟即吏子弟、给子弟，身份属于“吏户”。然而，当他列举“吴简的一些关键史料”进行论证时，却以“应役民”作为证据，如果所理解不差，则此“应役民”应该是“民户”而非“吏户”，因此，这里以“民户”证明“吏户”，显然于理不妥。

我将这段再分作3条，逐一解答。

（1）李文所称：

孟先生立论的前提是孙吴吏户制的存在，并且认为“吏户制成立的前提是吏役由吏户承担，民户不必承担吏役”；但紧接着却说：“上举‘给子弟’简，也有可能是民户中的成员。”

这两句所在的原文如下：

吏户制的成立前提，就是吏役均由吏户承担，民户不必再承担吏役。但是，上举“给子弟”简，也有可能是民户中的成员。因此，这又涉及吏役的征发。我认为“给子弟”的含义就是指征派服吏子弟之役，也就是吏役。我们所见到的简中标注的“给子弟”其实包括两种情况。一种情况是本身具有吏或吏子弟的身份，而被征发去服吏役；另一情况是，本人的身份是民，但在吏户不足以承担吏役时，被征派从事吏役。普通百姓以“给子弟”的方式承担吏役时，具有“权宜性”或“临时性”，即并不因其被征派从事吏役而改变其身份。换言之，其身份仍是民而不是吏。所以在吏役结束时，可能就要标“除子弟”。(《吴简所见的“子弟”与孙吴的吏户制》,《资料》24，9 页；《研究》，77 页)

李文引用我的两句话，确实是“紧跟着”的，但这两句之后，还有好几行。“给子弟”，分两种情况，一是征发吏，一是征发民。征发民，就是李文引我的第二句话“有可能是民户中的成员”之所指。

（2）李文称：

接下来又说：“‘给子弟’的含义就是指征派服吏子弟之役，也就是吏役”。其逻辑同样是：否定—肯定—否定的三段式解释模式。那么，“给子弟”到底是属于“民户”，还是属于承担吏役的“吏户”呢？按照孟先生此文的逻辑，“给子弟”既可以是“民户”，也可以是“吏户”！

这句话，是我与侯旭东讨论“给……事”的含义时说的。原文作：

其实，“给”的本义确实就是“供”“供给”。吴简中的“给吏”“给子弟”也正是在这个意义上使用。与“给卒伍”“给吏”一样，“给子弟”就是指他们被征派充当子弟，承担子弟之役。如果从“给事”一词的演变来看，“给子弟”的“子弟”，就是“给事”的“事”之具体化。至于吏、子弟的具体职责，则千差万别、包罗颇广。（《吴简所见的“子弟”与孙吴的吏户制》，《资料》24，12页；《研究》，79页）

“给子弟”，是征发“子弟”从役——如果文才先生读过我上引那段，即“给子弟”分两种情况，一是征发吏，一是征发民，也许就不会有“‘给子弟’到底是属于‘民户’，还是属于承担吏役的‘吏户’呢”这样的疑问了。

（3）李文称：

这还不算结束，孟先生在该文第3部分再次重申：……（引我原文，此略）孟先生在文中一再强调，其所有分析都“是以当时存在吏户制为前提的”，正是在这个预设前提下，孟先生认为子弟即吏子弟、给子弟，身份属于“吏户”。然而，当他列举“吴简的一些关键史料”

进行论证时，却以“应役民”作为证据，如果所理解不差，则此“应役民”应该是“民户”而非“吏户”，因此，这里以“民户”证明“吏户”，显然于理不妥。

这是我在与韩树峰讨论东乡劝农掾殷连被书“条列州吏父兄子弟人名年纪为簿”和广成乡劝农掾区光被书“条列州吏父兄子弟伏处人名年纪为簿”这两块木牍时涉及的内容。我认为这些“父兄子弟”均为吏。为此，我引用了简来说明“《竹简·贰》中出现了以户为单位的统计资料”，“涉及‘吏’者，如郡吏、军吏，亦以‘户’计”；又说，“当时对力役的征发，均以‘户’为单位”，随后便举了〔简94〕〔简95〕(《吴简所见的“子弟”与孙吴的吏户制》，《资料》24，16页；《研究》，84－85页)。我论证的中心，仍然是“吏户”的存在这一问题。就役的承担问题，我在本文《结语：汉晋时期的以户服役之制》中曾以宋代厢军为例来说明这一时期的吏役：

吏之所以会与兵一样，成为民以外的又一较为庞大的群体，可能是因为一般的力役是由吏来承担了，这就像宋代的厢兵一样，普通百姓从制度上说，不再有力役的负担。这也许是《晋书·食货志》在叙述晋统一中国，实行“户调之式”时，记载民户所应承担绢绵、土地税，却没有谈及力役的原因。当然，这只是理论上或是制度上的规定，

在生活中百姓仍然不能完全避免力役。(《吴简所见的“子弟”与孙吴的吏户制》,《资料》24，21页;《研究》，第89页)

宋代虽有厢兵，普通百姓并没有完全摆脱力役；孙吴时期的吏户制亦然。吏户虽然承担起了大多数力役，但普通百姓的力役也并没有完全免掉。在统计时，仍将民视作“应役民”，也就是说，在制度上，他们仍需服役。这也是许多学者指出的，当时百姓役的负担要远重于赋税的原因。我这里只是要证明当时是以“户”为单位服役，并没有要用“民户”证明“吏户”。我既没有这么想过，也没有这么做过。

第2段：

又如，言及“吏”以及普通百姓与“力役”的关系时，孟先生做出了这样的表述：

以户为单位服吏役，一方面说明吏役渐渐沉重，需要有更多的固定的人员作为保障。另一方面，一旦某家成为吏户，就意味着他们全家只需负担某类特定的义务，而可以免于承担普通百姓所应向官府承担的其他种种义务。……所以到孙吴时才设置吏户，以保证这些义务有固定的人员来承担。

吏之所以会与兵一样，成为民以外的又一较为庞大的群体，可能是因为一般的力役是由吏来承担了，这就像宋代的厢兵一样，普通百姓从制度上说，不再有力役的负担。这也许是《晋书·食货志》在叙述晋统一中国，实行“户调之式”时，记载民户所承担绢绵、土地税，却没有谈及力役的原因。当然，这只是理论上或制度上的规定，在生活中百姓仍然不能完全避免力役。……（第 95 页）

首先要指出的是，引文的第一段纯属臆想，因为其中所说“吏户”所承担的“某类特定的义务”，“普通百姓所应向官府承担的其他种种义务”，孟先生并没有交代清楚。孙吴设置吏户，“以保证这些义务有固定的人员来承担”，“这些义务”又是何指？也应该予以交待。所引第二段的表述也是前后自相矛盾。前半截是说由于吏承担了力役，所以“普通百姓从制度上说，不再有力役的负担”，进而又指出这是《晋书·食货志》在叙述“户调之式”没有谈及力役的原因；孟先生随即话锋一转，又说“这只是理论上或制度上的规定，在生活中百姓仍然不能完全避免力役”。很明显，孟先生在此处的表述不唯前后自相矛盾，而其前面所征引之“简 94”“简 95”，则直接证明他所说的“普通百姓从制度上说，不再有力役的负担”，完全不符合史实。既然普通百姓也同样承担国家的“力役”，那么，他们和文中所反复主张的“吏户”，又有何区别呢？因为孟先生的逻辑是，“力役”乃是吏户的专属义务，普通百姓在制度上是没有力役负担的。

李文引用的是这两段话，均见于我文章的《结语》部分。李文认为我只是指出了吏役，但对吏役具体之所指，没有交待。这个批评是对的。我文章的中心是通过吴简中的有关“子弟”的简，来论证孙吴存在“吏户”；吏是以户为单位承担吏役。至于吏役的具体内容，我没有讨论。将来的研究中，确实应该更多地关注这个问题。李文说我第二段前后矛盾。老实说，我不太明白矛盾何在。只好勉为其难，再解释一下。

举宋代的厢军的例子，完全是一个类比。孙吴并没有吏承担役、民不承担役的制度规定。“这就像宋代的厢兵一样，普通百姓从制度上说，不再有力役的负担”，这句话后面是句号；如这句话的前面，也用句号，也许就不会有李文“前半截是说由于吏承担了力役，所以‘普通百姓从制度上说，不再有力役的负担’”的解读。换言之，“普通百姓从制度上说，不再有力役的负担”，是指宋代厢军，不是指孙吴的吏。至于孙吴的吏户，我在此句的前一句，是这样说：“吏之所以会与兵一样，成为民以外的又一较为庞大的群体，可能是因为一般的力役是由吏来承担了。”我是用了“可能是”这个词——吏户可能承担了大部分的力役，但普通百姓也并没有因此而完全免于力役。这一点，我在上面第1段第3条已有所说明，可参看。如果文才先生还不容易理解，我可以举唐代府兵制下“兵募”的例子。府兵具有身份性，一经拣点，到老年（有具体的年龄规定，这个规定前后也有变化）出军，方能解除这一身份。按规定，他们在无事时，从事农耕，因需资装自备，故不必向政府承担租庸调等普通百姓所应承担的义务；有军事行动，即被征点从军。照理说，所有的军事任务都应该由他们来承担了，但事实上，几乎每次军事行动，官府都会临时招募普通百姓参战。

魏晋南北朝时期，政府似乎很着意于“人力”或丁口的控制，比如王公贵族可以直接掌握一定数量的佃客、衣食客等；给官员的待遇，也直接给予其一定数量的支配丁口，如食干。为什么政府不以税收的形式先征收税，然后再补偿给官员，而要直接配给他们人力呢？事实上，到了唐朝，像执衣、仗身等，就可以纳资代役了。比如租庸调，是以人丁为本来征收的，但汉代的土地税，无论是分成还是定额，都是直接据田地顷亩数来征收；为什么在这个时期要用这种计丁征收的方式呢？军户制，事涉战争，比较特殊；对工匠专门控制，也容易理解，毕竟他们是有特殊技能者；如果还存在吏户，那就不得不让人思考，这种“以户为役”在当时是不是一种趋势？如果是，为什么？说明什么？这与租庸调制，有没有关系、是什么关系？从人身依附关系、从自然经济等角度，就能很完满地说明这些问题吗？我是在这样的背景下，关注和研究吴简中的吏户问题的。我的重点，首先是要讨论，是否存在单独的吏户。这基本是我研究这一问题的逻辑和理路。

以上大致是我对李文所涉及的我的文章的学术部分所做的说明和回应。所谓的解释和回应，无非是又把自己的文章撮要复述了一遍而已。充其量是导读，连商榷都谈不上。这样的回应，对研究的推进而言，没有任何意义。这也正是我对黎虎先生 2016 年文章未予回应的原因。

二、学术规范与李文存在的问题

李文的第三部分，以“学术不端行为”命名。学术不端，几乎是学术界最为严重的指控，绝非逻辑混乱、曲解材料、玩弄文字游戏、前言不搭后语、功力不逮等所可比。在谈及军吏的研究时，用语极为严厉，称：

尊重前人的相关研究成果，乃是基本的学术规范，我们不得不提醒凌先生，试图撇开黎虎先生的“军吏”论而论“军吏”，已经踩到了学术规范的红线。这里我们不禁要问，对于黎虎先生有关军吏问题的研究成果，凌先生为何视而不见甚至是刻意回避呢？……我们还必须进一步指出，凌先生虽然有意无意地回避黎先生关于军吏问题的论述，但是他在前揭注文中的表述，什么“军中之吏”“军营中的佐吏、差吏”“其底层小吏的身份应近同兵卒”云云，不过是从黎文中探得军吏的底细之后，对黎文的相关论述变换一下说法而已，其论点基本不出黎文论述和界定的范围。（97 页）

这引起了我格外的关注。李文所指凌文超文是《走马楼吴简隐核州、军吏父兄子弟簿整理与研究——兼论孙吴吏、民分籍及在籍人口》，引用的是2016年在长沙召开的长沙走马楼三国吴简发现二十周年的会议论文集，但该文并未收入正式出版的会议论文集中。按学界惯例，与会学者提交的论文多是初稿，仅供学术交流和学术讨论之用，故会议论文未经允许，不得引用（不少会议论文集都在醒目位置作了标识），不知文才先生取得了会议主办方或作者授权否？凌文正式发表在《中国史研究》2017年2期。该文是讨论官府对州吏、军吏及其父兄子弟如何查核、登记。全文六个部分：一引言；二木牍文书补考；三簿书的初步整理；四簿书登录方式与保质；五州军吏与编户民的关系；六结语。全文重点，是要复原考订隐核州吏、军吏父兄子弟簿，是要讨论官府如何控制州吏、军吏及其男性家属。李文称黎虎先生专门就军吏问题，发表过“密切关联而内容不尽相同的二文”（96页注①）。一篇是《说军吏——从长沙走马楼吴简谈起》(《文史哲》2005年2期),《内容摘要》称：

“军吏”涵义在先秦时指军队中除士兵之外的各级军官，战国时期层级有所下移，指将军以下的中下级军官。汉代以校尉为将军与军吏的分界线，此外幕府中的各色吏员亦属“军吏”范畴。魏晋南北朝沿袭汉制，也以将领所辖中下级军官和军府属吏为“军吏”，不过，“军吏”与将军并非截然划分，而具有一定的相对性。由于“军吏”范围宽泛，其上下层之地位亦相去悬远。吴简中的“军吏”属于军中下层吏员。他们与其他“吏民”一样被编入基层户籍，在经济上与其他编户齐民一样都有“名田”的权利和赋徭的义务，在政治上同样都有赐爵的权利。“军吏”在吴简中的六种“吏民”中，其待遇、地位等同或略高于普通农民和“卒”，而低于“士”“复民”和“吏”。吴简中的“军吏”与刘宋时期始兴郡“大田武吏”无必然联系，后者是地方武装性质的“兵”而非“吏”。

另一篇是《汉唐时期的军吏——从长沙走马楼吴简谈起》(《阴山学刊》2006年6期),《摘要》称:

先秦时期“军吏”指士卒之上的各级军官。秦汉时期“军吏”的层级有所下移，逐渐指“军将”以下士卒之上的中下级军官了。隋唐五代，“军吏”仍为介于“军将”和“士卒”之间的一个群体，但较两汉魏晋南北朝时期在范畴、作用、地位上发生了某些变化。

内容分为两部分：一先秦秦汉时期的“军吏”；二隋唐五代时期的“军吏”。正如李文所归纳的，黎文是“对军吏的内涵、范畴和性质从先秦至唐代的发展变化做了十分详细而深刻的揭示和分析”(96页)。勾勒的是军吏的发展线索，讨论的是军吏在吏民中的地位（这与他研究吏户的理路是一脉相承的）。

两相比较，黎文与凌文虽然都涉及军吏，但兴趣点完全不同、讨论的重点完全不同。凌文既不是在黎氏二文的研究基础之上往前推进，故不必征引；讨论的问题点又与黎氏二文没有交叉，故不必参考。李文所指责的，只是凌文的一个注释（84 页注①）；该注称："军吏，顾名思义，即军中之吏。……军吏即军营中的佐吏、差吏。军吏虽以'吏'为名，但归军营管理，其底层小吏的身份应近同兵卒。"这个注释，对凌文来说，完全可以不要；这个注释的内容，也只是个一般的知识性的交待（也许还未必准确）。参见黎文，可以显示凌文超阅读广博；未标注参见，也无所谓，根本不存在所谓踩到红线的问题。如果把一般知识性的交待，都要注出处，那文章可能就太过累赘，甚至无法撰写了。比如，李文称：

> 所谓真吏"均没有口算钱的记载"的说法也不符合史实，因为吴简中明确记载："子公乘生年廿三算一真吏复。"尽管目前所见材料只此一条，但已然证明真吏也需要承担口算钱，乃是无可辩驳的史实。（101 页）

其实，我在 2008 年发表的、被李文屡屡引用批评的《吴简所见"子弟"与孙吴的吏户制》已经指出了"真吏也可纳算"（《资料》24，17 页；《研究》，85 页）：

“真吏”具有身份性，一经为真吏，至死这一身份都不会改变。换言之，这一身份是终身的。这一点，树峰先生所言极是。现据《竹简·贰》略可修正处，是真吏也可纳算，如：

〔简 96〕郡 吏 公 乘 李 □ 年 卅 二 算 一 ☐（贰·2460）

〔简 97〕郡吏区邯年卅八 邯妻大女平年廿二算一 （贰·2417）

现在看来，纳算与否不能成为区分真吏与给吏的一个因素。

李文引用的这枚吴简，简号为 3346，2006 年韩树峰发表的《走马楼吴简中的“真吏”与“给吏”》（《吴简研究》2，崇文书局，2006）已经引及，并对这位名叫“生”的真吏“负担口算钱，吏役又被复除”的情况感到奇怪（39 页）。《史学月刊》2009 年 5 期发表的黎虎《说真吏——从长沙走马楼吴简谈起》，文章起首引用了三十余枚吴简，第三枚就是这支简，但未作解说（1 页）。这样一条重要的可以说明韩树峰“真吏纳算”误说的材料，为什么没有引起黎虎先生的重视呢？上举小文《吴简所见的“子弟”与孙吴的吏户制》，也引用过这枚简（《资料》24，18 页；《研究》，86 页），但我据以说明真吏需纳算的，并不是这枚简。——李文对黎虎先生“真吏”研究的贡献所作的归纳是：

从黎虎先生的上述论证可以清楚地看到，“真吏”既然是指真除实授的官员和吏员，其为“正式的官”或“正式的吏”乃理所当然，不言而喻。（102 页）

这枚简中的“真吏复”何指？是指免了他原本被“真除实授”的官或吏吗？如果是这样，他被免之后，就是民；民纳算，不正是理所当然吗？这如何能用来证明真吏需纳算呢？李文此处并不是要深入讨论真吏是否需纳算，只是言及此事，恰巧引用了这枚简以纠正韩说；不引小文，我完全没有意见（李文 78 页注①提及他在台湾《汉学研究》2005 年第 1 期（即 23 卷 1 期，2005 年 6 月）发表的《孙吴封爵制度研究——以封侯为中心》，使用过吴简。覆核，果然。他引用的吴简涉及“还民”，在 139 页注 27 称：“关于‘还民限米’的解释，孟彦弘不同意王素等人的意见，以所论与本文无关，故此不述，请详参孟彦弘〈释“还民”〉，《历史研究》1994.1：170 — 171。”这个注，跟凌文被指责的那个注一样，纯属鸡肋（所引期号亦误，应是 2001 年 4 期），完全可以不要。文才先生将该文收入其《魏晋南北朝隋唐政治与文化论稿》时，将小文径删，甚是）。

黎虎先生对待已有成果的态度，也有欠妥处。《说真吏——从长沙走马楼吴简谈起》（《史学月刊》2009 年 5 期）称：

"真吏"问题迄未引起学术界的注意，不见有关论著涉及这个问题。

然后，出注①称：

拙稿草成后、投寄编辑部前唯见韩树峰《走马楼吴简中的"真吏"与"给吏"》（长沙简牍博物馆、北京吴简研讨班编《吴简研究》第二辑，崇文书局2006年版）谈及此，认为"'真吏'并非国家正式官员，而是国家吏役的正式承担者"云云。（51页）

文末，附有编辑部的收稿日期，是2008－02－19。黎先生既然是"草成后、投寄前"看到了韩文，正文不作修改，仍然称"不见有关论著涉及这个问题"，就有些不大合适；此文近收入其《先秦汉唐史论》（北京师范大学出版社，2016），这句叙述学术史的话改成了：

"真吏"问题从未引起学术界的注意，从吴简披露"真吏"的资料至今亦已五年，尚不见有关论著涉及这个问题。（下册564页）

原刊文中的那个注释，也删去了。这样对待学术史，有失客观、公允。李文称"尊重前人的相关研究成果，乃是基本的学术规范”（97 页），甚是。

事实上，凌文超这篇文章涉及黎虎先生研究成果的，不是李文说“踩到了学术规范的红线”的上述这两篇文章，而是黎虎先生另外一篇文章，即《吏户献疑——从长沙走马楼吴简谈起》。在这里，黎、凌二人的研究交叉，就是关于孙吴户口总数是否包括了吏数。黎虎先生认为“吏”数为全国总户口数之内的吏员人数，凌文超先生认为吏员人数并未全部包含在全国户口总数之内。凌文在相关地方注明了黎虎先生的《吏户献疑》及相关意见（83 页注①、第 85 页注⑧）。这一点，李文也不否认，称：

> 当然，凌先生的文章也并非完全没有征引黎先生的文章，如他也曾引用黎先生《“吏户”献疑———从长沙走马楼吴简谈起》一文，但那是作为批判对象而加以征引的。（97 页）

征引，就必须同意被征引者的学术观点？这实在是个非学术的要求。总之，在征引前人成果方面，应有所区分。不必、也不能将相关不相关、关系深关系浅，一股脑都摆在注释里；注释，不能也不是为了取代论著目录索引。

李文对吴简研究者的批评中，把不重视、不征引黎虎先生的论著作为重点之一。自己的研究如果是在已有成果的基础之上来展开，在学术逻辑上也确实存在着依存关系，那当然应该且必须征引；如果像上举凌文超之文，研究侧重点不同，认识亦不相同[1]，即无征引的必要（如果征引，也只能是从商榷的角度来征引）。在评判学术贡献、学术影响时，也必须要放到学术史的发展中来审视。李文称：

> 黎先生对“真吏”问题所作的全面、系统、深入的阐释，实为学术界首次真正破解“真吏”之谜的科学论断。
>
> 还有一种情况必须厘清，那就是韩树峰先生的一些猜测之词与黎虎先生的科学结论之间的相似性的问题，以免鱼目混珠，以假乱真。（第 102 页）

据该文的参考文献，黎虎《说“真吏”——从长沙走马楼吴简谈起》，发表于《史学月刊》2009 年 5 期；韩树峰

① 黎虎《魏晋南北朝“吏户”问题再献疑——“吏”与“军吏”辨析》（《史学月刊》2007 年 3 期）明确指出，“吏户”论以军事系统的“军吏”资料作为证据所作出的论断，就很难说是符合历史实际的。黎虎《说“军吏”——从长沙走马楼吴简谈起》还指出，魏晋南北朝时期的“军吏”，狭义而言则主要指军事系统和部门的下层吏员，吴简中的“军吏”就是这样的下层吏员（104 页）。根据黎虎先生的研究，吴简中的“军吏”包括军事系统的下层吏员，这类“军吏”材料严格说来，是不能用来论证“吏户”论的。但是，凌文超先生结合吴简“军吏”材料即“隐核军吏父兄子弟簿”讨论吏、民分籍等问题，与黎虎先生对“军吏”材料的认识是不同的。

《走马楼吴简中的“真吏”与“给吏”》，发表于《吴简研究》2（崇文书局，2006 年 9 月）。黎虎先生的研究成果即使确实是最科学、最全面、最系统、最深入，后来居上，也是学术发展中的正常现象；韩树峰三年前发表的文章，怎么能对黎先生三年后发表的文章“鱼目混珠，以假乱真”呢？文才先生是担心学界同仁没有判断文章优劣好坏的能力？我认为这个担心是多余的。

我也顺便谈一下李文学术不规范的地方。李文在文章一开头就专门出注，谈到了自己曾对吴简的研究：

笔者的《孙吴封爵制度研究——以封侯为中心》（参见《汉学研究》2005 年第 1 期）一文也使用过走马楼吴简资料，后因研究方向调整，没有继续从事吴简及相关问题研究。（第 78 页注①）

该文第一部分，循学术研究惯例，将《研究现状》作为第一节，历数相关研究成果，在“迄今专论孙吴封爵制度的研究果只有陈明光《孙吴封爵制度商探》一文”之后，举出了最新的成果：

最新有关孙吴爵制研究成果，为沈刚《孙吴蜀汉封爵问题探讨》一文，主要探讨了孙吴封侯的时间、对象、侯国分布、封侯食邑与奉邑制的关系等问题，由于篇幅短

小，故许多论述都有待于深化。（《汉学研究》23 卷 1 期，132 页）

但转年，此文收入其《魏晋南北朝隋唐政治与文化论稿》（世界知识出版社，2006）时，在相应的学术史的交待中，沈刚这篇去年还是“最新有关孙吴爵制研究成果”，已全然不见了踪影（5 — 6 页）。

《宜春学院学报》2016 年 10 期，黎虎《魏晋南北朝“吏户”问题四献疑》对我的两篇文章多有批评。有些内容和意见，李文基本是重复了黎虎先生的文章。黎文：

就以孟文给出的数据来说，吏户与民户的比例怎么能够算出是 1∶15 呢？我是个从小学到中学算术都不及格的人都能够算出两个数字之比是 1∶7.3，与孟文所谓孙吴的“吏户与民户之比约为 1∶17”相去甚远，而不是什么“两个数字之比颇为接近”。孟文之玩弄数据游戏还表现在：在将 48 户认定为“吏户”的同时，又给出了另一个“吏户”的数据，说道：“在这 390 余户中，明确标明为吏户者约 48 户，不明户属有 103 户（这其中既可能有民户，也可能有吏户）；即使将这不明户属的 103 户全部视作吏户，则吏户共计为 151 户。”在孟先生手中，“吏户”既可以是 48 户，又可以是 151 户，即使是其中可能既有民户也有吏户，也可以“全部视作吏户”，所谓统计数字犹如孟先生手中的儿童玩具橡皮泥，可以任意捏塑，试问这样的数据能够让读者信任吗？令人始料不及的是这种数字游戏并未到此为止，而是逐步升级，进而说什么："作为吏户简的结句简，'凡口若干事若干算若干事若干'的简在《长沙走马楼三国吴简·竹简》〔壹〕中，共有约180余枚。也就是吏户应是180余户，与这批简中，明确标明为吏户的近五十枚起首简相差甚大。若将不明户属者全部视作吏户（共150余户。当然这不可能），二者颇为接近。"请注意：这里又出来180余户"吏户"这样的数字，更令人如坠五里雾中的是，一方面以肯定的口气说这里的"吏户"180余户与150余户"二者颇为接近"，另一方面又有点心虚，在括弧内加上了"当然这不可能"一句话。这里我们不必去问读者究竟相信孟文的哪一个数字，而是要问问孟先生自己是相信哪个数字的？更令人震惊的是，这种文字游戏和数字游戏最后是这样终场的，说道："由于现在公布的材料有限，而且对这些现已公布的材料，我们又无法排除它们属于不同时期的可能性（起首简与结句简可能分属不同时期，即使同一时期也可能分属不同的户），因此，上面的统计意义不大。"在一而再再而三说什么"两个数字之比颇为接近""二者颇为接近"，牵着读者在数字迷宫中转得不分东西南北之后，最后以"因此，上面的统计意义不大"一语谢幕。（4—5页）

李文：

先来看其中所涉及的逻辑关系问题。对于103户“不明户属”者，尽管孟先生自己也承认其中“既可能有民户，也可能有吏户”，但在计算时，却为何悉数归为“吏户”？为什么这103户不归入“民户”，而一定要归入“吏户”呢？实际上，要明白孟先生逻辑的奥妙，并不困难，因为他需要得到自己想要的数据，办法就是只能将这103户“不明户属”者悉数归入“吏户”，才可能使“二者颇为接近”。接下来，再让我们验证一下孟先生数据的准确性。“吏户”48户，390户去掉这48户即390 — 48=342户，用四舍五入法计算的话，约得“民户”应该是340户而不是350户。即便如此，48∶350的结果应该约为1∶7，也就是说“民户”与“吏户”之间的比例大约为1∶7，而非孟先生所说的1∶15。孟先生为什么会算错呢？因为他在后面将孙吴灭国时的民户与吏户比计算为1∶17。为了使这“两个数字之比颇为接近”，于是他就只能将上面的比例数据计算为“1∶15”，从而与“1∶17”“颇为接近”了。尽管孟先生是从事史学研究的研究员，但如此简单的小学算术题无论如何也应该算得出来。因此，孟先生此处计算错误的原因，就不排除故意为之的可能，大概是想通过玩弄数字游戏的方式，让读者在稀里糊涂中相信他的研究结论。

对于180余枚标明“凡口若干事若干算若干事若干”的简，孟先生认为这是“作为吏户简的结句简”，因此，他自然就得出结论，“也就是吏户应是180余户”。然而，接下来，孟先生的说法又变了，说：“明确标明为吏户的近50枚起首简相差甚大。”也就是说，在180余枚的简中，只有近50枚（即48枚）明确标明为吏户，显然，孟先生也意识到180与48的确“相差甚大”。怎么解决“相差甚大”的问题呢？孟先生便将上面的103户“不明户属”者全部看成吏户，这样就变成了151户，从而就与180户“颇为接近”了。不知为什么，孟先生又在括号中加上一句“当然这不可能”，既然明知“不可能”，为何还要算进去呢？孟先生本人到底是相信哪个数据呢？按照孟先生行文的逻辑，我们完全可以认为，在孟先生那里，吏户既可以是48户，也可以是151户，或者说48=151。

更加令人不可思议的是，孟先生在玩弄了一大堆“48=151”式的数字游戏，将读者弄得头昏脑胀、一二不分之后，突然以一句“因此，上面的统计意义不大”来结束。孟先生究竟是在进行严肃的史学研究，还是在玩弄文字游戏呢？（94—95页）

黎、李二文上述两段的区别，大概就是黎先生认为我算术太差，说“我是个从小学到中学算术都不及格的人都能够算出两个数字之比是1∶7.3”；李先生则高看我一眼，说

"结果应该约为 1∶7……尽管孟先生是从事史学研究的研究员,但如此简单的小学算术题无论如何也应该算得出来。因此,孟先生此处计算错误的原因,就不排除故意为之的可能,大概是想通过玩弄数字游戏的方式,让读者在稀里糊涂中相信他的研究结论",认为我有意为之、诱骗读者。事实上,我连"从小学到中学算术都不及格"的黎虎先生都骗不了,谁还能上当受骗呢?

再如,黎文:

在将传统"吏户"论的上述两个问题与"吏户"问题进行切割之后,孟文在实际上是提出了自己的"吏户"论,说道:

我认为,判断其是否为吏户,最基本也是最重要的标准应当是它是否具有身份性,乃至世袭性。从走马楼吴简来看,这一时期的吏具有身份性(户主为吏,则该户所属人丁即为吏),这样的户,我认为就可以视作"吏户'"。户籍的编排形式只是一个形式问题,身份性才具有本质意义。

首先需要指出的是,这种孟氏"吏户"论实际上并没有跳出传统"吏户"论窠臼,被其认为是"吏户"的"最基本也是最重要的标准"———所谓"是否具有身份性,乃至世袭性"云云,完全是传统"吏户"论早已一再强调过的问题,并非孟文的创新。传统"吏户"论关于这个问题的基本观点是："吏是全家服役的，也是世袭的。"是"世袭专业户"。吏的世袭性是与吏有专门的"吏籍"相联系的，"一旦隶于'吏籍'，就得世代为'吏'，父死子继"。由此可见，孟氏"吏户"论实际上是传统"吏户"论的翻版，并非什么创新，不过孟氏"吏户"论试图撤掉传统"吏户"论的三根支柱中的两根而成为独脚"吏户"论，这种独脚"吏户"论未必能够比传统"吏户"论行稳致远一些。这种与吏有特殊的户籍、吏的地位十分卑贱相脱离的孟氏"吏户"论，不过是孟氏想象中空中楼阁而已。（5—6页）

李文：

在这方面，孟彦弘先生也不遑多让。前揭《臆说》一文就存在多处背离基本史实和逻辑混乱的情况，更有毫无史料依据的猜测——这倒是与其"臆说"的主题相吻合，如：

我认为，判断其是否为吏户，最基本也是最重要的标准应当是它是否具有身份性，乃至世袭性。从走马楼吴简来看，这一时期的吏具有身份性（户主为吏，则该户所属人丁即为吏），这样的户，我认为就可以视作"吏户"。户籍的编排形式只是一个形式问题，身份性才具有本质意义。

这里孟先生对于是否为"吏户"提出了一个"最基本

也是最重要的标准”，即“是否具有身份性，乃至世袭性”。首先要指出的是，孟先生所提出的这个“最基本也是最重要的标准”，仍是拾传统“吏户”论之牙慧，并非其原创，所不同者，孟先生只是将传统“吏户”论的 3 个基本观点去掉了其中的两个而仅保留这一个而已。其次，孟先生在明确提出“吏具有身份性（户主为吏，则该户所属人丁即为吏），这样的户，我认为就可以视作‘吏户’”之后，却并未对这个观点进行任何论证，也没有举出任何史料作为证据。（99 页）

这样大面积的重复，有必要吗？对前一处，作者还出了一个注：“对于《臆说》玩弄数字游戏的做法，于振波先生早在 2006 年就已指出……本文在修订过程中，得读黎虎先生近撰《魏晋南北朝“吏户”问题四献疑》，《宜春学院学报》2016 年第 10 期，对孟先生玩弄数字游戏的手法也有评析，笔者对此事的看法，与上述二文相同。”（95 页注①）后一处，则连个注都没有；这符合学术规范吗？这是否属于学术不端呢？这能对不起自己的老师吗？

特别值得一提的是，李文第三节（四）小节两次提到“公然剽窃”（100 页），却未见明确的事实论述。剽窃，是非常严重的指控，文才先生应该且必须明确指出剽窃的事实。没有事实依据，即率意宣称“公然剽窃”，这是极不负责任的。

三、学术评论的底线

学术讨论或学术批评，一定要限定在学术的范围，用学术的眼光、学术的语言、学术的逻辑，来讨论学术问题。遗憾的是，李文有相当多的内容，讨论的既不是学术问题，使用的也不是学术语言和学术逻辑。

什么是学术语言呢？比如，我说“李文讨论的既不是学术问题，使用的也不是学术语言”，这是学术语言；如果我说“李文才先生身为扬州大学教授，居然不懂得何为学术语言、何为学术表达”，这就是非学术语言。再如，我说李文才先生没有理解甚至曲解了我的意思，李文逻辑混乱、前后矛盾，等等，这是学术语言；如果我说李文才教授学力不逮、水平太低、理解能力很差、玩弄文字游戏，这就是非学术语言。以下我们以实例说明。

我在讨论吏户存在与否的问题时，两篇文章均引及黎虎先生的意见：

最近黎虎先生撰文，根据走马楼所出吴简的材料，否定了当时吏户的存在。他的根据主要有两点，一是当时吏、民户籍是混合编制的，同为编户齐民，并不存在独立于民户之外的吏户；二是当时吏户的地位，不仅不比普通百姓低，甚至还高过普通百姓。我认为这两点与吏户存在与否

都没有必然的关系。(《吴简所见“事”义臆说》,《吴简研究》2，207 页;《研究》, 63 — 64 页)

以上研究，主要依据的是文献资料和石刻史料。随着长沙走马楼吴简的发现，这一问题又引起了学界的关注。黎虎先生撰写了系列文章，沿着汪征鲁的思路，进行了论证。撮其要点，我理解的黎先生的主要结论是：第一，不存在“吏户”；第二，吏的社会政治地位并不低；第三，吴简中的“吏民”是编户齐民。我认为专门户属与其地位高低、义务轻重并无必然关系。(《吴简所见的“子弟”与孙吴的吏户制》,《资料》24，13 页;《研究》, 81 页)

无论我的认识能不能成立，但这是学术语言和学术表达，无一讥讽语。黎虎《魏晋南北朝“吏户”问题四献疑》的回应：

不愧为大手笔！以“这两点与吏户存在与否都没有必然的关系”一言以蔽之，不费吹灰之力就将拙文对于“吏户”论的种种质疑、论难拒之门外。(2 页)

这就不是学术语言和学术表达，而是情绪宣泄。在指出我一处统计错误后，黎先生又说：

以如此不严肃、不负责任的态度玩弄读者，可谓空前绝后，应当纳入吴简研究领域乃至学术研究领域中的诚信缺失记录之最。（5 页）

这就完全逸出了学术的范围。我在我的实名微博中对黎虎先生这篇文章的回应，也不是学术语言和学术表达。李文才先生将我在自媒体上发表的情绪性的表达，未经我同意，即全文附在他这篇学术评论文章之后（109 页），即极为不妥，也极不符合学术规范。

有些指责，实在迹近无聊，真要让人“忍俊不禁”了。比如第 100 页统计我如何在文章中称呼师友；我也很想称黎虎先生为“虎先生”，能行吗？当然，《吴简研究》作为同仁刊物，技术处理也确有不到位之处，比如被李文指责的这种称呼（后编辑出版《出土文献与汉唐典制研究》时，我即将所有文章原有的如“先生”等敬称统予删去了）。再如，对沈刚《吴简中的诸吏》一文所引及的学者论著，李文认为：

显然，在沈先生看来，在吴简诸吏问题的研究中，上者为侯旭东、罗新，中者为韩树峰、张荣强，下者为黎虎。读者不难发现，5 人中侯旭东、罗新、韩树峰、张荣强为吴简读书班成员，前两位是其中的头面人士，而黎虎则为一介野鹤孤云式的处士。其褒贬抑扬，等次排列，颇值得细加玩味。（105 页）

这是学术评论吗？如果黎虎先生不愿作“野鹤孤云式的处士”，并且认为参加吴简读书班就可以摆脱“野鹤孤云式的处士”，我们非常愿意邀请黎先生参加读书班，共同研读。

有些表达，则不符合学术规范，比如第 91 — 93 页，引用韩树峰、王贵永的文章，多次称“署名为韩树峰、王贵永的（文章）”，并且在第 93 页特别说“如果说王贵永先生作为一位中学历史教师”云云——这完全是歧视中学教师。且不说钱穆先生当过小学老师，吕思勉先生教过中学，文才先生攻读博士学位的学校北京师范大学的启功先生教过中学，文才先生现供职的扬州大学的任中敏先生也教过中学；即以目下论，我能因为我供职于中国社会科学院，就歧视在扬州大学工作的文才先生吗？显然不能！

学术研究中，认识有分歧是很正常的，既不是因有私仇才要商榷，也不是要通过商榷来泄私愤。商榷也不会遮蔽被商榷文章的光芒和贡献。从前因批评一位朋友的论著，引起朋友的反感，我曾为此写过一段话：

面对批评或商榷，原作者常常会认为批评者或商榷者没有读懂乃至误解了自己的文义，而批评者或商榷者又往往从自己的认识或逻辑出发，认为自己已经理解了原作者的精义。解决这一争执最好、也是最为恰当的方法，就是请学界同仁来评骘；双方文章都已发表，已成公器，正可作为他人研究相关问题的线索。

事实上，在被李文视作“团伙”的学者之间，学术认识也不尽相同，且时有商榷。本文第三部分所举第1段第2条、第3条，就是我分别与侯旭东、韩树峰两位的商榷，可参看。

学术讨论，要遵循学术的逻辑。李文在批评杨振红先生“肯定韩树峰先生的说法而无视乃至否定黎虎先生的论述”（103页）时，说：

> 我们自然不能说杨女士也是团伙中人，但杨女士的上述表现却可能是对团伙行为的推波助澜，因为团伙行为的表现之一，就是对于“圈”内成员的片言只语都加以引述和点赞，而对于“圈”外学者的研究则基本视而不见，于其中的“出头鸟”则加以孤立和围剿。（104页）

这就不是学术逻辑。如果等而下之，指责作者心理，作诛心之论，如“为什么韩先生对这几个词汇情有独钟呢？因为这些词汇方便‘推论’”（93页）；甚至于说“也许还有其他原因，那就是个人的私心作怪”（104页），就更要不得。

李文指责吴简研讨班为“团伙”、为“团伙行为”。这样的指责，完全不应该出现在严肃的学术文章中。如果吴简读书班是团伙，学校老师组织的读书班，是团伙吗？各种学会是团伙吗？黎虎先生和黎先生曾经指导的博士研究生李文才先生，是团伙吗？李文将彼此援引、相互吹捧视作“‘团伙行为’之一”（100页）；李文总结吴简出土后“吏户”“吏民”问题认识的三个特点，之二是“黎虎先生的系列论文提出许多创新性见解，构成了他对‘吏户’‘吏民’问题的一种新的学术体系，代表着‘吏户’‘吏民’等问题研究的新阶段”（83页）——倘用李文批评团伙的标准，这是不是也属于团伙行为呢？

指责团伙“干扰了学界对黎虎先生的新学术体系和相关研究应有的重视和正确判断”，让人啼笑皆非。李文所列举的黎虎先生研究吏户问题的文章，哪篇没有发表？文章公之于世，且CNKI上皆可下载，“团伙”是用什么方法成功加以屏蔽，不让学术界获知并研读黎先生的论著呢？北京师范大学出版社新近印行的黎虎先生的论文集，不正在京东、当当、亚马逊公开出售吗？“团伙”又是怎么阻止读者购置、研读的呢？李文特别提到杨振红、沈刚两位屏蔽黎虎先生的成果（105页）；这即使是事实，那也只是杨、沈两位把自己屏蔽了，哪里能屏蔽得了学术界呢？哪里能影响学术界对黎虎先生成果的吸收呢？

李文称：“真正从事学术研究的人都会有相似或相同的体会，那就是并不担心自己的观点受到质疑，可怕的是别人故意曲解你的观点，再反过来对你进行指责和批判。”（108 页）其实，大可不必担心。现在学术界是开放的，没有人能一手遮天；学术也是发展的，这代人理解不了、甚至曲解你，那就藏之名山，等下代人。况且，已故的史学家，他们该怎么办呢？担心亦无用矣。李文结尾说：

学术研究中的“圈子”或团伙行为，则是孟（彦弘）、韩（树峰）等不良学风的助推器，从某种意义上可以说，正是彼此之间的相互援引、吹捧，无形之中助长了这种歪风邪气的盛行。对此，整个学术界都应该提高警惕，切不可让这种依靠猜谜、揣测的“算命”式的学风，毁掉我们的学术研究！

文才先生心系学术，令人钦佩，但也实在言过其实。就算孟、韩助长歪风邪气，就算孟、韩的研究是猜谜、摧测的“算命”式的，那也没有毁掉“学术研究”啊——黎虎先生不就创建了新学术体系吗？李文才先生也说：

毋庸讳言，本文对黎虎先生的吴简‘吏民’系列研究给予了充分肯定和高度赞扬，但笔者可以负责任地说，对于黎虎先生吴简研究的肯定和赞扬，完全是从其著述的实际出发，一切以学术规范为准绳，经得起事实的检验。（107 — 108 页）

这还担心什么呢？文才先生对自己老师的创新学术成果有信心，对这一成果在学术界的传播和影响也要有信心；即使对学术界很失望，那也要对学术史充满信心。要相信，创新成果、特别是有创新体系的成果，一定不会因为曲解而终致湮没。

学术评论在推动学术进步、深化学术研究中起着无可替代的举足轻重的作用。不少学术刊物，都单独留出相当篇幅，刊载相关评论。一般来说，撰著评论者，都是相关领域的行家里手；因自己对相关内容做过持久而精深的研究，评论往往能切中肯綮，不仅能指出所评论的论著的优点和不足，而且能高屋建瓴，为该研究领域拓展研究视野、提示研究方法、指出研究方向。这些评论，往往在一个研究领域的研究史上能起到承前启后的作用。最低的标准，也需一本学术立场，保证评论文章属于学术评论，在学术范围内进行。即使用这一最低标准来衡量，文才先生的这篇评论，也实在不能说达到了合格线。

四、结语

论著发表，即为天下公器。有人批评，总比无人置理要强。就历史研究而言，我们今天研究所依据的材料，是有意无意留存下来的，有很大的偶然性。依据这些材料所得到的认识，有相当大的不确定性。换句话说，用这些材料勾勒出来的历史，并非历史演进必然的、惟一的结果（参罗新《一切史料都是史学》，《文汇学人》2018年4月13日第2版）。历史认识和解释的复杂，自不必说；就是事实层面的所谓“恢复真相”，亦极不易。李文批评韩树峰推测过多，说：

大凡读过韩先生文章的人，不难发现，“可能”“似乎”“如果”“应该”“大概”“也许”“推测”等，乃是高频率出现的词汇。（93页）

又特别在注②中作了统计：

据笔者粗略统计，在《孙吴时期的“给吏”与“给户”———以走马楼吴简为中心》一文中，这些词汇出现的次数分别为：“可能”17次、“似乎”14次、“如果”18次、“应该”14次、“大概”6次、“也许”6次、“推测”9次。《走马楼吴简中的“真吏”与“给吏”》一文的情况则是：“可能”23次、“似乎”11次、“如果”7次、“应该”2次、“大概”1次、“也许”2次、“推测”3次。（93页）

如果我说，这恰恰反映了一个学者在研究中的严谨态度，文才先生一定认为我是在袒护朋友，但事实，确实是这样。

韩树峰先生没有因为自己接触吴简比较早、收集的材料比较多，就自以为掌握了真理，得出了惟一正确的科学的结论。可见，作为学者，他是有分寸、知深浅，对学术研究怀有敬畏之心的。其实，黎虎先生在研究“真吏”问题时，也体现出了同样的态度，李文即给予了高度评价：

> 黎先生虽然也作了一些推测性分析，但是明确指出：“由于资料缺乏，尚不能作出合理的解释”“限于资料，未敢妄断”，我认为这正体现了黎虎先生严谨的治学态度，因为在没有更多材料可资论证的情况下，确实不宜轻率做出某种肯定的判断。（106 页）

多闻阙疑，自是学者应有的态度。也许，这就是前辈学者学术积累越久，掌握的材料越多，了解的可能性越多，下断语、下结论时反而会越犹疑的原因了。

学术商榷或讨论，要心平气和。争论双方的学术出发点、学术逻辑、对材料的理解都不尽相同，所以彼此要说服对方，一般来说，是不大可能的。争论，是给学术界同仁看的，是要同行来判断是非曲直的，同时这也是为学界进一步研究这一问题多提供一些思考角度和研究素材。有的说法，即为同行所采信，并被屡屡征引，有的说法，即不大被认可，于是引用者稀。有的成果在发表的当时，引起了强烈的反响，呼应者众，但随着研究的深入，这些意见又常会被淘汰；有的则正相反，随着时间的推移，才焕发出光彩，产生持续的影响力。这在学术发展中，都是很常见、很自然的现象，实在不必争眼下的引用率。意识到这一点，学者就要在学术商榷、争论中，尽量克制自己非学术的情绪，避免将学术讨论演化为情绪宣泄，力戒使用大批判的语言和逻辑，尽量维持学术理性和学者风范。站在第三方的立场进行学术评论，更应如此，也更容易做到。

文才先生没有深入从事过吴简研究，对相关问题没有成见，本可以秉持学术的、客观的、中立的原则，做出经得起时间考验的有学术价值的、中肯的、平实的评论。事实却不尽如此，令人不胜遗憾。李文在批评时，使用最多的，大概就是逻辑混乱、自相矛盾等词语（我在回应中，也才清晰地意识到，逻辑确实是个大问题）。造成这一情况，也许是研究者的水平低，也许是评论者未能读懂。任何一个专题研究，都需要进行大量的学术积累，不经积累即能达到一定的水准，或者是天才，或者是妄人。我很希望文才先生能以这篇不太成功的评述文章作为步入吴简研究的初阶，登堂入室，推动吴简研究的深入。

二〇一八年四月廿八日写就，六月十五日改定

原刊《陕西师范大学学报》（哲学社会科学版）2019年2期

编校按：本文刊发时，囿于版面，大段引文曾作压缩；杂志亦本着学术刊物的立场，删去了一些情绪性的表述。考虑到引文具列，可免读者翻检之劳，故予恢复；一些情绪性的表述，也同时作了保留，立此存照，以警示自己“知易行难”也。

《中国移民史》的史料及史实问题

《中国移民史》（全6卷，葛剑雄主编，葛剑雄、吴松弟、曹树基著，福建人民出版社，1997）是近年出版的一部多卷本移民通史。全书的重点是描述移民的过程，勾勒移民对社会的作用和影响。它可以使我们对中国移民史有一个较为全面的了解，但是也存在一系列直接影响其学术价值的问题，如研究对象不确定、研究深度不够等[①]，

① 以往的研究，大多将“移民”当作一个尽人皆知的概念，没有对它进行严格的界定。有鉴于此，作者在对种种说法进行辨析的基础上，明确说：“我们为本书确定的移民的定义是：具有一定的数量、一定的距离、在迁入地居住了一定时间的迁移人口。”（《中国移民史》1/10，表示“卷/页”。本文 正文引用该书，径标卷/页）这就避免了将所有人口的空间移动都视作“移民”的简单化倾向。但是，作者在具体的研究中，却未能严格遵从这一界定，如“西汉期间其他徙关中类型”中的“特殊身份的移民”，作者认为“他们的数量是很少的……不过从我们规定的移民定义看……实际上大多也已成为迁入关中的移民了”（2/114）。既然徙入关中的人口数量“很少”，似乎便不符合作者所规定的“具有一定数量”的“移民”定义。研究对象的不确定性或随意性，必然会影响对移民状况的认识。另外，本书对移民过程的考证虽不乏精到之处，但在总体上，仍然主要是对“过程”的描述；对移民的影响和作用，也大多停留在列举现象的阶段。

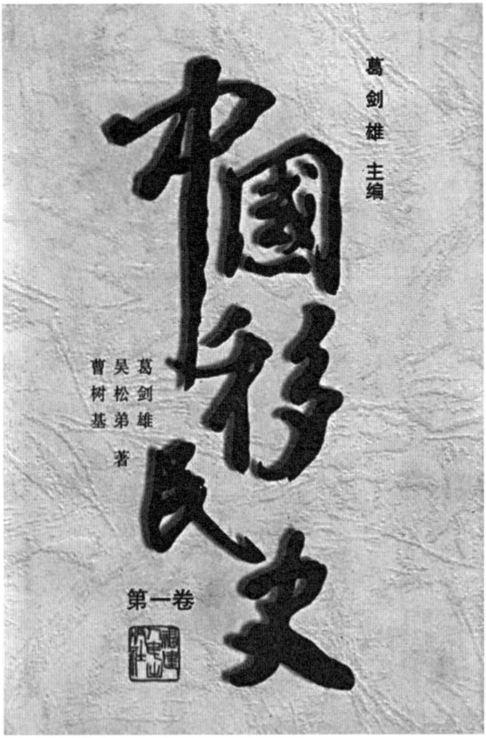

《中国移民史》，葛剑雄主编，福建人民出版社，1997 年

其中最重要的是史料问题。作者对构筑移民史的许多基本史料缺乏全面的掌握和深入的理解，重要而关键的史料收集有阙漏，对史源未做辨析，版本使用不当等。此外，对与移民史密切相关的知识（如历史地理、政治制度等）准备不够，对移民数字的估计存在偏差。这些都使作者所着力描述的移民过程，即迁徙的时间、地区、规模等，不尽可靠。本文对此书不做全面评介，只就管见所及，对史料、史实及其他相关问题略做评析，千虑一得，以备参考。

一、史料问题

史料是研究历史的基础。我们对历史的认识，是通过对史料的分析得来的。因此，对一部历史著作的认定，首先就要判断作者所征引的史料的来源是否可信。

我们根据本书作者所标注的引文出处回查史料时，却无法找到引文。有的是“疏于检核”所致，在所难免，但许多情况并非如此。如“原在乃蛮国可汗处掌管印玺并管理钱谷事务的畏兀儿人塔塔统阿，在乃蛮国灭时成为俘虏，后随蒙军征战并迁居中原”（4/560 — 561）。标注其依据是《元史·塔塔统阿传》。该传记载了塔塔统阿被俘后受命教太子诸王畏兀儿字，太宗即位，又受命“司内府玉玺金帛”；却没有他“随蒙古军征战并迁居中原”的记载。再如作者注明引文出自“倪岳《屯御疏》,《明经世文编》卷69”（5/293注①），但《明经世文编》(中华书局影印本，1987）该卷辑录的是王越的《王威宁文集》，这条史料当然不会出自此处（该条出自倪岳《论西北备边事宜疏》，见《明经世文编》卷七七）。又如：“吐鲁番部众也有内附明境边内者。如嘉靖七年（1528），吐鲁番大头目牙木兰率众3000帐入关归附，他们被安置于湖广鄂城。”（5/454）作者注其根据是“《明世宗实录》卷89”；但复检原文，仅有率众内附事，却无“3000帐”之数。安置之地，作者注其出处是“严从周《殊域周咨录》卷15《撒马儿罕》”；疑“严从周”乃“严从简”之误，因该书该卷确是“撒马儿罕”条。果如此，则该条嘉靖七年录有王琼疏，其中虽及哈密、吐鲁蕃夷人等事，但并无安置于湖广鄂城事（《殊域周咨录》，中华书局点校本，1993，490—491页）。又如，作者引用“李文忠等取元上都，设开平卫及兴和等千户所”一条，注云“《明史·地理志》”（5/284注①）。《明史·地理志》共分七卷，遍检诸卷，未见此条（此条见《明史·兵志三》2236页。下引正史，均为中华书局点校本，径标页码）。又如征引清代档案，未标出档案分类及编号，如注作“朱批奏折。允禄等折，乾隆二年三月十一日。中国第一历史档案馆藏”（6/154注③）。甚至还有将档案汇编成的书而视作档案原文来征引者，如征引广东巡抚杨文乾奏，注其出处为“《朱批谕旨》，中国第一历史档案馆藏”（6/391 注③） 等[①]。

这样的问题，并不是技术性的失误，似乎说明作者并没有真正见到所引用的这些史料的出处。倘确实未曾寓目，却又不标示其来源，读者如何能相信作者引用史料的真实性？又如何能相信依据这样的史料所得出的结论？对史料收集不够，理解有误，还都只能影响与这些史料相关的具体的论断；如果作者在引用史料时存在上述问题， 其所影响者可能就是全书。

（一）史料理解有误

本书作者对史料理解错误之处颇多，其中直接影响到对移民认识的错误就不少。

关于宋代秦州的内迁边民，作者认为“在庆历八年（1048）前的数十年间，秦州……城外的居民及驻军已达几万家”（4/51）。所依据的是尹洙《河南集》卷四“秦州新筑东西城记”。但复检原文（四部丛刊初编缩印本， 商务印书馆， 1936），乃云“秦州自昔为用武地，城垒粗

① 《朱批谕旨》是雍正命人将其批过的臣工奏折（雍正十年以前）， 选出一部分所汇编成的书。该书以人为经， 各人又以时间为序。作者所引杨文乾奏在该书第 4 册叶 87 （六十册本）。依作者引文体例，并不交待每部书的藏书地点；此书亦非罕见珍本秘籍，自不必交待收藏地点， 可知作者虽用书名号，恐不知此为一书。

完，数十年戎落内属益众……民颇附城而居。韩公作镇之初年，籍城外居民暨屯营几万家……以益城为请”。此处“几”乃“近”之意，指近万家，而非数万家。这就涉及了移民的规模。此文作于庆历二年，所以不是庆历八年前的数十年，而应是庆历二年前的数十年，这又涉及移民的时间。

再如作者认为“贞祐五年（1217），由于蒙古军开始南下，宣宗诏附近人民携带粮食迁入城内，开封城人口开始大增”（4/159）。作者引用的是《金史·宣宗纪》。检核原文，此事系于贞祐四年十月甲戌而非五年，文曰“谕附京民尽徙其刍粮入城，官储并运之”（321页）。只言运其刍粮，未及令百姓入城居住，则据此而得出的“开封城人口开始大增”云云，似有问题。又如，作者说：“有时，还有一些蒙古平民自外地迁入河南，仅至元二十九年一次迁入益都（今山东青州市）耕田的拔都儿部畸零户便有347户。”（4/538）检《元史》，原文是“敕畸零拔都儿三百四十七户佃益都闲田”（360页）。“拔都儿”是勇士、敢死士之意，是蒙古军组成部分，并非“平民”，也不存在“拔都儿部畸零户”。这至少涉及移民的身份问题。

关于元代色目人的迁移，作者列出“因入侍而迁移”一类，其中所举一例是，回纥伯什巴里（即别失八里）人康懿公中统中来华朝见，由于有学问得到世祖器重，“即命通籍禁门，恒侍左右，诵说经典……”（4/549）作者注明其资料出处是《雪楼集》。此书影印元刻本作“别失拔里”，不烦作者校改（“伯什巴里”乃清人妄改，作者显用四库本）。简单的几句，疏误之处颇多：（1）“回纥”之说，不见原文，显然作者以为“回纥”即畏兀儿[①]。唐代回纥是元代畏兀儿的先民，但元代所说的“回纥”不是用来指称畏兀儿，而是“回纥即回回”。元代所说的“畏吾儿”一般是特指高昌回鹘，而“回纥”亦即“回回”是对今中亚和西亚地区信奉伊斯兰教诸国各族人的泛称，二者地域、民族均有很大差异。本书作者将其误视为一，势必会导致其所论移民的地域和民族问题出现重大失误。与此相关的是本书“畏兀儿人”一节中所举之例有“千夫长阿剌瓦而思”（4/560）。按，《元史》卷一二三《阿剌瓦而思传》说他是“回鹘八瓦耳氏”。“回鹘”即回回；此人系回回人，而不是畏兀儿人，钱大昕《元史氏族表》已指出。其子名阿剌瓦丁、赡思丁，也正是回回中通行的名字。（2）“来华朝见”之语不妥。“别石拔里”亦是中华之地。墓碑原文是“自其国来觐天光”。（3）“来华朝见”的不是康懿公，而是其孙大乘都（谥文敏）。另，康懿公是谥号，不

① 《中国移民史》4 /543 注④、4/563 注④引《明史》卷三三一《四川土司传》言及回纥时，作者括号注云“ 即畏兀儿”，可以说明作者对这一问题的认识。

是人名，此人名伯益赫（叙述中舍名而称谥号，从一般习惯和作者在本书中的叙述习惯来看，都欠妥）。另外还有些句读的错误，如引文作“世祖建国开平驿，致其家属，因占籍焉”（4/667）。据此，则似在驿站建国，不通，应作“建国开平，驿致其家属”。

（二）史料收集疏漏

在研究中，资料收集要尽可能完备。“竭泽而渔”可能是苛求，但相关的最基本、最关键的资料不应有疏漏。

魏晋南北朝时，有许多西域僧人内迁。作者将《高僧传》中的内迁“西域僧人”一一列出（2/503—505）。揆诸作者之意，似乎是想尽可能收集因佛教传播而进入中原的西域僧人。但是，《续高僧传》中也有不少这样的人物，作者未列。再如，关于清代八旗驻防，作者对相关史料没有一个全面的把握，以致造成了一些本可避免的失误；而对八旗制度的隔膜，更导致了作者在研究“满洲八旗的分布”中出现了一些根本性失误。

首先，作者对各地八旗驻兵的人数，主要依据的是“乾隆《八旗通志》”和《清史稿·兵志》的记载[①]。有关八旗

① “乾隆《八旗通志》”的提法欠妥。雍正五年（1727）鄂尔泰等奉敕修纂《八旗通志》，乾隆四年（1739）成书；乾隆三十七年（1772）福隆安等奉敕修纂《八旗通志》续书，嘉庆

的记载，除这两种外，最为集中的还有《八旗通志（初集）》《清会典事例》。两种《八旗通志》相较，《二集》虽然增加了乾隆朝的内容，但对此前的有些内容，反不如《初集》详实。关于八旗驻防，《初集》依据的是《会典》和“本驻防来册”；所载各地驻防兵数可确定为雍正后期至乾隆初年，不至于因时间跨度过大而不易比较。《事例》则以上谕等形式较详细地记载了各驻防地士兵的旗分、数额等演变。至于《清史稿》成书最后，其史源大多仍能找到；所载八旗驻防情况也比《初集》《事例》简略。作者在研究这一问题时，未使用更为详尽和可靠的史书，就注定其研究结论要出现失误。

具体而言，对所引用的上述两种史料中，未明确记载驻兵人数者，作者以一个士兵营房二间的标准进行了推算，并以此为基础，计算出了驻兵总数[①]。“一般一个士兵有营房二间”是推断的基础，但作者却未指明这一基础的史料根据。其实，《初集》卷二四《营建志二·八旗驻防·衙署营房》载《上谕旗务议复》中提到了八旗官兵的住房标

元年（1796）成书，命名为《钦定八旗通志》。为相区别，一般加“初集”“二集”字样（或将后者加“钦定”二字）。前者成书于乾隆而后者编撰于乾隆，题“乾隆”则徒增纷乱，不知究竟是指何书。本文所引《初集》即《八旗通志（初集）》，东北师范大学出版社点校本，1986年。

① 见《中国移民史》6/39，特别是“表2—2 畿辅地区的八旗驻防”。“表2—3”注“据乾隆《八旗通志》各地营房数推测，每兵用房2间”（6/41）。

准，“盖给章京房屋每员八间，骁骑校每员五间，兵丁每名二间”（1/443）[①]。该书同卷记载有各地驻防军队的房间数及各级官兵的住房数，确实士兵一般每人住房两间。但此仅“一般”而言，其中又有不少变例，如古北口、独石口、罗文峪等便是一人一间。如这些地方或因属山地所致，那么，河南开封府驻防是一人三间。有此变例存在，为何保定、德州、宁夏、成都（后三地见表2—3）驻防便一定是一人二间而不会是一人一间或一人三间呢？每一驻防地的总人数都不太多，住房标准一变，则据此推测的驻防人数的出入似乎就不能忽略不计。事实上，保定、成都、宁夏的驻防士兵数与其推测不合，德州驻兵数虽与作者所推测的相符，但亦只可视作巧合。从方法上说，这种推测是不恰当的。

另，作者所推测的保定、德州、宁夏、成都等四处驻防士兵数，在《初集》和《事例》中均有明确记载。保定府，本书推测士兵为160人左右（在行文中言及，在表2—2中未列，不知何故）。《初集》卷二七“保定府”，顺治六年，设兵四百零一人，雍正二年，添兵九十九人，共计五百人（1/514）；参《事例》卷一一二七“畿辅驻防兵制”顺治六年、雍正二年条，12/199、12/201。同

① 参《清（光绪）会典事例》（下简称《事例》）卷一一二〇“八旗都统·田宅”，中华书局影印本，1991年，12/130。

书卷二四“八旗驻防衙署营房·保定府”载，顺治六年设防时未给衙署；康熙二十八年的甲兵营房，共725间（1/446），也不符合作者一人二间的比例。德州，本书推测的驻防兵丁数为400人。《初集》卷二八：“山东德州，设兵五百名。（右《会典》）山东德州驻防：于顺治十一年三月内……四旗甲兵，共五百八十九名，弓匠二名，铁匠二名。”（1/543）《事例》卷一一二八“各省驻防兵制”载“（顺治）十一年，设驻防山东德州镶黄正黄二旗满洲蒙古领催三十四名，马甲三百六名，弓旗铁匠各二名”（12/213）。（雍正二年）“增德州驻防兵一百六十名为五百名，内分领催三十四名，马甲二百六十六名，鸟枪马甲三百名”（12/216）。虽然上述两书所载德州设驻防时的驻防兵数不同（具体的驻防兵数还需再作考订），但都与作者所推测的数字相差较大。后者马甲306名加上34名领催，或与作者估计数接近，但领催不同于士兵，更重要的是领催的住房标准与士兵不同，而作者是根据住房标准来推算的。宁夏，本书推测的驻防兵数为2000人。《初集》卷二八：“陕西宁夏府，设兵二千八百名。（右《会典》）”（1/533）《事例》卷一一二八：“（康熙）十五年，设驻防陕西宁夏府八旗满洲蒙古领催一百四十四名，马甲二千五十六名，步甲六百名，弓匠二十四名，铁匠四十八名。”（12/214）这与作者根据住房标准所推测的数字相差也较大。成都，本书推测的驻防兵数为2400人。《初集》卷二八："四川成都府，设兵二千名。（右《会典》）"（1/534）"四川驻防官兵，于康熙六十年六月，将荆州八旗出师兵丁内，挑选一千六百名，驻防成都。"（1/535）《事例》卷一一二八："（康熙）五十七年，调荆州驻防兵三千名出征……六十年，于荆州驻防赴四川出征之满洲蒙古领催马甲三千名内，以一千六百名留设驻防成都府。"（12/216）与作者依据住房标准推测的驻防兵数还是不合。

表2—2中天津府、山海关、密云三地驻防兵数据《清史稿》卷一三〇《兵志一·八旗》，但复检原文，除密云外，其他两处颇有歧异。天津，《初集》卷二七（1/514—515）、《事例》卷一一二七（12/201）、《清史稿》卷一三〇（14/3864）均载天津府驻防始设于雍正三年，而非四年。山海关，本书采用《清史稿》所载，顺治初年的驻防甲兵数为700人，误。该书未载顺治时驻防兵数，这个数字是康熙时的驻兵数。《事例》卷一一二七："（顺治二年，设驻）山海关，八旗满洲、蒙古兵四十六名。"（12/199）"（康熙）十四年，增山海关驻防兵七百五十四名为八百名。二十年，裁山海关驻防兵四百名……二十七年，调山海关驻防汉军兵三百三十四名，移扎盛京小凌河……三十四年……增山海关驻防兵四十名。"（12/200）《初集》卷二七："山海关，设兵二百名（右《会典》）。山海关驻防：顺治二年设立。拨陵上壮丁披甲八旗设甲兵八百名。康熙二十年，将陵上壮士撤回，

止存甲兵四百名。二十九年，又裁去三百三十四名，止存六十六名。将八旗壮丁补放九十四名，共甲兵一百六十名。三十四年，添甲兵四十名……共拨什库二十名，甲兵一百八十名。”（1/515）顺治初年山海关始设时的驻兵数，虽然《初集》与《事例》所载不同，但至少有所依据。

其次，对驻防于畿辅的八旗，作者“设其中 52% 为满洲八旗”（6/39），不知此比例数据何而来？据《初集》卷二至卷一六记载，八旗满洲共 682 佐领，八旗蒙古共 211 佐领，尚不包括八旗满洲所属的包衣佐领八旗汉军共 270 佐领，其中八旗满洲所属佐领占全部佐领数的 58.5% 强。而据《清文献通考·兵考一·兵额》“八旗满洲兵五万九千五百三十名，八旗蒙古兵一万六千八百四十三名，八旗汉军兵二万四千五十二名”。则八旗满洲在全部八旗军队中约占 59%。

第三，尽管我们可以根据八旗满洲在八旗中所占比例来推测畿辅驻防中的八旗满洲的人数，但八旗在各地驻防时，满洲、蒙古、汉军并非按总比例来分配，有些地方八旗满洲、八旗蒙古人数多，有些地方却一度只有八旗汉军；依据总的比例数来推测某地驻防中的八旗满洲人数，与事实出入会较大。《初集》《事例》所载八旗驻防情况，许多驻防地都明确标明了旗分。即以畿辅驻防而言，《初集》卷二七《畿辅驻防甲兵》中标明了顺义、良乡、固安、东安、霸州、永平、古北口，均为八旗满洲；昌平、宝坻、雄县、玉田县、天津府、热河，均为八旗满洲、八旗蒙古；三河，始为八旗满洲若干，后为八旗满洲、八旗蒙古若干；采育里，始泛言驻军为八旗，后分载八旗满洲、八旗蒙古各若干；山海关、郑家庄，详列八旗满洲、八旗蒙古、八旗汉军各若干。只有冷口、喜峰口、独石口、罗文峪、千家店、保定、沧州、张家口，驻军泛称八旗。再以《事例》所载相对照，可以确定驻防军为八旗满洲者可能会更多。除去明确记载为八旗满洲者之外，剩下的驻防兵中，再以一定比例估计八旗满洲在驻防军人中的数量，就会比全部以比例估算要准确得多，也科学、合理得多。

第四，表2—2中将热河、围场分为二地。《事例》往往将此连称，或分开记载，但似乎未将此视作二个驻防地。而且，“热河”既列于畿辅驻防（表2—2），又见于直省八旗驻防（表2—3）。另外，《初集》中的畿辅驻防中尚有圆明园、郑家庄二地，表2—2中未列，也未作交待，不知何故。

第五，第二章是“清兵入关和满洲迁移”，其第二节是“满洲八旗的分布”，其中第一小节“北京”，即北京的八旗满洲，以52%为比例，估计了其中属于八旗满洲的人数；而第二小节“直省”，据表2—3计算出了各省驻兵总数，但据此章此节的主旨，应当是叙述直省驻防中的八旗满洲的人数，作者并未如北京，将八旗满洲从八旗中分出来。如此混同叙述，便失去了此节叙述的意义。作者叙述了满城和日后出旗为民的情况，但满城中是八旗满洲、八旗蒙古、八旗汉军同住，并非仅是八旗满洲，而出旗为民本身有一过程，不能因此将直省驻防军人全部视作八旗满洲。

第六，表 2—2 中有“驻防时间”一项。按，这其中大多是始设时间而非驻防时间，表 2—3 中标为“设置时间”，是。但“设置时间”只是一个时间点，而且各驻防的设置时间也有早晚之别；将不同时间点的驻防兵数的总和视作驻防总数，并据此来估算其中的八旗满洲的人数，不妥。应当以同一个时间点来估算，再将不同的时间点的驻防情况进行比较。这并非不能做到，至少《初集》《事例》记载有各地驻防人数的前后变化。因此，且不说表 2—2、表 2—3 中的一些数字是错误的，以设置时间的驻防兵数来做这两个表，也并不能说明作者想要说明的问题。

（三）未探究史源，或未细审文意

作者引《新唐书》卷七二下《宰相世系表》为据，认为赵奢的后人迁至咸阳是在秦灭赵时（2/62）。但《后汉书·马援传》载：“马援字文渊，扶风茂陵人也。其先赵奢为赵将，号曰马服君，子孙因为氏。武帝时，以吏二千石自邯郸徙焉。”李贤引《东观记》曰：“徙茂陵成里。”（827 页）记载战国末的史事，《东观汉纪》和《后汉书》无疑要比《新唐书》更为可靠，不知作者何以舍前用后？如果认为晚出史料比前期史料更可靠，则需做必要的考辨，不宜如此不辨史源而贸然使用。

在研究唐代移民时，作者列有许多移民表，书中的许多结论都是根据这些表得出的。但这些表的错误却不少，常将一人视作二人、二人视作一人等，这无疑会直接影响据此而得出的移民状况。如表 2—1“突厥移民实例”中有两个“阿史那怀道”和两个“白元光”。第一个“阿史那怀道”（3/35，第 6 人），作者所根据的是《旧唐书·突厥传下》，迁入地为长安。检原文，作“阿史那步真者……其子斛瑟罗……寻卒。子怀道，神龙年累授右屯卫大将军、光禄卿，转太仆卿兼池都护十姓可汗”（5189 — 5190 页）。第二个“阿史那怀道”（3/36，第 9 人），作者所根据的是阿史那怀道长女的墓志，迁入地是洛阳。检原文，作“夫人姓阿史那氏，继往绝可汗步真之曾孙……斛瑟罗之孙，十姓可汗、右威卫大将军怀道之长女也”（《唐代墓志汇编》，上海古籍出版社，1992，上 /1223）。全文未及迁来洛阳事，不知作者何以认定其迁入地乃洛阳。两相比较，可知资料来源虽不同，但这两个阿史那怀道同为一人则无疑。至于表中的两个“白元光”，更是费解。两处所据史料完全相同，显然是同一个人，但表中所列内容却不尽相同。又如表 3—3“西域移民实例”：“金刚智”（3/103，倒第 4 人）与“大宏教和尚”（3/106，倒第 3 人），本是同一个人；“不空金刚”（3/107，第 7 人）与“大辩正和尚”（3/106，倒第 4 人）也是同一个人。权德舆《唐大兴善寺故大宏教大辩正三藏和尚影堂碣铭并序》(《全唐文》卷五〇六，中华书局影印本，1987）称：“大宏教和尚，本号金刚智……传法于大辩正和尚。和尚法号不空。”(5153页)《宋高僧传》卷一《唐京兆大兴善寺不空传》称：“释不空……华言不空金刚……年十五，师事金刚智三藏。”在同一条材料中，交待得非常清楚，不知作者何以会误一为二。

作者谈到金代汪古人在中原当兵或任官的例证，其中有“锡里济苏于金末任凤翔兵马判官。见《四库全书总目·石田集》”(4/557注⑤)。讲元代史事，不能将四库馆臣的概述作为史料依据。“锡里济苏”是四库馆臣对马祖常之祖“锡里（礼）吉思”的妄改。《元史·马祖常传》:“有锡里吉思者，于祖常为高祖，金季为凤翔兵马判官，以节死赠恒州刺史，子孙因其官，以马为氏。曾祖月合乃……”(3411页）马祖常在为其曾祖月合乃所撰《礼部尚书马公神道碑》(《国朝文类》卷六七，四部丛刊初编缩印本；参《石田先生文集》卷一三，中州古籍出版社点校本，1991）中称：“公讳月合乃……父讳锡礼吉思。当金迁浚都，尚书省辟为译字掾曹，试开封判官，改凤翔兵马判官。死节，赠镇国上将军、恒州刺史。官名有马，因以立氏。”这才是史源所在。不能征引马氏文集为据，至少应征引《元史》为据，绝不能以《四库提要》为据。

其他因未细观全文，断章取义，结果导致张冠李戴者也不少，如将儿子的罪过或功绩算到了父亲身上，或将祖父的事安到了孙子身上，或将辈份完全弄乱[①]，或所得结论与所据史料不相吻合等[②]。

（四）对史料的流传和版本情况不甚了了，对古籍整理的成果也注意不够

作者在叙述清代圈地过程，言及八旗圈地的数额时，云：

> 王庆余《石渠余记》卷4记："各旗官兵分拨庄田以顷计者十四万九百有奇。"王庆云在《熙政纪要》卷4《纪圈地》中说，八旗前后圈地共占耕地面积达16.68万顷。（6/50）

《石渠余纪》（北京古籍出版社点校本，1985）以不大的篇幅记载了清代的重要典制，因所根据的是上谕奏折，而

① 支通期全家是被梁翼之子梁胤所杀，而书中却误作梁翼所为；时间也应是永和六年以后，而不是此前（2/217）。作者说王世充是王粲之子（2/510），误。嫁与王粲的是世充祖母，其时其父王收已出生，随其祖母入王家。其祖母与王粲生下的是世充叔父王琼，而非王世充。元至元年间担任西夏等路行中书省郎中的是董俊的儿子董文用，书中误作董俊（4/541）。任蒙古汉军征行大元帅的是赵世延的祖父按竺尔，书中误作赵世延（4/550）。

② 蔡汝楠上疏针对的是大同镇之后在山东等地的招募，而作者误作是针对大同镇（5/298）；另，此条出自《明经世文编》卷三一五，而非卷三一四。

不只是转录《清实录》等官书而已，因此成为治清史的入门书。龙璋在光绪十六年刊刻《石渠余纪》时，作跋云："右《石渠余纪》，闽县王文勤所撰，原名《熙朝纪政》，稿定后改今名……此书于国朝掌故政事之大者，备举无遗，诚精且博。学者耻不知，今读此已得过半矣。"作者却将一书视作二书，且书名、作者也有不确处。

最为典型的是，作者在叙述辽金元时期移民时，大量使用了《四库全书》本。《四库全书》本对辽、金、元时期的非汉族的人名、地名等擅自进行了大量改动。研究这一段历史，尽可能不要使用《四库全书》本；如果要使用，也要与其他版本或其他相关史料相比对，否则，有时就会不知所云，乃至出错。作者对《元文类》《秋涧集》《雪楼集》《至正集》《石田集》等一批重要而基本的史料，都使用了《四库》本，似乎是在尽量使用《四库》本，这就不可避免地造成了太多的不应有的误会和错误。如作者引有"富珠哩翀《王公神道碑》"（4/556 注⑦），所谓"富珠哩翀"，是四库馆臣对"孛术鲁翀"的窜改，《元史》有传，篡改后不知所云。又如："蒙古人塔本默色任卫辉路（治汲县，今河南卫辉市）监郡，遂家汲县"（4/532）。据作者所注，出处是"王恽《秋涧集》卷 51《李公神道碑》"。"塔本默色"本作"塔必迷失"，亦四库馆臣妄改；此事并非出自《李公神道碑》，而是出自《大元国故卫辉路监郡塔必公神道碑铭并序》（《秋涧先生大全文集》卷五一，四部丛刊初编缩印本）。

对古籍研究的成果，作者重视不够。如关于明初移江南民十四万至凤阳一事，作者认为《明史》卷一三三《俞通源传》、卷一二七《李善长传》所言十四万为富民是错误的，并引朱元璋《御制文集》为据（5/45—46）。但黄云眉先生在《明史考证》（中华书局）中已用同样的材料做了考辨（分见4/1147—1148和2/602）。作者虽然又用《胡仲子文集》和《苏平仲文集》以证实，但所用基本、关键的材料一样，结论也相同；在此基础上，即使补充新史料，也应将前人的工作列出。

荆襄流民刘千斤部下再次于成化间起事，政府派项忠督战。项氏先招后剿，“发兵搜捕山谷，尽徙出之，发还乡者百十四万，编成者万余人。”对《丛书集成初编》本《鸿猷录》的这一“百十四万”的记载，作者引用项忠的《报捷疏》和《抚流民疏》，证明“合计荆襄流民的总数当为百五十余万”（5/381—382）。《鸿猷录》有点校本（上海古籍出版社，1992），此处正有校记，说：“百四十万原作‘百十四万’，据家刻本、李校本、刘校本改。《明史·项忠传》谓招抚流民复业者九十三万余人，招谕解散自归者五十余万人，与‘百四十万’之数合。”（260页）可以说，此条的关键处，点校者已经指出，而且还提供了版本上的依据。

对点校本虽不必迷信，但在使用时最好能略加留意，做些比勘。至少，对前人已做过的工作，不必再费时费力进行重复劳动；即使补充一些史料，也应将前人已做出的成果列出。

二、历史地理方面的错误

地理是人类活动的空间基础，移民更是与地理密不可分，离开地理就无法研究移民。所以，研究移民史，首先要求研究者具有相当的历史地理素养。

作者在叙述唐代“西域胡人的内迁”时，根据“表3—3 西域移民实例”（3/102—109），列举了到东土传教的教徒，其中讲到来自“睹货速利”和来自“于阗”“于遁”等国的佛教高僧时（3/83），特别注明“睹货速利”是“在今印度境”，“于阗”乃“在今新疆和田一带”，而“于遁”则“在今帕米尔高原以北”。但我们知道，“睹货”即“睹货罗”（Tukhara），也就是吐火罗。《大唐西域记》（《大唐西域记校注》本，中华书局，1985）有睹货逻国故地，“南北千余里，东西三千余里，东厄葱岭，西接波剌斯，南大雪山，北据铁门，缚刍大河中境西流”（100页）。其地约在葱岭以西、乌浒河（Oxus，即今阿姆河）以南一带。速利（Surika），即粟特，又作窣利，《大唐西域记》卷一云：“自素叶水城至羯霜那国，地名窣利，人亦谓焉。”也就是汉文典籍中以康国为活动中心的昭武九姓，他们的聚居范围大致在乌浒河与药杀水（Yaxartes，即今锡尔河）之间。睹货罗与速利是中亚南北相邻的两地，不是一地；其南境止于今阿富汗，而不是“在今印度境”。作者所谓“睹货速利”国，注云出自《大唐西域求法高僧传校注》，但该书（中华书局点校本，1988）校注者对此已注明：“睹货罗与速利在唐时一般分指两个地理区域，此处合而为一，不甚可解。疑有遗误。”（48页）而本书作者在引用时仍将这两地视作一地，令人费解。于阗（Khotan），见于各正史及《高僧传》《续高僧传》等。《大唐西域记》卷一二“从此而东，逾岭越谷，行八百余里，至瞿萨旦那国”，作者自注说：“唐言地乳，即其俗之雅言也。俗语谓之汉那国，匈奴谓之于遁，诸胡谓之豁旦，印度谓之屈丹，旧曰于阗，讹也。”“于遁”是“于阗”的异译。二名所指实为一地，即今之和田。将睹货罗与速利合二为一，又将于阗、于遁一分为二，所注今地又有明显错误。这种疏误将直接导致移民的“迁出地”出现舛误，影响本书论述的核心问题。

对元代的“移民分布”，作者所列的地区有漠南、京畿、中州、东北、陕甘、东南、川滇、新疆（4/534—546）。但这八个地区的划分标准却不一样，有的是以今地（川滇、陕甘、新疆），有的是以位置（漠南、东北、东南），有的是以古地名（京畿、中州）。这不仅使人无所适从，而且也造成了不少脱漏，比如河南行省南部、腹里中部等。另外，对这些移民分布区，作者特别加注了今地，这无疑会给不熟悉历史的读者一个更为清楚的认识，但是，其中却有不少是错误的。比如，元代京畿，作者说明“指今北京市和晋冀两省的北部，元代属中书省辖地”（4/536）。按，京畿指都城所在地及其行政官署所管辖地区；就元代而言，应指大都路所辖地区，不能包括“晋冀两省的北部”。中州，作者说“指今河南和山东两省境”（4/538）。按，古代豫州处九州之中，故称中州，即今河南，有时亦以“中州”泛指中原。元代行政设置无中州，说中州包括河南、山东，似无根据。

对历史上的区划，作者似乎也不甚了了，如作者说：“安史之乱结束以后，易帜的安史叛将被唐朝任命为河北、山东各道的节度使”（3/5—6）。作者称“道”，可知是用古地名。但唐前期由十道而十五道，其中都没有“山东道”；如果作者所说“山东”是指关东，则其中包括河东，而安史叛将控制的地区中又不包括河东。再如，作者称“大同路（治山西今市，原称西京，又称云州）和朔州（山西今市） 由于邻近塞北草原，是元代漠北蒙古人的主要迁入地之一”（4/537）。按，元代的大同路下辖八个州，朔州是其中之一，不应将有统辖关系的地区，视作并列的两个地区。

三、移民数字的估计问题

在作者对“移民”的定义中，有一项就是要“具有一定数量”。因此，人口移动的数量，首先直接关系到这种移动是否属于“移民”；而移民规模的大小，又关系到我们对移民及其影响和作用的认识。中国古代的史籍中，对数字大多不甚留意，这就增加了量化的难度，也使我们对一些关键性的数字不得不进行估计。但是，在进行这种估计时，一定要有必要的根据。本书作者在对移民数字进行估计时，有时不仅缺乏充分的依据，而且所依据的标准还时常前后不一。如作者对明代崇明迁移到通州、海门的人口的认识：

洪武二十五年（1392 年）崇明岛上有 2700 户“民无田者”迁入江北。二年以后，又有 500 多户无田的崇明农民迁到昆山县居住。从第一条资料中记载的“江北”二字分析，洪武二十五年的 2700 户崇明农民大概就是越江而居的，迁入的地点应该在通州（治今南通市）、海门境内。洪武八年以前，崇明曾是扬州的辖县，崇明人北迁江北并不存在多少行政的障碍。

……从这一年开始，假定通州与海门的人口以年平均 4‰的速度自然增长，到洪武二十五年，就有人口 118533 人，迁入的崇明移民约占土著人口的 11%，可见，对于江北的土著来说，这批崇明移民的规模不算很小。（5/32）

作者推测“迁入江北”，“大概就是越江而居”，大体不误。但是，为何这批人至江北后就只是到了通州、江门境内而不是江北的其他地方？如以没有行政障碍做解，那么在移民史上，有多少移民是在本辖区内迁移呢？只有先证明崇明民户迁入江北，就是迁到了通州、海门，而不会是江北其他地方，作者计算出的崇明移民在通州、海门人口中所占的比例才有意义。遗憾的是， 本书作者并没有证实这个前提。如果这一前提有误，据此推算出的上述比例便自然不能成立， 那么作者在此基础之上，得出的相对于土著而言的移民“规模不算很小”的结论，也就失去了着落。其次，作者并没有收集到洪武二十五年的通州、海门两地的人口数据，只是从嘉靖《淮扬志》中找到了这两个地方在洪武九年的人口数。于是作者以年平均 4‰的人口自然增长率计算出，到洪武二十五年时通州、海门两地的人口总数；再以此做分母，计算出了这一年由崇明迁入的移民在这两地土著人口中所占的 11% 的比例。以人口的自然增长率来计算人口总数，确实具有相当的合理性，尽管我们不能排除当地的人口增长率达不到或超过自然增长率的可能。但问题是，作者对同一时期、同一地区的人口自然增长率却有着完全不同的估计：

从洪武九年至洪武二十六年，扬州府的人口从 51 万增加至 74 万，年平均增长率为 22 ‰。作为人口的自然增长率未免太高，如果假定这 17 年间扬州府的人口自然增长率为 10 ‰，至洪武二十六年扬州府人口仅为 60 万。由此可见，洪武九年至洪武二十六年间扬州府的移民继续迁入，新增移民数量达到 14 万人。（5/37）

怀疑 22‰的自然增长率太高，当然可以；但为何设定其为 10‰？为何上举通州、海门二地的人口自然增长率就是 4‰？而且二者相差如此之大？

作者将明代辽东的谪戍犯人视作移民的一种。关于其数量，认为“根据东宁卫的情况，我们假定洪武年间辽东地区迁入的谪戍犯人约为 2 万，恐怕也不是一个过高的估计”（5/280）。为什么根据东宁卫一卫的情况即可概知整个辽东地区谪戍犯人的总人数呢？除非能证明谪戍各卫的人数大致相同。同时，作者分别考证了故元将士、高丽和女直、谪戍犯人三部分的人数分别为 3 万、2 万、1 万，但随之又说“由当地的民籍百姓转为军卫战士的至少也应有 2 万。如此，从内地迁入的军籍人口约为 5 万”（5/280），根据什么说当地民籍转为军卫战士的至少应为 2 万？这个“2 万”缺乏根据，则迁入的人数恐怕也就失去了根据。

关于“辽东土著”，作者根据《辽东志》中更郡县为卫所时，“华人十七，高丽、土著、归附女直野人十三”的记载，在论证土著即故元士卒、故元士卒又在后三类人中占主体的基础上，得出了“土著占全体人口的 20%，其他二类人口合占10%，则辽东地区的总人口就有50万之众”的结论（5/282）。但是，即使土著主要是故元士卒，它在后三类人中也确是占主体地位，似乎也不能因此就确凿地说，后三类人占总体的30%，其中因第二类是“主体，那么它就占总体的20%，非主体的第一、三类人即为10%；除非先已证明“主体”就是占2/3（66.66%），而不可能是60%、70%、75%或别的比例。再者，上述推论的前提是《辽东志》所记的“十三”就是准确的十分之三，即30%，而不可能是25%—35%之间的一个比例。事实上，古书中的类似记载，往往是个模糊的说法，大多只能起到划分“大部分”与“小部分”的作用。如果把这一估计仅用于辽东一地，那么即使与事实有些出入，影响或许还不至太大；然而作者却将此20%的比例大胆地运用到了其他地区，如山西行都司的万全地区①、岷州卫②、陕西行都司③。将远在东北的一个地区的假设比例，用之于社会与自然条件都有很大差异的西北；在很不可靠

① “若带管的民籍人口如辽东地区一样为总人口的20%，则有2.5万人口。”（5/286）

② “岷州一带也有土著民人……由于我们不知当地土著在总人口的比例，只能根据辽东的情况作一类比，若带管民籍人口占总人口的20%，则有万余人口。”（5/299）

③ “假定如辽东情况，陕西行都司卫所带管的民籍土著人口占总人口的20%，则民籍土著人口为5万人。”（5/302）

的假设的基础上再随意做进一步的假设，如何避免差以毫厘、失之千里呢？

关于陕西行都司的民籍人口，作者的计算方法是，先算出它所统辖的其中一个卫——凉州卫——在洪武二十五年的人口数，再以此作为平均数，乘以当时它所统辖的卫数，便得出了它所管辖的民籍人口数（5/302）。但是，将凉州卫的民籍人数视作陕西行都司各卫的平均数，已欠妥①；在此基础上，乘以 11 而得出的数字②，其误差就会更大。再，计算人口时，对辽东地区，作者是以一家 3 口或多点的标准来计算其口数（5/282），而对陕西行都司的凉州卫民数，“以每户 5 人计”（5/302），对陕西行都司的土著军人，则又以每户 3 口计（5/ 302）。似乎是军户以 3 口计，民户以 5 口计？这种差异缘何而定？

不论证成立前提的假设是没有意义的。对没有材料的地区，如岷州一带的土著居民，存疑可矣；以辽东来类比，恐怕没有多大实际意义。

① 作者也已经意识到凉州卫比其他西部卫所的民籍人数要多。他说：“由于凉州卫离内地较近，民籍人口的数量较多，其他卫所，尤其是西部的一些卫所，民籍人口的数量可能就没有这么多。”（5/302）

② 作者认为当时陕西行都司共有 11 个卫，但核以本书“表 7—5 陕西行都司所属卫所的设置”（5/299），洪武二十五年以前所设卫所的总数并不是 11。

四、学术规范方面的问题

这样一部巨著，不列参考文献，已给读者检核带来很大不便，而作者在征引时，又多未注明所征引文献的作者和版本。有些文献不做标注，尚无大碍，有些则极易滋生歧误。如《续文献通考》，一为明人王圻所撰，一为清朝官修，而作者在征引时未予标明（如 5/510 所引）。《天下郡国利病书》，虽是一人所撰，但一为刻本，一为写本，内容有较大差别，但作者征引时也未做交待（如征引时或作“原编第八册”，5/28；或作“卷 13”，5/30）。有的不标明版本，会使人疑心作者篡改史料，如引《旧唐书·吐蕃传》“造酒、碾、硙、纸、墨之匠”一事，作者将“硙”引作“蹜”，并加注说是“水磨”（3/222），未知何据。

其次是引文格式欠规范。如引《慧超往五天竺国传》时，标作“《敦煌石室遗书·慧超往五天竺国传》”（3/93）。《敦煌石室遗书》是丛书，《慧超往五天竺国传》是子目。这种引用丛书中子目的形式，不仅极为罕见，也实在不妥。

对移民史及相关成果，重视不够。如作者在叙述“西域诸族的内迁”时（2/216），未及马雍先生的《东汉后期中亚人来华考》（收入其《西域史地文物丛考》，文物出版社，1990）。作者对“山越”所进行的考证，吕思勉先生在20世纪30年代即已完成[①]。第二卷第十章第五节第一小节“中国传统文化的延续和发展”，讲到北魏孝文帝“改革朝仪”的两位主持者，引《魏书·刘昶传》《魏书·艺术·蒋少游传》，认为是这两个人。但陈寅恪《隋唐制度渊源略论稿》(上海古籍出版社，1982)对此有详尽的考论，指出在其中起关键作用的是王肃，而不是对南方典章文物“依稀恍忽，皆从间接得来”的刘、蒋之辈(12页)。对陈先生的研究，当然可以有不同看法，但不置一评，而一仍旧史之说，似欠妥。

背景知识方面，错误也不少。当然，每个人的知识都是有限的，但对与自己研究的课题相关的知识或研究成果，就不能不注意。否则，其后果就不止是常识错误而已。

书中在多处涉及元代的科举人数，如作者说“元代会试录取名额中，规定分予蒙古人75名。其中上都6人，在全国仅次于大都(15人)”[②]。作者对这一问题如此重视，是因为他认为“会试录取名额的多寡往往与实际人口数量

① 吕先生的考证见其《燕石札记》“山越”条。此书最早由商务印书馆出版于1937年；上海古籍出版社1982年印行《吕思勉读史札记》时，此条也被入，见上册576—582页。

② 再如作者称“元代会试录取名额中，大都15人，高居全国第一”(4/536)；“大都西面的河东，南面的真定等在全国蒙古人会试录取名额中各占五名，皆居各地前列”(4/537)。类似叙述又见4/538—539、4/541、4/543等处。

相联系，因此上都是全国蒙古移民最多的城市之一”(4/535)。按，元代科举分三级，乡试、会试、殿试，乡试全国取300人，蒙古、色目、汉人、南人各75人，按地区分配；会试取100人，蒙古、色目、汉人、南人各25人，不再分地区。会试既然根本不依地区来分配名额，那么作者根据这种所谓的名额分配来判断人口的迁徙情况，就完全站不住脚了。

关于明代的军户迁徙，书中说“又按明代制度，往南方戍守者为北方人，赴北方当兵者则为南方人”(5/24)。但明代地方志中，有记载明初当地军户的戍守去处者，如隆庆《临江府志》(《天一阁藏明代地方志选刊》本，上海书店出版社，1982)卷七“赋役·军匠·军役”，记载籍贯为该地的军户，遍布直隶、山东、陕西、浙江、四川、广西、云南、贵州、福建、江西、湖广等地(46—56页)；嘉靖《固始县志》(《天一阁藏明代地方志选刊》本)卷四“民物志·军匠”，记载籍贯为该地的军户，分布地有直隶、陕西、河南、浙江等地(16—29页)。临江府属江西省，属南方无疑；固始县属河南省，但近淮河，无论把它划作南方或北方，其军户同时分布于南北，则似无疑。这说明军户会到外地戍守，从迁徙角度说，他们会迁移；但迁移的方向和地区，却不是作者所认为的南北互相迁移。关于这一问题，于志嘉《试论明代卫军原籍与卫所分配的关系》(《历史语言研究所集刊》60本2分，1989)已有令人信服的研究成果，遗憾的是，本书作者却未参及。

此外，在作者的叙述中，还有许多知识性的错误或表达不甚准确之处，如对清代东北的管理体制的交待（6/1）、对外蒙古的解释（6/3）、对康熙平定准噶尔叛乱及其后的处置的叙述（6/3—4）等等。这既反映了作者相关历史背景知识的不足，也说明对相关研究成果不够了解。至于作者在抄录史料时，因繁简字互换出现的失误，以及本书的排印错误，委实不少，需列勘误表来解决。

没有准确史实的历史，恐亦难称其为历史。以上只是就自己的知识范围，指出了我们认为存在的一些问题。理解有误，或前后有失照应，或以不误为误，或措辞不当等，都在所难免。希望通识者能以高屋建瓴之势，对本书做全面中肯的评价，以救本文苛细、琐屑之失！

附记：

在写作中，得到过许多先生的帮助、指正，谨此致谢！另，本书印过两次，似乎后一次印本的扉页上标有"国家社会科学基金资助项目　国家自然科学基金资助项目"字样。重印时，作者对前一次印本做过订正，但版权著录完全相同。本文依据第一次印本写成后，方得见重印本；虽据重印本，将其中作者已订正者予以删落，但仍恐有遗漏，请鉴谅为盼。

原刊《历史研究》2001 年 3 期

编校按：收入本书时，将第一节中“史料收集疏漏”中所涉及的保定、德州、宁夏、成都、天津、山海关的驻防兵数的两个颇长的注文，移置于正文中。一些简单的表示出处的注释，亦移入正文。

学术回顾

《全唐文》中碑志文的检索与整理

作为有唐一代文章总集的清人所编《全唐文》（中华书局影印本，1987），收录了大量的碑志文。这些碑志文，有的来自别集和总集，有的来自金石著作和拓片。《全唐文》于所收文章，均不标出处；对这批资料，学术界没有进行过系统的清理。日本学者在上世纪五十年代编撰《唐代研究指南》时，其中有《唐代的散文作品》（此据上海古籍出版社影印本，1989。以下简称“作品”，并附其编号），对《全唐文》每篇文章进行了编号，并尽可能标出了见于《文苑英华》《唐文粹》等总集、别集以及金石著作中的相应篇目。从其标注来看，似乎是总集、别集中已有的，便不再标注金石著作。这是可以理解的。从史源的角度，他们也许认为，清人编《全唐文》，首先会采用总集和别集中已有的文章。事实上也确实如此。不少碑志文，虽见于金石著作的著录，却无录文，比如《全唐文》卷三四一颜

《唐代的散文作品》，平冈武夫、市原亨吉、今井清编，上海古籍出版社，1989年

真卿《颜允南神道碑》(10a,《作品》7326),杨殿珣《石刻题跋索引》(增订版,商务印书馆,1990年重印。以下简称《题跋》)所著录的欧阳棐《集古录目》《宝刻丛编》《京兆金石录》,均无录文(79页);此无疑是据颜真卿别集《颜鲁公文集》而来。金石著作有录文,文集也收的,往往文字也会有不同。如颜真卿《元结表墓碑铭》(《全唐文》卷三四四,16a,《作品》7343),王昶《金石萃编》(本文所据乃《石刻史料新编》影印经训堂丛书本,新文丰出版公司,1982。《唐代的散文作品》所标示的《金石萃编》乃扫叶山房本)卷九八有录文,《颜鲁公文集》也收有该文,但二者即有不同;《全唐文》据文集收录,是自然之理,况且金石文字还有残阙。但也有文章,《全唐文》却是舍文集而用金石著录。如《全唐文》卷三三一阳伯成《大智禅师碑阴记》(8a),《作品》7162标出了《文苑英华》卷八二一(4b)。但《全唐文》此文下有注称“谨案碑刻严挺之大智禅师碑铭之下题河南少尹阳伯成撰”云云,疑据碑录。覆核《金石萃编》等,确非录自《文苑英华》;《文苑英华》作者题作“杨伯成”,系时也将开元廿九年误作开元十七年(《八琼室金石补正》误作开元廿四年)。

但是,我们还不太清楚,大概有多少碑志文,是仅见于文集;又有多少篇是既见于文集、又见于金石著作的著录,它们之间有无差异、是怎样的差异,《全唐文》究竟又是取自于何处。近年出土的墓志,有不少是与《全唐文》所收墓志文有对应关系的；但究竟有多少、二者具体关系如何，我们也不清楚。冯秉文主编《全唐文篇目分类索引》（中华书局，2001），其中“人物传记资料”占了一半的篇幅，这为我们查找《全唐文》中的传记资料提供了很大的便利，但该书没有比对金石著作和出土墓志的相关材料，而且其中有相当部分是对该人的任命制诏。傅璇琮等《唐五代人物传记资料综合索引》只收清人所撰《全唐文》作者的姓名，不收碑志主人物，对这个问题的解决，更是没有大的帮助。

碑志文并非都是上石的“实用”碑志。颜真卿《元结表墓碑铭》（《全唐文》卷三四四，16a，《作品》7343），称元结的故将故吏“感念恩旧，皆送哭以终葬，竭资鬻石，愿垂美以述诚。真卿不敏，常忝次山风义之末，尚存尽往，敢废无媿之辞”。这方碑，《题跋》有著录，显然是上石了。但颜真卿在碑里还说，“中书舍人杨炎、常衮皆作碑志，以抒君之志业”，恐不会都勒石。《全唐文》卷七六四裴敬《翰林学士李白墓碑》（18b，《作品》15396），据其碑文，知作于会昌三年（843），而《全唐文》卷六一四范传正《赠左拾遗翰林学士李公新墓碑》（9b，《作品》12097），作于元和十二年（817），记其迁墓事；因迁墓而撰写此志，“今作新墓铭，辄刊二石，一寘于泉扃，一表于道路”。事隔不到三十年，裴敬所撰志于范氏所撰志，一言未及。我很怀疑，裴敬所撰碑，不过徒撰碑文一通而已，并未勒石。当然，不勒石，并不影响其作为人物传记资记的史料价值（具体到裴敬这篇碑文，价值倒并不大，疑即据范传正所撰志文改写）。

杨殿珣《题跋》是做得非常好的一部工具书。但它不标注作者，我们很难根据它来查《全唐文》中是否据金石著作收录了碑志。同时，《全唐文》即使据金石著作收录某文，也将立石的时间删去，而《题跋》是根据葬卒年或立石时间来排列的。《题跋》书末的索引与正文在配合上也有做得不到位之处。这就使查核起来颇不方便。比如，《全唐文》卷三五一贾彦璿《大唐故忠武将军行薛王府典军上柱国平棘县开国男李府君墓志铭》（11a，《作品》7466）。我们读志文，知志主“讳无虑，字思眷”；按说《题跋》末附索引，应以“李无虑”为词条，但实际是以“李府君墓志（忠武将军）”来立条的。也有因未看到较全的文章，而使年代排列不准确的。如李邕《长安县尉赠陇州刺史王府君神道碑》，端方据残缺之字，依《新唐书宰相世系表》“王晙”条，考订其世系；但因不知此碑立于何时，故《题跋》附之于开元末。其实《全唐文》卷二六四（13a，《作品》6008）即收有此碑全文；此乃因王晙而追赠其父王行果官爵，立于开元十一年九月追赠时。王行果夫妇有墓志，见《新版　唐代墓志所在总合目录》（气贺泽保规编，增订版，汲古书院，2009。以下简称《总合》）2487；行果字洛诚，卒于咸亨三年六月十八日。再如《大智禅师姜义福碑铭》，有两通，一通严挺之撰，收入《全唐文》卷二八〇；另一通杜昱撰，收入《全唐文拾遗》卷一九。《题跋》则未作标识，读者极易混淆。元静（靖）先生李含光碑，颜真卿和柳识都写过，前者收在《全唐文》卷三四〇（3b,《作品》7320），后者收在《全唐文》卷七三七（7b,《作品》7942）。《题跋》见第 84 页，未作标识。一一覆核，方知所有题跋均是对柳识撰、张从申所书的这方碑的题跋，没有一条涉及颜真卿所撰的那方碑。再如《全唐文》卷三〇三崔琪《唐少林寺灵运禅师塔碑》（18a,《作品》6659），武亿作两跋，分置不同卷中，疑其误一为二；《题跋》亦分作两条收入（分见 68 页和 76 页）。

《题跋》对宋以来的金石学著作，特别是清代中后期大为繁盛的金石著作收罗殆尽。也可能如其书名所示，他主要着意于题跋，故对方志中的金石志，收罗不多。近年出土的墓志及传世拓片的收集、整理、编目、影印和研究，均取得了很多成果。气贺泽保规《总合》，为我们检索相关墓志提供了极大的便利（该书还标注了《题跋》的内容）。但这些新出墓志，究竟有多少方与《全唐文》所收墓志文有对应关系，是否只是上石文与收入文集文的区别以及区别有多大、可否用以校勘，等等，我们并不很清楚。

《全唐文》卷二五九收颜惟贞《朝议郎行雍州长安县丞上柱国萧府君墓志铭并序》（12b），《作品》5931 号，标出了《金石萃编》卷六九；《题跋》第 181 页列出了金石著作的著录情况，共十四条。我们检《总合》，萧思亮志见2534号，知有出土墓志拓片流传。这对我们校对、审核《全唐文》所收志文，就很有意义。

《全唐文》卷二一六陈子昂《故宣议郎骑都尉行曹州离狐县丞高府君墓志铭》(6a,《作品》5094)，称君讳某字某。曾祖某，祖钦仁，父相。因其葬年，我们检得其墓志，见《总合》1880，由墓志知其名讳、字。此文与墓志基本相同，间有不同处，可互校。知志文即取此上石。

神道碑，就目前所知，大多是事隔多年后，子孙发达，得到追赠，才又树碑的。与入葬时的墓志又有不同。但就内容而言，二者往往又可以互校。但对墓碑、神道碑的重视却很不够。

以《全唐文》为基础，与相关金石著作和出土墓志相核校，编撰“唐代碑志传记资料综合索引”，也许不无意义。这可以全面清理《全唐文》中的碑志传记资料与金石著作、流传拓片、出土墓志之间的关系，能在已有《题跋》《总合》工作的基础上，全面反映唐代碑志传记资料的整体面貌，并能厘清文集中的碑志文与传世著录、出土墓志之间的关系。

墓志中常有志主名、字不清的情况，常泛称为讳某、字某。与出土墓志相比，墓志文在这方面表现得更为突出，也更为常见。当我们全面、系统整理碑志文材料时，便可得前后左右互证之效。如《全唐文》卷二九三张九龄《故许州长史赵公墓志铭并序》(5b,《作品》6474)，公讳某，天水陇城人。曾祖某，隋尚书左右仆射。祖某，殿中监赠工尚。父某，符宝郎。子令则、令言。《全唐文》卷三九二独孤及《唐故虢州宏农县令天水赵府君墓志》(9b，《作品》8245)，府君讳令则，字某，天水人也。曾祖赵元楷，隋殿中监工部尚书淮安公。祖赵崇基，国朝岐州郿县令符宝郎右卫长史。烈考赵庆逸，正议大夫许州长史。家世、履历合若符节，绝无同姓同名而致混淆之可能。张九龄笔下的赵公，非此赵庆逸莫属。

根据其履历、家世，利用目前已有的学术成果，来考订这些未知志主的名讳，冯秉文主编《全唐文篇目分类索引》已做过不少工作。我们希望在广泛利用如徐松《登科记考》(中华书局，1984)，劳格《唐尚书省郎官石柱题名考》(中华书局，1992)、《唐御史台精舍题名考》(中华书局，1997)，吴廷燮《唐方镇年表》(中华书局，1980)，严耕望《唐仆尚丞郎表》(历史语言研究所专刊之三十六，1956)，岑仲勉《元和姓纂》(中华书局，1994)、《郎官石柱题名新考订》(上海古籍出版社，1984)，傅璇琮、张忱石、许逸民《唐五代人物传记资料综合索引》(中华书局，1982)，方积六、吴冬秀《唐五代五十二种笔记小说人名索引》(中华书局，1992)，赵超《新唐书宰相世系表集校》(中华书局，1998)，郁贤皓《唐刺史考全编》(安徽大学出版社，2000)、郁贤皓和胡可先《唐九卿考》(中国社会科学出版社，2003)等研究成果的基础上，进一步利用近年出土的大量墓志，还能有更多的发现，并对志中所涉及的不清楚的人物，也能有所确认。这无疑会大大方便研究者的使用。

《全唐文》卷二一五陈子昂《唐故循州司马申国公高君墓志（17b,《作品》5088），君讳某、字某，但知其曾祖励字敬德，祖宗俭字士廉，父慜字履行。据《新唐书宰相世系表集校》，高履行之子为高琁；此高府君即高琁。再如，《全唐文》卷二九三张九龄《故太仆卿上柱国华容县男王府君墓志铭并序》（1a,《作品》6472），通篇未言其名字。据其履历，检《唐刺史考全编》，知为王希儁。又如，《全唐文》卷二五七苏颋《司农卿刘公神道碑》（13b,《作品》5914），公讳某字某，彭城人也。曾祖讳某，我大父讳某，我先君讳某。据其履历，检《唐刺史考全编》、《九卿考》，知为刘仁景。

我们还可以利用金石论著及出土墓志，来校订《全唐文》。如《全唐文》卷二六五李邕《云麾将军碑》（22a,《作品》6017），不知何人；检《题跋》，知为李秀碑。《全唐文》卷二三六任知古《宁义寺经藏碑》,《作品》未作标识；检《题跋》，著录的是严可均《铁桥金石题跋》和洪颐煊《平津馆读碑记》。这两部书，均不录文。我们从民国《寿光县志》的“金石志”中找到这篇碑的录文，且录文质量较《全唐文》为优。

自赵明诚《金石录》以来，碑志的排列，一般都是以葬年、卒年或立石时间为序。《题跋》《总合》，即如此。《全唐文篇目分类索引》的人物传记部分，是以姓氏笔划、名字依字数为序（先二字后三字）来排列。我们似乎可以采用学术界常用的姓氏四角号码的排列方式。这样的排列，很容易发现人物之间的关系。比如，《全唐文》卷二三一张说《元州司户上柱国吕君墓志铭》（13b，《作品》5335），《全唐文》卷二九二张九龄《唐赠庆王友东平吕府君碑铭并序》（3a，《作品》6464），排在一起，马上即知为同一人（《全唐文篇目分类索引》即分作两个人，分别排在人名二字类和人名三字类）。又如《全唐文》卷二三一张说《故吏部侍郎元公碑铭》（7a，《作品》5327）、《邠王府长史阴府君碑铭》（7b，《作品》5328），都只是铭，当然不会有碑主名讳等资料。我们在用四角号码来排制索引，很容易就能发现，元公碑，即《全唐文》二八〇崔湜《故吏部侍郎元公碑》（7b，《作品》6200。碑文中已指出，铭由张说撰）；元公，即元希声。阴氏碑，即《全唐文》卷四〇八张均《邠王府长史阴府君碑》（17b，《作品》8643）；另据《元和姓纂》，知阴氏即阴行光（或作阴行先）。

为与《全唐文》原来的篇名相衔接，索引主条，仍以用原来的称谓为宜。一般不知名男子，可作“某某”，不知名女子，编作“某氏”；在括号中注明已经考订的名字，并另出参见条。这样，既能顺原题名找到，也能用考订后的参见条名字检得。比如，上举王希儁例，主条仍是“王某”，括注王希儁及相应作品号；同时，又立“王希儁”为参见条。每条后，设“说明”一项，主要摘录世系、卒年、葬地等相内容，以弥补不按葬地卒年编排的不足，也方便检索碑志中涉及的人物（周绍良主编《唐代墓志汇编》及《唐代墓志汇编续编》，末均附人名索引，收录志主及其五代以内亲属名，十分方便使用。如能将志主作一标识，则更为完善）。同时，也标注《题跋》和《总合》的相关信息，尽可能指出该碑志与其他碑志人物的关系。当然，索引收集的范围，应扩大至墓碑、纪功碑、德政碑、遗爱碑、纪孝碑、宗庙碑等传记性的石刻资料，以期全面反映有唐一代的石刻类传记资料的全貌。

总之，我们希望首先能编制一个索引，纳入以前为大家所忽视的作为传记资料的碑的部分，增加方志中的碑志材料，以方便大家与金石著作、出土墓志相核订；同时也能对《全唐文》的碑志文进行一些必要的考订、校勘。我们希望在此基础上，将来能进一步梳理《全唐文》所收文章的资料来源，廓清《全唐文》的史源，更准确地把握其史料价值。

二〇一六年八月

原刊《理论与史学》第1辑，中国社会科学出版社，2016年编校按：气贺泽保规所编《唐代墓志所在总合目录》迄今出过三版，本文所使用的，是其第二版，即《新版 唐代墓志所在总合目录》(增订版)，汲古书院，2009年。此后，又出《新编 唐代墓志所在总合目录》(汲古书院，2017年)，墓志编号与2009年版不尽相同，与本文核校时请留意。

近三十年来古文献的整理与研究

对古文献的整理与研究，源远流长。特别是清代学者做的工作尤多，成绩尤为巨大。进入民国之后，古文献的整理与研究，持续受到人们的重视。这与新材料的发现、现代科学观念的引入、整理国故的提倡等，都是同步进行的。这期间最有影响的古文献整理，一是新材料的发现、公布和整理，此即为学界熟知的如甲骨文、简牍、敦煌文书、明清内阁大库的档案；二是古籍的校勘与整理，代表性的工作就是张元济主持的《四部丛刊》初、二、三编的影印，《百衲本二十四史》校勘、影印，《丛书集成》的断句排印，以及对《明实录》的校勘整理等。特别是《百衲本二十四史》，因为通校了殿本，并与监本、汲古阁本作过校勘，并在此基础上，做了描润和校改，更被学者视作

《中国历史学年鉴（2002—2012）》，中国史学会　《中国历史学年鉴》编委会编，社会科学文献出版社，2014年

现代古籍整理的“开山之作”[①]。我们这里所讲的古籍整理，是指施加现代标点符号、划专名线、有校勘记的现代整理；当然，为全面了解古文献的刊布情况，我们也要注意以影印形式出版的古文献。

这种现代古籍整理工作的全面展开，大致起于上世纪五十年代，可以《资治通鉴》和《二十四史》的点校为标志。也可以作为第一阶阶段。《资治通鉴》和《廿四史》的点校，对中国古籍整理的示范作用是无论怎样估计都不会过分的[②]。

第二阶段，起于上世纪八十年代，古籍善本开始全

①许逸民《古籍整理释例》，8页，中华书局，2011。百衲本《二十四史》通过校勘而作过大量的描润甚至修改，但因校勘记未能正式出版，此前我们只能从张元济的《校史随笔》中略窥一二；1997–2004，在王绍曾先生主持下，商务印书馆整理出版了张元济的《百衲本二十四史校勘记》（其中遗失七种，即《晋书》《北齐书》《周书》《北史》《旧五代史》《辽史》《元史》的校勘记），我们得以第一次对校勘工作有了全面了解，也为我们更好地充分利用《百衲本二十四史》提供了科学的依据。杜泽逊曾对《百衲本〈史记〉》的描润、修改情况作过研究，见其《论南宋黄善夫本〈史记〉及其涵芬楼影印本》，《中国典籍与传统文化论丛》3，中华书局，1995。关于百衲本二十四史的校勘情况，参赵守俨《百衲本〈二十四史〉和〈校史随笔〉的学术贡献》，《赵守俨文存》，中华书局，1998。

②参赵守俨《风风雨雨二十年——〈二十四史〉点校始末记略》、《校史杂忆——〈二十四史〉点校散记》，均收入《赵守俨文存》。

面进行普查，并陆续出版了《中国古籍善本书目》。这时，随着国务院古籍整理出版规划小组、全国高等院校古籍整理研究工作委员会的相继成立，以及不少高校组建了古籍研究所，古籍整理、出版取得了突破性进展，一些大型古籍整理项目立项并相继全部或部分完成，如《中华大藏经》《全宋诗》《全宋文》《全元文》《全明文》《全清词》等。在基本典籍的整理上，取得了长足的进步，如中华书局主持出版的“新编诸子集成”，中华书局和上海古籍分别陆续整理出版的古典文学、历代笔记等。

出土或新发现的资料也相继出版，最著名者，如《甲骨文合集》《金文集成》《吐鲁番出土文书》、敦煌文书（既有英、法、俄、中等大宗敦煌文书陆续重新影印出版，也有经整理校录者如《敦煌社会经济文献真迹释录》《敦煌文献分类校录丛刊》以及按收藏号进行校录的《英藏敦煌社会历史文献释录》等）、徽州文书。战国秦汉简帛如《郭店楚简》《睡虎地秦墓竹简》《关沮秦汉墓简牍》《居延新简》《敦煌汉简》《银雀山汉简》《尹湾汉墓简牍》等相继面世，而三十年代即已发现且十分重要的《居延汉简》也重新作了校录。墓志拓本也开始大规模影印，如《北京图书馆藏中国历代石刻拓本汇编》《隋唐五代墓志汇编》《西安碑林全集》等，《新中国出土墓志》现正在分省出版中（现已出版陕西、河南、江苏、重庆等）。墓志录文，有赵超《汉魏南北朝墓志汇编》（天津古籍，1992）、《全唐文补遗》（三秦，1994—2007）、《唐代墓志汇编》（上海古籍，1992）及《续编》（上海古籍，2001）。档案文书也有大规模的整理出版，如第一历史档案馆藏明朝清朝档案、第二历史档案馆的民国档案、孔府档案、巴县档案等。随着社会史研究的提倡，族谱资料受到前所未有的重视，这首先是目录的编撰和出版，上海古籍出版社继《上海图书馆藏家谱提要》后，又出版了《中国家谱总目》。区域史研究的展开，方志及地方史料受到重视和挖掘，继《天一阁藏明代方志选刊》及《续编》之后，《宋元方志丛刊》《日本藏中国罕见地方志丛刊》以及一些馆藏稀见方志也得以影印出版。现正陆续分省出版的《中国地方志集成》，收罗范围远超以往。方志的整理，除各地整理当地的方志之外，重要的"总志"则以《中国古代地理总志丛刊》由中华书局陆续出版。在方志目录研究方面，继《中国地方志联合目录》，上世纪八九十年代，各省对本省方志进行普查，目录和提要也续有出版，如《河南地方志提要》《福建省旧方志综录》等。明代方志的调查编目最为全面，如陈光贻《稀见地方志提要》（齐鲁书社，1987）、林平等《明代方志考》（四川大学出版社，2001）最可参考。

上世纪九十年代迄今的二十年，是大型古籍丛书的影印，可视为第三阶段。最重要者，有《北京图书馆古籍珍本丛刊》（有意接续《四部丛刊》的工作）、《续修四库全书》《四库全书存目丛书》及《续编》、《四库禁毁书丛刊》及《补编》、《四库未收书辑刊》《故宫珍本丛刊》等，刊布了大批罕见而重要的典籍，推动了文史研究的深入。《文渊阁四库全书》和《文津阁四库全书》的影印出版，使学者真切地认识到《四库全书》各阁之间的差异（如《文渊阁四库全书补遗》，即是与《文津阁四库全书》所收宋元明人的集部相比勘的结果，差异颇大）。

在这个阶段，古籍的载体，发生了一个革命性的变化，就是电子本的出现。《文渊阁四库全书》《四部丛刊》的全文检索的电子本，为学者研究工作提供前所未有的便利。论著中大量征引文渊阁《四库全书》即可说明。电子文献古籍库，如基本古籍数据库、中华书局的古籍库。当然，电子本也存在两点问题，一是泥沙俱下，质量差别极大；二是制作电子本的底本的版权保护不力，侵权极为严重。

从五十年代到一九八五年，赵守俨先生曾对这三十五年的古籍出版工作作过简述[①]，而近百年的研究工作，黄

① 赵守俨《建国以来古籍整理出版工作简述》（初刊 1985），见《赵守俨文存》。赵先生将 1950 年至 1985 年分作三阶段，第一阶段是 1958 年以前，第二阶段是从 1958 年至文革时期，第三阶段是 1982 年以后。

永年先生也有概述[①]。我想在此基础上，拾遗补缺，并着重对近二十多年的古文献整理和研究作一概述。

一

在古籍整理及规划、出版方面，两个机构、一个学会的作用不应低估。两个机构，是国家古籍整理出版规划领导小组、全国高等院校古籍整理研究工作委员会。前者主要是对出版社的古籍出版进行资助，主持编印《古籍整理出版情况简报》，通报古籍整理出版的情况，至今已达五百余期，还一度主持出版过《中国传统文化研究丛书》以及刊物《传统文化和现代化》和《中国古籍研究》；后者则对古籍整理的立项进行资助，曾主办《古籍整理与研究》、《中国典籍与传统文化》，对高校的古籍研究所的工作起到了指导和推动的作用。一个学会，指中国历史文献研究会，是历史文献研究的“行业学会”，1980年起，编辑出版会刊《中国历史文献研究集刊》（共5集），后改为《中国历史文献研究》（共3集），现名《历史文献研究》，前后共出版三十辑；近又出版《中国历史文献研究会成立30周年纪念集》（华东师大，2009）。

① 黄永年《百年来的中国古文献研究》（初刊2000），见《黄永年古籍序跋述论集》，中华书局，2007。

上世纪八十年代不少高校都曾成立古籍研究所，专门进行古籍的整理、研究，后陆续撤并，或至中文系，或至历史系，或在图书馆。现在，北京大学、北京师范大学、华中师范大学、南京大学、复旦大学、浙江大学、中山大学、暨南大学、四川大学、东北师范大学、安徽大学等，均有相关研究机构，相关专业出版物仍在持续出版，如《古籍整理与研究》（季刊，东北师范大学），《古典文献研究》《域外汉籍研究》（南京大学），《古籍研究》（安徽大学），《历史文献与传统文化》（后易名《古文献与传统文化》，暨南大学），等。另外，国家图书馆主办有《文献》（季刊），上海图书馆历史文献研究所编辑出版有以刊布其馆藏历史文献为主的《历史文献》。《史学史研究》（北京师范大学）也会有相关论文刊出。至于中华书局主办的《文史》和上海古籍出版社主办的《中华文史论丛》，自其创刊之日起，历史文献研究方面的论著就始终是其主要刊布的内容之一。历史文献的整理和研究，与汉语史的研究关系密切，相关专业期刊如《中国语文》等亦时有相关论著刊布。

基本的历史资料的整理，对学术研究的推动作用是不可低估的，同时，对古籍整理的规范化，也厥功甚伟。最著名者，就是《资治通鉴》和《二十四史》的点校整理。现在，中华书局正在对廿四史点校进行修订，希望能弥补此前工作的不足。我想，只要能将其中最为重要的一项，即纠正原来一部分正史放弃底本校而作“择善而从”的处理，就达到了修订的目的。另外，中华书局所出《二十四史校订研究丛刊》，近已突破了《二十五史补编》的范围（参赵守俨《〈二十四史研究资料丛刊〉的回顾与建议》，见《赵守俨文存》；陈乃乾《二十四史注补表谱考证书籍简目》，见《陈乃乾文集》，国家图书馆出版社，2009），极大地推动了正史的补证工作。

史部除正史外，政书类和地理类中的总志，无疑是非常重要的。继《通典》《通志二十略》出版点校本之后，中华书局近又推出版了《元典章》（2011）、《文献通考》（2011）的点校本。整理难度极大的《肇域志》（上海古籍，2004）的面世很值得表彰。《中国古代地理总志丛刊》不断有新品种问世，近来所出《太平寰宇记》（2007）的点校整理本最为重要，而《读史方舆纪要》的点校整理（2010），也为翻检此书提供了便利。

清阮元主持校勘刊刻的《十三经注疏》，是学术研究经常使用的版本，但长期没有作过点校整理。此前虽有北京大学出版社印行的《十三经注疏》，但工作并不理想，如底本选择即受到非议。现上海古籍出版社正在重新做这一工作，现已出版《尚书正义》（2007）、《礼记正义》（2008）、《仪礼注疏》（2008）、《孝经注疏》（2009）、《周礼注疏》（2010）、《尔雅注疏》（2010）。中华书局也与山东大学合作，启动了相关工作（《四问〈十三经注疏〉汇校、点校》,《中华读书报》2012 年 3 月 29 日)。自上世纪六十年代开始讨论、八十年代以来陆续由中华书局陆续整理出版的《清人十三经注疏》(参徐俊《“十三经清人注疏”缘起》,《书品》2012 年第 3 辑),无疑为我们利用清人的经学成果提供了便利。现北京大学正在仿效《佛藏》《道藏》,进行《儒藏》的编集工作。另外,随着经学研究的深入,学术界对单疏本越来越重视[①],如《南宋刊单疏本〈毛诗正义〉》(人民文学,2012)的影印等。

诸子的整理,以中华书局《新编诸子集成》为最有成绩,也最具影响。现又启动了“续编”的选目和出版工作。宋代以后,主要是以《理学丛书》的形式,选择整理出版了一批重要典籍,现仍在继续出版中。佛、道典籍的整理,主要是中华书局陆续出版的《中国佛教典籍丛刊》和《道教典籍丛刊》。

笔记资料的整理工作起步于上世纪六十年代。八十年代以后,主要是中华书局的《史料笔记丛刊》[②]和上海古籍出版社的《笔记丛书》的出版。现在上海古籍出版社

① 赵万里《〈四部丛刊续编〉的评价》,称“所谓单疏,根本就不切实用”(原刊 1934),《赵万里文集》第 2 卷,574 页,上海科学技术出版社、国家图书馆出版社,2012。
② 参赵守俨《随笔和〈唐宋史料笔记丛刊〉》(1988)、《建国以来明清史料的整理概述》(有关明清笔记部分),见《赵守俨文存》。

的《笔记丛书》的整理出版已基本停顿，改用简体横排重印了一部分，而中华书局《史料笔记》的工作仍在进行，有新著不断问世，其注重“史料”的选目，对历史研究也格外重要。学术笔记的选目、整理和出版，上世纪五十代商务印书馆即曾规划，并出版了数种，后因出版分工调整而中断[1]；八十年代，中华书局开始出版《学术笔记丛刊》，其中尤以清代学术笔记为多，但尚未见到整体的拟目和规划。上世纪八九十年代，一些重要的近代日记开始整理出版，如《郭嵩焘日记》、王闿运《湘绮楼日记》、孙宝瑄《忘山庐日记》、《荣庆日记》、《退想斋日记》以及收入《走向世界丛书》的一些日记；江苏古籍出版社还规划过《民国名人日记丛书》，仅出数种。现在则以中华书局持续出版的《中国近代人物日记丛书》最为重要。现代学人日记中，金毓黻《静晤室日记》（辽沈书社，1993）、《胡适日记全编》（安徽教育，2001）、《顾颉刚日记》（中华，2011）、《夏鼐日记》（华东师大，2011）以及近始出齐的《竺可桢全集·日记》（上海科技教育，2005-2011）最为重要，是研究学术史的重要材料。

《古本戏曲丛刊》，郑振铎在五十年代即已着手编辑，后由吴晓铃负责，由上海古籍出版社陆续出版。中华书局

① 参赵守俨《学术笔记的整理出版与评议》（1992）、《五十年代商务整理出版古籍杂忆》（1982），见《赵守俨文存》。

出版了《古本小说丛刊》。这两种大型丛书均为影印。古小说的点校整理，则有中华书局的《古小说丛刊》。

文集的整理，主要是从古典文学的角度进行选目、整理和出版的。大致而言，以上海古籍出版社的“中国古典文学丛书”和中华书局的“中国古典文学基本丛书”最具规模，也最有影响。前者大体以整理前人特别是清人的释注本为主，后者则以今人整理本为主。现在，上海古籍又另立“中国近代文学丛书”，范围扩大到了近代的重要作家和作品。鉴于以往所出的诗文集多重视其文学性，中华书局近又组织整理出版“中国历史文集丛刊”，偏重于文集的历史资料价值。范围由文扩大至史，无疑是一个很大的进步。清代学者文集的整理和出版，日渐受到重视。经九十年代《揅经室文集》《抱经堂文集》《校理堂文集》《黄宗羲全集》《嘉定钱大昕全集》《戴震全书》《郑珍集》之后，上海古籍规划出版“清代学者文集丛刊”，已出《江藩集》(2006)、《经韵楼集》(2008)以及《陈澧集》(2007)等。各地整理乡邦文献，也多有当地学者文集，如“安徽古籍丛书”所收《俞正燮全集》(2005)、《程瑶田全集》(2008)、《凌廷堪全集》(2009)等；浙江古籍出版《刘宗周全集》(2007)。这为学界利用清人研究成果提供了极大便利，但新编学者全集，有不少是打破原来文集的编排体系而重新编排，似不可取。

在版本、目录及文献学的研究方面，近十年来也取得了不少成绩。继《中国版刻图录》（文物，1963）之后，黄永年、贾二强《清代版刻图录》（浙江古籍，1997）、赵前《明代版刻图典》（文物，2008）、《上海图书馆藏宋本图录》（上海古籍，2010）等又相继出版。随着先后三批分布“国家珍贵古籍名录”，图录亦有印行，如《第一批国家珍贵古籍名录图录》（北京图书馆出版社，2008）、《第二批国家珍贵古籍名录图录》（国家图书馆出版社，2010）、《第三批国家珍贵古籍名录图录》（国图，2012）等；分省亦有出版者，如江苏、西藏等。

继《古逸丛书》初续编之后，上世纪八十年代中华书局编辑出版了《古逸丛书三编》；近又举国家之力，国图出版社负责影印发行了《中华再造善本》。这是迄今规模最大的一次古籍善本影印工作。

善本书目，上世纪七十年代开始全国善本书的普查编目工作，成果即《中国古籍善本书目》（上海古籍，1989-1998），惜未著录行款。天津图书馆以此次普查的工作本为底本，另编索引，出版《稿本中国古籍善本书目书名索引》（齐鲁书社，2003）；翁连溪亦据普查工作本，作《中国古籍善本总目》（线装书局，2005）。后二书均保持了工作本的行款著录。此外，各馆也陆续出版了馆藏善本书目，如北京图书馆（即今国图）、科学院图书馆、北京大学图书馆、浙江省图书馆等；有的则是以省为单位，出版该省各馆所藏，如《湖南省古籍善本书目》。但一些非常重要的馆藏，如上海图书馆、南京图书馆却未能出版其善本书目，不无遗憾。同时，各书目的著录项也有详略之分，如科学院图书馆、北京大学图书馆均未著录行款。

详尽著录一个时代的刻书情况，当推《全明分省分县刻书考》（线装书局，2001）。这为我们了解明代的刻书及分布提供了翔实的资料。

著录版本的书目，邵懿辰《增订四库简明目录标注》后，傅增湘《藏园订补郘亭知见传本书目》（中华，1993）和杜泽逊《四库存目标注》（上海古籍，2007）最为重要。书目题跋方面，继《明人书目题跋丛刊》（书目文献，1994）、《清人书目题跋丛刊》（中华，1990-1995）之后，续有各类书目题跋的影印，但上海古籍近来陆续推出的“中国历代书目题跋丛书”，已出版三辑，整理排印多系重要且基本者，每种书后均附有书名、作者索引，极便利用。古籍题跋检索之作，有罗伟国、胡平《古籍版本题记索引》（华东师大，2011），系旧作重印，极便使用；如能按古籍分类来编排，另编书名索引，或许更能直观地反映出古籍题跋的“分布”情况。

断代编目方面，《清史稿艺文志拾遗》（中华，2000）极具参考价值，而在断代集部的编目方面，崔建英等《明别集版本志》（中华，2002）、袁行云《清人诗集叙录》（文化艺术，1994）、柯愈春《清人诗文集总目提要》（北京古籍，2002）及李灵年等的《清人别集总目》（安徽教育，

2000）最应留意。《清史稿艺文志拾遗》和《清人别集总目》，据目录来编定，未必目验其书，这在使用时是要注意的。

丛书目录因其收书甚广，向来受学界重视。《中国丛书综录》之后，上海图书馆又编就了《中国近代现代丛书目录》（1979—1982），惜未正式出版。施廷镛《中国丛书目录及子目索引》（南京工具书店）、《中国丛书知见录》（国图，2005）以及阳海清等《中国丛书广录》（湖北人民，1999），均为对《中国丛书综录》的续补（施氏所撰两书多所重复）。阳氏书收录甚广，但多据目钞录，与实际所出，时有出入。

上世纪九十年代，开始编纂《中国古籍总目》，拟将现存古籍全部入目，2009年完成，现已出版了其中的史部和丛书部（中华、上海古籍，2009）。该目录仍包括此前已出版的《中国善本书书目》的内容（对善本部分，也仍旧未著录行款），似嫌重复。

四库提要的重要性是不言而喻的。随着文渊阁、文津阁的影印，以及文溯阁提要的单行，学术界更容易了解各阁书前提要。而作为单行本，浙本和殿本《四库总目》也有印行。继《续修四库全书总目提要》影印本出版后（齐鲁，1998），整理工作近亦已全面展开，除经部外（中华，1993），近出版了丛书部（国图，2010）。

《书目答问》是研究中国文史的门径之书，以范希曾《书目答问补正》最便使用，自此书整理本（上海古籍，1983）出版后，近又出版了来新夏等的《书目答问汇补》（中华，2011），对前人批注广为收罗，且对版本流传又有增加，但对同一书的不同版本之间的递传关系少有说明。另，吕幼樵《书目答问校补》（贵州人民，2004）所录，来氏《汇补》未予收录。

除着研究的深入，各专门或专题文献的解题、提要或史料学之作日渐增多，既有像《中国分省医籍考》《中国通俗小说总书提要》《历代日记丛谈》《古本戏曲剧提要》《道藏提要》等，也有《中国古代史史料学》《唐史史料学》《清史史料学》以及断代文学史如魏晋南北朝、隋唐五代、元代的“文学史料”或“文学文献”的概述。这对我们深入了解相关历史文献十分有益。另外，地区性的文献提要也有撰集，如《两浙著述者》《云南史料目录概说》《山东文献书目》《中州文献总目》等。

在近几十年的古籍整理和研究工作中，学者积累了丰富的经验，并作了一系列的总结，特别是二十四史点校整理工作，为古籍整理体例的制定和完善起了很大的推动作用，具体主持这一工作的赵守俨先生思考尤多。讨论古籍整理的专书，如黄永年《古籍整理概论》、程毅中《古籍整理浅谈》等也有出版。最近随着二十四点校修订的展开，中华书局陆续在《书品》杂志公布了一批当年整理工作的档案，同时也出版了许逸民《古籍整理释例》（中华，2011）。

古文献或历史文献学的研究，特别是老一辈学者的成果，受到重视并相继整理面世，为我们总结文献学的研究，提供了便利。如北图出版社和上海科学技术文献出版社所出《顾廷龙文集》（2002）、《冀淑英文集》（2004）、《潘天桢文集》（2002）、《赵万里文集》（2011）以及刘乃和《励耘承学录》（北师大，1992）《历史文献研究论丛》（广西师大，1998）、王绍曾《目录版本校勘学论集》（上海古籍，2005）、《陈乃乾文集》（国图，2009）等。通论性的著作，继上世纪八、九十年代王欣夫《文献学讲义》、程千帆《校雠广义》（分目录、版本、校勘、典藏四册）之后，近来又有多种讲义类著作问世，如黄永年著《古文献学四讲》（鹭江，2003）、孙钦善《中国古文献学》（北大，2006）、《古文献学新论》（中山大学，2008）等。

二

近三十年来的历史文献的整理、研究和出版，呈现出以下几个特点。

第一，新发现的历史资料颇多，而整理、刊布较为迅速，这是从前所没有或少见的。

所谓新资料，对各个时代、各个专题研究的影响，是不同的。这既与各个时代的存留资料的情况有关，也与研思路有关，同时还有发现的偶然性。秦汉魏晋，主要是简牍资料的发现和整理。随着考古工作的进行，大批重要简牍的陆续面世，提供了前所未见的新资料。如里耶秦简、张家汉山汉简、悬泉置简、额济纳简、长沙走马楼吴简等，同时，文博单位和高等院校也通过收购，入藏了一批简牍资料，最著名者如上博简、清华简、北大简、岳麓书院简，等。后者因缺乏科学的考古信息，辨伪尤为重要。魏晋隋唐时期，墓志材料是继敦煌吐鲁番文书之后，受到前所未有的重视的新资料，近来陆续出版了《新出魏晋南北朝墓志疏证》（中华，2005）、《隋代墓志铭汇考》（线装书局，2007）、《邙洛碑志三百种》（中华，2004）和《河洛墓志拾零》（国图，2007）、《长安新出墓志》（文物，2011），《洛阳新获七朝墓志》（中华，2012），《五代墓志铭汇考》（黄山，2012），等；地域则主要集中在以西安和洛阳为中心的周边地区。以拓片影印为主要的出版物，有不少并非考古所得，故真伪需引起重视。研究区域史的学者，则对所研究区域的史料挖掘上付出了巨大的努力，也取得了可观的成绩，最令人瞩目的，就是关于华南及福建地区的碑刻等资料的收集与刊布。

在资料的刊布方面，图书馆、博物馆的介入也更加积极。如，图家图书馆出版社利用其独特优势，对国图的丰富馆藏，大量予以选印。如天一阁，2006 年公布了宋天圣令附唐令，现正与学术界展开密切合作，对登科录等进行整理刊布。

研究项目资金的推动，也使大型历史资料的刊布成为可能。如以“清史资料丛刊”的名义，由大清史这一国家项目资助，以“国家清史编纂委员会·文献丛刊”为名，整理、影印出版了不少清代资料，最著名者，如上海古籍出版社印行的《清代诗文集汇编》，收清人诗文集四千余种。

第二，历史文献的出版，大大突破了上世纪五十年代以来的所谓专业出版分工的局面，呈现出前所未有的多元和繁荣景象，特别是地方对乡邦文献的重视，促成了各地投入精力，较大规模地收集、整理和刊布当地文献，其中最具影响者，如《北京古籍丛书》（北京古籍）、《安徽古籍丛书》（黄山书社）、《福建丛书》（江苏广陵、江苏古籍）及《八闽文献丛刊》（福建人民）、《中州名家集》（中州古籍）、《两浙作家文丛》（浙江古籍）、《贵州古籍集粹》（贵州人民）、《山左名贤遗书》（齐鲁书社）等。

第三，专题文献的整理、研究受到重视，专门史如法制史方面的《中国律学文献》《历代判例判牍》（中国社会科学，2005）等，民族史方面如《突厥第二汗国汉文史料编年辑考》（中华，2009）。这类专题性的历史文献的收集、整理，与一般的古籍整理不同，如前者更能反映资料的整体性，后者则使资料研究的水平大为提高。这类工作，也许是将来历史文献整理和研究的方向。

第四，历史文献的电子化大面积铺开，专业化也大为提高。这为学者查找、利用资料提供了前所未有的便利，但在检索时常常遇到垃圾信息较多的问题需要克服。版权的保护也成为最需要解决的重要问题。如电子文献的版权保护不当，会大大影响历史文献的电子化的展开。

当然，历史文献的整理研究中，也存在一些问题。比如，过度整理的问题。历史文献的整理可分不同层次，如简单标点断句、各版本间的简单校注异同、扩大校勘范围而进行本校他校等、进行笺证疏解等，这是一个逐渐深化的整理过程，但并非所有书都有进行深度整理的必要。比如类书，主要进行同书版本校即可，不必进行“溯源校”，即将类书所引用书，拿来校勘；道理很简单，如果原书俱在，我们直接征引原书即可，用原书校类书，既无版本校勘的价值，也不存在“辑佚”的意义。再如笺解，变成了相关文献的汇编，殊无必要。再如，重复问题，如名人的文集，反复整理、反复出版。这些文集，无疑是文学史上占有重要地位的，研究者反复阅读和研究，是很正常的，但研读心得完全可以单独出版，不必将诗文集再整部重新排校，如童第德《韩集校诠》，如徐仁甫《杜诗注解商榷》及《续编》等；史书如朱季海《南齐书校议》、唐长孺《唐书兵志笺正》等，都可为榜样。又如，在影印书时，使用抽印的办法，将不同书中的相关资料抽出合印，如《地方志人物传记资料丛刊》，将方志中的人物传记抽出合印，这是替研究者收集资料，完全没有必要，且不说方志中的人物资料并不尽在列传部分，金石类、艺文类均有收录。如为研究提供便利，编制方志人物传记资料索引如朱士嘉《宋元方志传记索引》即可。类似的工作如《宋代传记资料丛刊》《辽金元传记资料丛刊》《明代传记资料丛刊》，均是以燕京哈佛引得处所编《传记综合引得》所列书目为准，将其中传记部分抽出合印，割裂原书。与《综合引得》相较，这一工作是买椟还珠。这在今后的文献整理、影印工作中是应该力戒的。另外，断代诗文总集的编集，多仿《全唐文》《全唐诗》之例，诗、文分别编辑。这在唐以前，是适当的，宋以后，别集流传较多，这种割裂诗文，分别编辑一代诗、文总集的体例即不应盲目应用。理想的做法，应以别集为主，将该作家佚文附于别集末，尽可能保留作家别集的流传面貌；另以补编或外编的方式，将没有别集流传的作家作品另行编集。

完稿于二〇一二年九月

《历史学年鉴 2002—2012》曾选用部分内容，社科文献出版社，2014 年

汪篯的唐代藩镇研究

在上世纪六十年代，汪篯先生为写作《中国史纲要》，曾撰写过一组札记（吴宗国《汉唐史论稿〈后记〉》，《汪篯汉唐史论稿》，北京大学出版社，1992，274页），其中有两条，谈到了安史乱后的藩镇形势和藩镇格局。“唐德宗至穆宗时期的军事形势”条称：

唐德宗、顺宗、宪宗时期的军事形势是：

（1）安史乱后，对唐威胁最大的力量是吐蕃。……

（2）唐廷对藩镇的战争主要是德宗、宪宗时进行的。……

（3）穆宗时，唐廷在河北诸道均定两税，又要更改“河北故事”，这样就引起了河朔再叛。……穆宗以后，唐和河北藩镇之间，实际上处于均衡的形势。这种形势一直持续到唐朝末年。

《汪籛汉唐史论稿》，汪籛著，北京大学出版社，1992年

（4）自穆宗时河朔复叛以后，直至唐末，中间经过了敬、文、武、宣四朝，共有三十余年，这三十余年总的情况是：

文宗削平沧景，武宗削平泽潞，唐廷不但能稳定地控制住南方，而且河南、山东、山西的广大地区的节度使也都是由唐廷委派的，决不能说“天下尽裂于方镇”。赵翼在《廿二史札记》卷二十《唐节度使之祸》一节里，曾有“天下尽分裂于方镇”一语，但他指的是唐朝末年，不是说河朔再叛后就是这样。（《汪篯汉唐史论稿》，北京大学出版社，2017，311 — 312 页）

在“唐代方镇的三种情况”条中，又说：

对河朔再叛以后的局面，有些人为要强调藩镇为祸之烈，就把长庆以后和元和以前都说成是“天下尽裂于方镇”，好像在唐后期一百五十年中，除了十几年以外（因为元和只有十五年），都是天下尽裂于方镇的局面。其实唐的方镇，有三种情况。一是河北藩镇，主要是河北三镇，只占有今河北一省之地和河南局部地区。此外，北方的某些藩镇，有时有些效法三镇，但都没有维持很长久。二是其他设立节度使地区，这其中又有两类，一类是由军将出镇的，如宣武、陈许等。那里的军将有时也跋扈，军中有时也发生军乱。但一般说来，节度使的任免还是由唐廷掌握的居多。另一类是剑南东西川、凤翔和淮南等。这些是所谓“宰相回翔之所”，不能把它们都看作割据势力。三是设置观察或团练使、经略使的地区。这一类由中央直接控制，一般不把它看作是藩镇。（313 页）

这两条札记，第一条是从时间上、第二条是从地域上，对唐后期的藩镇格局进行了梳理。一纵一横，用以说明唐后期、特别是穆宗以后，唐代的藩镇格局并不是“天下尽裂于方镇”，不宜用“藩镇割据”来加以概括。他的这个认识的学术意义何在？学术价值有多大呢？这需将其置于安史乱后的藩镇格局的研究史上，我们才能看得较为清楚。

一、

唐后期的政治史，学界向以藩镇割据、宦官专权、牛李党争来加以概括。关于藩镇问题，唐朝人就已开始有所解说。最著名的，就是杜牧的《罪言》（《樊川文集》卷五，上海古籍出版社，1978）：

国家天宝末，燕盗徐起，出入成皋、函、潼间，若涉无人地，郭、李辈常以兵五十万，不能过邺。……国家因之畦河修障戍，塞其街蹊，齐、鲁、梁、蔡，被其风流，因亦为寇。……运遭孝武，澣衣一肉，不畋不乐，自卑冗中拔取将相，凡十三年，乃能尽得河南、山西地，洗削更革，罔不顺适，唯山东不服，亦再攻之，皆不利以返。……

今日天子圣明……若欲悉使生人无事，其要在于去兵，不得山东，兵不可去，是兵杀人无有已也。今者上策莫如自治。何者？当贞元时，山东有燕、赵、魏叛，河南有齐、蔡叛，梁、徐、陈、汝、白马津、盟津、襄、邓、安、黄、寿春皆戍厚兵，凡此十余所，才足自护治所，实不辍一人以他使。遂使我力解势弛，熟视不轨者，无可奈何。阶此蜀亦叛、吴亦叛，其他未叛者，皆迎时上下，不可保信。自元和初至今二十九年间，得蜀得吴、得蔡得齐，凡收郡县二百余城；所未能得，唯山东百城耳。……如果自治，是助虏为虐，环土三千里，植根七十年，复有天下阴为之助，则安可以取。（87 页）

他历数用兵的结果，认为根本无力完全控制河北，“山东之人，叛且三五世矣，今之后生所见，言语举止，无非叛也，以为事理正当如此，沉酣入骨髓，无以为非者”。为说明这一点，他又举了中策的取魏，即控制魏博——如果能控制魏博，也可以进一步控制河北。也明确指出，“最下策为浪战，不计地势，不审攻守是也”。不能为收河北而浪战不已。同时也清醒地认识到，河北周围布兵，即为遏制河北。

安史乱后的河北藩镇或曰河朔藩镇的问题，在德宗建中用兵藩镇，双方陷入胶着状态时，德宗问计于陆贽：“内侍朱冀宁奉宣圣旨，缘两河寇贼未平殄，又淮西凶党攻逼襄城，卿识古知今，合有良策，宜具利害封进者。”于是，陆贽上《论两河及淮西利害状》（《陆贽集》卷一一，中华书局，2006）：

臣谓幽燕恒魏之寇，势缓而祸轻，汝洛荥汴之虞，势急而祸重。……何以言其然也？自胡羯称乱，首起蓟门，中兴已来，未暇芟荡，因其降将，即而抚之。朝廷置河朔于度外，殆三十年，非一朝一夕之所急也。……希烈忍于伤残，果于吞噬，据蔡许富全之地，益邓襄卤获之资，意殊无厌，兵且未衄，东寇则转输将阻，北窥则都城或惊。此臣所谓汝洛荥汴之虞，势急而祸重。上党、盟津之步卒，当今之练卒也，悉此彊劲，委之山东，势分于将多，财屈于兵广，以攻则旷岁不进，以守则数倍有余，各怀顾瞻，递欲推倚。此臣所谓缓者宜图之以计，今失于屯戍太多。（325 — 329 页）

《旧唐书·德宗纪》（中华书局，1986 年），建中四年八月丁未（初二）李希烈率众三万攻哥舒曜于襄城（337 页），即其事。《资治通鉴》（中华书局，1986）将此状系于建中四年八月（7348 页）。《新唐书·陆贽传》（中华书局，1986），“会马燧讨贼河北久不决，请济师；李希烈寇襄城。诏问策安出”，贽言云云，即此状。“帝不纳。后泾师急变，贽言皆效”（4912 — 4913 页）。《旧唐书·陆贽传》未及此事。

陆贽称“朝廷置河朔于度外殆三十年，非一朝一夕之所急”，已经点出不能将河北与淮西并量齐观（这反映了唐廷对藩镇政策的形成过程，参孟彦弘《“姑息”与“用兵”：朝廷藩镇政策的确立及其实施》，《唐史论丛》12，三秦出版社，2010）。可以说，安史乱后，对河北的状况，有一个比较清晰的认识。但对整个藩镇形势，有怎样的认识呢？

宋人编《新唐书》时，在卷六四《方镇表》的序中，说：

> 高祖、太宗之制，兵列府以居外，将列卫以居内，有事则将以征伐，事已各解而去。……及其晚也，土地之广、人民之众、城池之固、器甲之利，举而予之。……方镇之患，始也各专其地以自世，既则迫于利害之谋，故其喜则连衡而叛上，怒则以力而相并，又其甚则起而弱王室。唐自中世以后，收功弭乱，虽常倚镇兵，而其亡也终以此，可不戒哉。（1759 页）

唐方镇之患，就在于它既有土地，又有甲兵，又有人民；但其作用，既“弱唐”，但也是唐廷倚恃的力量（宋人尹源在《唐说》中称：“弱唐者，诸侯也；唐既弱矣，而久不亡者，诸侯维之也。”谈的也是唐方镇的作用。见《宋史·尹源传》，中华书局，1977，13082页）。在卷五〇《兵志》中，又谈及方镇，称：

> 夫所谓方镇者，节度使之兵也。原其始，起于边将之屯防者。……及范阳节度使安禄山反，犯京师，天子之兵弱不能抗，遂陷两京。肃宗起灵武，而诸镇之兵共起诛贼。其后禄山子庆绪及史思明父子继起，中国大乱，肃宗命李光弼等讨之，号九节度之师。久之，大盗既灭，而武夫战卒以功起行阵，列为侯王者，皆除节度使。由是方镇相望于内地，大者连州十余，小者犹兼三四。故兵骄则逐帅，帅彊则叛上。……始时为朝廷患者，号河朔三镇。及其末，朱全忠以梁兵、李克用以晋兵更犯京师，而李茂贞、韩建近据岐、华，妄一喜怒，兵已至于国门，天子为杀大臣、罪己悔过，然后去。……向之所谓三镇者，徒能始祸而已。其他大镇，南则吴、浙、荆、湖、闽、广，西则岐、蜀，北则燕、晋，而梁盗据其中，自国门以外，皆分裂于方镇矣。（1328—1330页）

“方镇相望于内地，大者连州十余，小者犹兼三四。故兵骄则逐帅，帅彊则叛上”；这主要说的是方镇的势力。“始时为朝廷患者，号河朔三镇。及其末，朱全忠…李克用……”，这是概括方镇格局，但从“始为朝廷患”，一下就到了“用其末”即唐末——安史之乱结束到唐末，有约百五十年的时间！

《新唐书》还专列卷二一〇至二一四共五卷，为藩镇类传，集中叙述了魏博、镇冀、卢龙、淄青横海、宣武彰义泽潞。在类传的序中，说：

安史乱天下，至肃宗大难略平，君臣皆幸安，故瓜分河北地，付授叛将，护养孽萌，以成祸根。乱人乘之，遂擅署吏，以赋税自私，不朝献于廷。效战国，肱髀相依，以土地传子孙，胁百姓，加锯其颈，利怵逆汙，遂使其人自视由羌狄然。一寇死，一贼生，讫唐亡百余年，卒不为王土。

当其盛时，蔡附齐连，内裂河南地，为合从以抗天子。杜牧至以“山东，王不得，不王；霸不得，不霸；贼得之，故天下不安”。又曰……魏博传五世，……成德更二姓，传五世……卢龙更三姓，传五世……淄青传五世而灭……沧景传三世……宣武传四世而灭……彰义传三世而灭……泽潞传三世而灭。（5921 — 5923 页）

讲完河北的情况（“瓜分河北地，付授叛将”），直接连类述及淄青、沧景、宣武、彰义，全然没有意识到，河北与非河北，其间有着很大的区别。

叶适《习学记言序目》（中华书局，1977）卷三八：

肃宗暮年，天下之势将亡，幸而有代宗以广平王统师收两京，功在诸将上，材练涉而资宽仁，又能沈断，盖良主也；所以不治而愈乱者，不知其祸在置藩镇，既不能收，反更成之故也（听仆固怀恩，不改河北幽燕，最大节目）。藩镇已成，自无治法。德宗初立，恃其聪明，始欲伐叛，几不免身；宪宗辛苦十四年，积劳未厌，卒以大坏。夫不知置镇之祸，而欲以治镇之道治之，宜其不治而愈乱也。（代宗）（566页）

唐中世以后，为其国死祸者，藩镇、宦官而已。藩镇自穆敬以后，不可复治。（文宗，又）（571页）

谈到了德宗的用兵、宪宗的用兵；"藩镇自穆敬以后，不可复治"——宪宗之后，从穆宗到唐末朱全忠，也有八十余年的历史，均为"不复可治"吗？

赵翼《廿二史札记》（王树民《廿二史札记校证》本，中华书局，1984）卷二〇有多条涉及唐代的藩镇问题。如"唐节度使之祸""方镇兵出境即仰度支供魄""方镇骄兵"等。他的看法，对后来的研究者的影响很大。对唐后期藩镇问题的最集中的概括，即"唐节度使之祸"条：

唐之官制，莫不善于节度使。……景云二年，以贺拔延嗣为凉州都督、河西节度使，此节度使之官由此始。然犹第统兵，而州郡自有按察等使司其殿最。至开元中，朔方、陇右、河东、河西诸镇，皆置节度使，每以数州为一镇，节度使即统此数州，州刺史尽为其所属，故节度多有兼按察使、安抚使、支度使者。既有其土地，又有其人民，又有其甲兵，又有其财赋，于是方镇之势日强。安禄山以节度使起兵，几覆天下。及安史既平，武夫战将以功起行阵，为侯王者，皆除节度使，大者连州十数，小者犹兼三四，所属文武官，悉自置署，未尝请命于朝，力大势盛，遂成尾大不掉之势。或父死子握其兵而不肯代，或取舍由于士卒，往往自择将吏，号为留后，以邀命于朝。天子力不能制，则含羞忍耻，因而抚之。姑息愈甚，方镇愈骄。其始为朝廷患者，只河朔三镇，其后淄青、淮蔡，无不据地倔强。甚至同华逼近京邑，而周智光以之反。泽潞亦连畿甸，而卢从史、刘稹等以之叛。迨至末年，天下尽分裂于方镇，而朱全忠遂以梁兵移唐祚矣。推原祸始，皆由于节度使掌兵民之权故也。（430 页）

谈藩镇之强，说是“有其土地，又有其人民，又有其甲兵，又有其财赋”；安史乱后的尾大不掉，就说是“大者连州十数，小者犹兼三四，所属文武官，悉自置署，未尝请命于朝，力大势盛，遂成尾大不掉之势”；谈到藩镇形势的变化，就说“其始为朝廷患者，只河朔三镇，其后淄青、淮蔡，无不据地倔强。甚至同华逼近京邑，而周智光以之反。泽潞亦连畿甸，而卢从史、刘稹等以之叛。迨至末年，天下尽分裂于方镇”。——与上引《新唐书》相比，即知他的宏论都是从《新唐书》化出。在“迨至末年”以前，藩镇的情况究竟是什么呢？只是举了淄表、淮蔡和泽潞的例子。但淄青、淮蔡，经宪宗用兵就解决了；泽潞，是武宗时解决。我们仍然不能明了，安史乱后的藩镇格局，究竟是什么。

二、

我们看一下民国时期的学术界对这个问题的看法。我们举几种当时最为著名的通史书来看（相关研究成果的综述，可以参胡戟等主编《二十世纪唐研究》，第一章第九节“藩镇问题”，贾志刚执笔，中国社会科学出版社，2002，50—58页）。

雷海宗是著名的“战国策派”，对中国史有通盘的看法。他三十年代在清华、四十年代在西南联大讲授中国通史。清华曾将其讲义以《中国通史选读》为名油印，供学生使用。该书体例，即先下一按断或概括，下引用相关史料，故书名“选读”，即以节选史料为主。这也是朱自清替叶圣陶为开明书店约此书稿，而为雷氏拒绝的原因；它并不是一部成熟的书稿。2007年北京大学出版社据民国廿三年（1934）度至廿四年度的讲义正式印行了这部曾对选课学生影响很大的讲义（参北大版书前所附何炳棣、何兆武、资中筠等语）。

第五六三节的内容，是引用《新唐书》卷二一〇《藩镇列传》序；第五六四节的内容，是引用《新唐书》卷五〇《兵志》；第五七三节，是《新五代史》卷六〇《职方考》序。他将隋唐五代的历史，以安史之乱为界，分为前后两段。后一段，他所列节目中，即有“藩镇”。他的总结性的看法，即：

安史乱平之后，降将功臣都任节度使；地盘私相授受，实际已成割据的局面（第五六三节）。

这是后来唐室灭亡的主因之一（第五六四节）。

在“五代十国”一节中，又说：

天宝乱后的割据局面最后表面化，就是所谓五代十国的时代（第五七三节）。

这基本上就是将安史之乱到宋以前的历史，一概视作“藩镇割据”了。

邓之诚《中华二千年史》（商务印书馆，1934）卷三“藩镇”，对安史之乱以后的藩镇情形作了系统的梳理：

唐藩镇之祸，玄宗造其因，而肃代专务姑息以养成之，遂成尾大不掉之祸。倡始拒命者，为河北诸镇。

随后，对代宗、德宗、宪宗时期中央对藩镇的征讨进行了梳理，并列有《中唐以后两河藩镇简表》。最后概括指出：“唐（指穆宗）自再失河北后，中央势益不振，至僖宗经黄巢之乱，强藩遍列于内外，朝更暮改，乍合乍离，兹依唐初十道以为差次，制为简表，略加说明以明变迁焉。”（中册 201 — 228 页）以下又附《唐末藩镇简表》。这是中国通史教科书中，对唐代藩镇问题叙述最为详明和最有条理的。对穆宗以后的藩镇形势，虽用表的形式，列出了所谓强藩的情况，但于整体形势，我们仍无可掌握。

钱穆《国史大纲》（1940 年初版，此据 1994 年商务印书馆修订二版）第廿七章：

安禄山的势力，是唐室用中国财富豢养成的胡兵团。……安史余孽以及讨安史的有功的将领，全部拥兵割地，造成此后藩镇之祸，而藩镇的籍贯，亦几乎大部分是胡人。

第廿八章之“唐中叶以后之藩镇”：

唐自安史之乱以后，武夫战卒，以功起行阵，互为侯王者，皆除节度使。由是方镇相望于内地，大者连州十余，小者犹兼三、四。自国门以外，几乎尽是方镇的势力。（458 页）

唐平安史，本未能捣其巢穴。又以其降将，遂成河北之藩镇。此即所谓河北三镇。彼辈拥劲卒，自署吏，不贡赋，结婚姻，相联结。又其次有沧景、宣武、彰义、泽潞等，各传三四世不等。……自德宗时而第一次事变起。自此朝廷遂行姑息之政。至宪宗时而朝廷与藩镇之冲突又起。于是诸镇相率归命。元和号为唐室中兴。然宪宗在位十五年，十四年始平李师道，翌年为宦官所弑。宪宗卒未三年，诸镇又乱。自此迄于唐亡，不能复取。藩镇擅权，先后约一百四十年。始于河朔三镇，及其末，则国门以外，皆为强敌。（458 — 465 页）

这个叙述，与前引《新唐书》及《廿二史札记》基本相同。“安史余孽以及讨安史的有功的将领，全部拥兵割地”，说得极不准确；“宪宗卒未三年，诸镇又乱。自此迄于唐亡，不能复取。藩镇擅权，先后约一百四十年”；这又是将安史乱后的一百五十年，统统视作“藩镇擅权”。至于在时间上说，前后有无变化；从空间上说，藩镇之间是否有所不同，均未言及。

缪凤林《中国通史要略》（商务印书馆，重庆，1944。按，三十年代，即由南京钟山书局出版其《中国通史纲要》，内容至唐末）第七章之《方镇割据之成因与经过》：

唐中叶后之祸乱，大者凡三，曰方镇、曰外夷、曰宦官。其端多由玄宗启之，而方镇之影响尤大。……代宗初元，乱事弭平，而方镇之割据，则较前益甚。……盖自肃代姑息为政，养痈以遗患，德宗继之，始以强明自任，然有求治之志，而不知任贤……以致藩镇之乱屡见，奔走不遑。逮其晚节，偷懦之政，甚于祖考。宪宗刚明果断，任贤相名将……内崇政事，外翦强藩，首平夏蜀，继平淮西淄青，河北诸镇，亦先后归命，尽遵朝廷约束，唐室号称中兴。惜末年意寖骄侈，好进奉，惑异端，任宦官，卒身陷大祸。崩后未几，穆宗怠荒厥政，河北复叛，迄于唐亡，不能复取。《旧唐书·地理志》备志肃宗至德后要冲大郡之节度观察等使，凡四十有余镇，《新书》（卷六四至六九）则别立《方镇表》，总表一代方镇，又取魏博、成德、卢龙、淄青、淮西等镇擅兴若世嗣者，为《藩镇传》（卷二〇一至二一四）。（2 册 57 — 59 页）

述及德宗、宪宗的用兵藩镇，对此后的形势，亦语焉不详。

解放以后，影响最大的通史，就是范文澜的《中国通史简编》。唐代历史分作三期（此据《中国通史》第 3 册，人民出版社，1978），即天宝以前，为前期；天宝元年（742）至宪宗末年（820）为中期；穆宗以后，至唐亡为后期。把安史之乱以及安史乱后的藩镇问题，视作“唐朝的中央统一势力和地方割据势力发生长时期的斗争”（163 页）。这个斗争，分为三次。第一次，是安史乱起至代宗末年（755 — 779）；第二次，是德宗、宪宗的用兵藩镇

（779 — 820）。这两次斗争，放在了第二章第二节“唐中期的政治概况”中来叙述。穆宗以后的藩镇问题，在第二章中单列一节，即第七节“藩镇割据”。在这一节，又分作两次割据。第一次割据，包括安史乱后的河北的割据，以及“一些较弱的割据者和短期割据者”（386 页），当然该书主要叙述的是河北三镇割据的情况。第二次割据，是指黄巢起事以后的情况。在叙述第二次割据时，对唐后期（据该书分期，这是指穆宗以后）的藩镇问题有一个总的概括：

唐后期，朝廷放弃河北，不再对三叛镇用兵。淮西镇消灭后，河南地区完全受控制，江淮赋税到长安，路上通行无阻，唐朝廷也就愈益奢侈腐朽。黄巢起义军发动以前，唐在河南地区的藩镇，兵力薄弱，江南地区更是兵备空虚，因之，起义军纵横南北，受唐兵的阻力并不大。但是一大批新的反动势力，借对抗起义军的机会，纷纷拥兵割据。（391 — 392 页）

这个概括是非常准确的。一是区分了河北与非河北，二是明确指出河南地区完全受到控制，江南兵力薄弱，即未拥重兵。这一局面到黄巢起事才发生变化。当然，该书将河北割据归因于朝廷的腐败，这是另一问题，姑置不论。

范著《中国通史简编》的读者对象设定为普通读者，所以该书基本不引史料，直接加以叙述。这是种“修史”的体例，不是研究论著的体例。也许正由于此，它对唐代藩镇问题的把握和概括，似乎并没有引起学术界的重视。

大多数的通史，对断代史中的一些细节不能作出很详细的描述，这是可以理解的。但作为唐后期政治史上的重大问题，一般通史对藩镇问题大多缺乏一个提纲挈领的总结和概括，终究是比较遗憾的。

三、

下面我们看一下断代史，特别是解放以后的断代史对此问题的认识。

五十年代出版的第一部唐代的断代史，就是杨志玖《隋唐五代史纲要》(新知识出版社，上海，1955年)。此书简明扼要，颇为学界所肯定。金毓黻《静晤室日记》(辽沈书社，1993)卷一五七，1956年6月13日：“读杨著《隋唐五代史纲要》已尽两章……此书优点颇多，每于历史重要环节，颇能着重指出，作出分析。”(7163页)该书第三章“唐帝国的衰亡”之第二节“安史乱后唐帝国的内争与外患”下，单列“藩镇割据”，叙述了“安史乱后的河北三镇”：

唐朝虽然平定了安史的叛乱，但并没有彻底消灭安史的余部的势力。对于投降的将士依旧封他们在河北作节度使。……主要的还是因安史余部力量还相当大，唐不得不和他们妥协，只要他们投降就算了。……这三处称河北（或河朔）三镇。他们名义上是唐政府的节度使，事实上却等于独立的王国。（88 — 89 页）

“唐政府和藩镇的斗争”：

藩镇势力强盛，必然会引起中央集权势力的反对。但代宗一朝因安史之乱刚平定，又有吐蕃和回纥的入侵，使唐政府无力顾及藩镇的事，只有采隐忍迁就的政策。到德宗时，外患稍息，又因实行两税法后，政府收入增加，德宗很想裁抑藩镇之权。……但所派的仍是节度使的兵，结果平乱的又同作乱的联合起来反抗中央。……河北藩镇仍保持其势力未动。德宗只好仍用姑息的政策对待。

宪宗即位，发愤削减藩镇，复兴唐室。……但这个基础并不稳固，因为藩镇只是归命中央，并未根本消灭。……穆宗长庆元年，河北三镇又乱，……从此河北即不为唐有，迄于唐亡，而其他各处的节度使亦很少听命，不过在名义上仍承认中央而已。（89 — 90 页）

“唐帝国的分裂”：

经过藩镇的割据，统一的唐帝国便分裂成无地方军政权，唐帝国仅保存一个空名了。……宪宗时还是对藩镇控制力最强的时候，但唐政府所能管辖的纳税人口，不过全国的半数。宪宗以后，中央势力更衰微，唐帝国的分裂当然更加甚。（91 页）

穆宗以后，河北不再为唐有，“其他各处的节度使很少听命”，“中央势力更衰微，唐帝国的分裂更加甚”，实际仍然对穆宗至唐亡八十余年的藩镇格局一笔带过了。

随后，岑仲勉《隋唐史》于 1957 年由高等教育出版社出版。金毓黻对此书也有评价，《静晤室日记》卷一五七，1956 年 6 月 17 日：“始阅岑仲勉《隋唐史》，已尽关于唐史者五节。我以为岑著只是关于唐史的笔记汇编，繁简不一，前后不相联贯，不得谓之断代史，一经取与杨著《隋唐五代史纲要》对比便知分晓。……但岑著有一种长处，凡涉及考证者皆能深入，其于一般人不经意处，往往作深入地探究，读岑著可多得运用史料之方法。”（7167 — 7168 页）该书第二十八节“藩镇之祸”：

河朔三镇及淄青之割据，始自代宗，除淄青外，三镇虽均中间一度曾由朝廷选任，然不旋踵而又失，成德之王氏，继世至八十馀年，魏博田氏五十馀年，是其最久者。此外横海、宣武、彰义，均启自德宗，宣武为时最暂，馀两镇皆宪宗所收复。若泽潞则中唐割据之最后者。

若夫镇使跋扈，初无非挟军士以自重，久之军士得势，镇使反为其所左右，稍失控制，危亡立至。……

抑藩镇之祸，多以为不可救药，观察亦误。始终怙恶者惟河北三镇。纵观经过，非无转机，惜人事不臧，如下文所举耳。……

总而言之，代德两朝京畿之内，累遭创夷，无所振作，犹有其困难之因。元和藉廿年安定之基，财赋稍充，复得毅决如宪宗，佐以杜黄裳、李吉甫、裴垍、李绛、裴度诸谋臣，中央威权，于是一振。……故元和之治为中唐冠。（269 — 272 页）

对安史乱后的藩镇形势，基本是一种"史论"式的论说——诚如金毓黻所言，此书的长处在于史事、材料的考订，而不在于对史事的分析、问题的提炼。

吕思勉《隋唐五代史》虽然出版于五十年代末（此据重印本，上海古籍出版社，1984），但体例一本此前即已出版的三部断代史，对史事按时间或帝系详加叙述。所以，在断代史中，该书对唐代藩镇问题的梳理，最为细致。第五章"安史乱后形势"，专设"藩镇及内乱"一节。第六章"德宗事迹"，专设"东方藩镇之变""兴元后藩镇起伏"

两节，除对兴元以后“河南北、江淮情形”作了叙述，同时也指出“关、陕、河东，虽近，军政亦不肃”（304 页），“偏远之区，也时有变故”（307 页）。第七章“顺宪穆敬四朝事迹”，立“宪宗时藩镇起伏”“穆宗时藩镇起伏”两节，特别对穆宗时的“河北再叛”作了细致的分析，认为“宪宗之用兵，实无以异于德宗及穆宗，其成败不同，亦时会为之耳。且宪宗实未能全服河北，幸而早死，遂成竖子之名，设迟之一二年，……亦未必不情见势绌也”（370 页）。指出河北在宪宗时即未真正得到解决，并非穆宗朝处置失当。第八章“文武宣三朝事迹”，设“文武宣三朝藩镇起伏”一节，谈及他对肃代以后河北的看法：

唐自穆宗而后，河北三镇，已成覆水难收之势。文宗平横海、武宗平昭义，史家以为丰功，实则殊不足道，且比竭蹶而后得之者也。（第 412 页）

第十章，唐室衰亡下，有“唐末割据”一节，谈到了他对安史乱后整个藩镇形势的看法：

唐自肃代以来，藩镇遍布，久成分裂之势，然中枢名分犹存，藩镇所擅之地，亦究不甚大，故自河北而外，迄未能有久据土自专者也。逮黄巢起而情势一变矣。（第 534 页）

对安史乱后一百五十年间的整体藩镇格局，称“自肃代以来，藩镇遍布，久成分裂之势”，还是太嫌笼统，不得要领。但吕著于朝廷与藩镇的征战，叙述得最为详尽；且对旧史中的种种误说，如仆固怀恩之叛、穆宗处置失当而致河北再失，等等，进行了具体的澄清和辨析，均极为中肯和通达。

五十年代邓广铭先生在北京大学历史系讲隋唐五代史。《隋唐五代史讲义》(中华书局，2015。邓小南《编后记》称，此系五十代年初期的油印讲义)，讲到唐后期的藩镇问题，用“‘藩镇连兵’以后，‘天下尽裂于方镇’”为题：

通过唐肃宗、代宗和德宗三世，唐廷对于跋扈的藩镇全是采用姑息政策的，藩镇们各自独霸一方，与唐廷俨然有似敌国……宪宗李纯即位之后，不再沿用姑息政策，一方面利用魏博军内部矛盾的爆发，用政治手腕使魏博一镇以所辖六州归于唐廷，另一方面对于所有不肯就范的藩镇则用武力解决……藩镇割据局面到此好像是告一段落了。

820年唐宪宗死，其子穆宗李恒即位，采纳了宰相萧俛和段文昌销兵的建议……于是而河北复失，“迄于唐亡，不能复取”。

继河朔复失之后，其他各镇亦相继背叛了唐廷，又恢复了宪宗以前“天下尽裂于藩镇”的局面。(108 — 109页)

在邓先生看来，安史乱后、宪宗以前，以及宪宗之后，都是“天下尽裂于方镇”的局面。

韩国磐《隋唐五代史纲》于1961年初版，1979年人民版社重订再版。第十章“安史之乱和藩镇跋扈”：

> 安史乱后割据一方的方镇，主要有下列这些：（一）魏博镇……（二）相卫镇……（三）镇冀镇，即成德镇……（四）卢龙镇……（五）淄青镇……（六）宣武镇……（七）淮西镇。
>
> 这些割据的方镇，节度使或父子相传，或兵将拥立，全不听唐朝命令，只是既立之后，唐朝形式上加以任命，承认既成事实而已。……（经过德宗用兵）各处方镇的割据，唐朝依然无法打平。
>
> 到唐宪宗李纯时，……才先后打平剑南刘辟、江东李锜、淮西吴元济、淄青李师道的反抗，河北三镇也暂时归顺唐。但方镇擅有财赋，拥有重兵的情况，并未有多少改变。因此，不久以后方镇叛乱再起，直到唐亡，并未改变割据的情况，而且从割据走向分裂了。（273 — 274页）

说“方镇拥有财赋，拥有重兵”，并不准确，而且没有明确将河北藩镇与其他藩镇区别开来，这在藩镇问题的认识上多少有些倒退。将宪宗以后八十年的藩镇格局，以割据一语带过。

但1958年他曾发表《唐末五代的藩镇割据》（见其《隋唐五代史论集》，三联书店，1979），“藩镇形势的发展”一节，将割据形势分为三期；这三期，比上引范文澜《中国通史简编》的分期更为简捷清晰一些。将安史之乱到宪宗平藩为一期（范著将其中德宗、宪宗单列为一期），穆宗到黄巢起义及黄巢起义之后为两期（范著以黄巢起义为界，将此视作一个时期的两个阶段）。宪宗用兵藩镇之后，韩文总结道：“不过，并未能摧垮藩镇的力量，藩镇依然专地擅赋，掌握强兵，时机一到，故态依然。”（315页）这与其《史纲》的叙述大体相同。在谈到第二阶段，即穆宗至黄巢起义，“这一阶段藩镇反对唐室的事，虽不像上一阶段那样激烈，但乱事仍继续着……不过像汴宋、淮西、淄青一带，经宪宗以兵力平定后，这些地方是唐朝转输漕运要道，必须加强控制，故稍驯服。主要乱事，在于河朔三镇而已。”（316—317页）对河北与非河北的藩镇情势作了区分。遗憾的是，这一区分却未能体现到他的《史纲》中。

五十年代末、六十年代初，中央党校曾请著名专家分段讲中国史。魏晋南北朝隋唐史，是由武汉大学唐长孺先生讲授的。据《唐长孺先生生平及学术编年》（《唐长孺文集》，中华书局，2011），1962年10月至11月，“应中共中央党校、九三学社之邀，先生在京讲授魏晋南北朝隋唐史（共九次）”（15页）。1987年求实出版社以《中国古代史讲座》为名正式出版。据该书《后记》，这部书是

“六十年代初一些历史学家给高级党校学员讲课的中国古代史讲稿汇编”，出版时曾作校订，其中魏晋南北朝隋唐史，“由本人修订”（下册478页。《唐长孺文集》所收《魏晋南北朝隋唐史》确与此基本相同）。

该书在“安史之乱以后，统治阶级内部的矛盾”小节中分三目，分别是藩镇割据、宦官专权和朋党之争。在“藩镇割据”中，说：

安史之乱平定以后，几个主要的藩镇仍然不服从中央，他们名义上接受了唐中央的官职，但实际上是半独立状态。……当时的藩镇割据主要是河北，就是安、史原来占领的地方，即卢龙、成德、魏博，这三个镇长期割据。此外还有其他一些时叛时服的藩镇。唐德宗的时候，曾经企图削藩，在公元781年至784年引起了战争，主要是对河北藩镇的战争。……削藩的企图完全失败。德宗让步，采用了“姑息之政”……这样一来中央和藩镇暂且相安无事。

在德宗之后，唐宪宗曾一度把河北的三镇和在今山东的淄青平定了。除此之外，还把四川、河南的那些不服从中央的藩镇都平定了，特别是平定抵抗最力的淮西。这就是公元806年到820年所进行的平定藩镇的战争。

……在唐穆宗的时候，河北三镇又复辟了。其他地区，如四川、河南没有叛变。总之，安史之乱以后，藩镇一直存在，但从宪宗以后，始终处于割据状态的只有河北三镇。

穆宗以后，“藩镇一直存在”，同时，强调了“处于割据状态的只有河北三镇”；其他藩镇究竟是什么情况，未加论说。

以上的梳理，可以看出关于唐后期藩镇格局的认识，第一，安史乱后，河北或河朔藩镇已经割据，这是自唐人以来的共识。第二，安史之乱结束（763）到宪宗末年（820），大体是朝廷与藩镇不断征战的时期。无论是通史还是断代史，都对这个时期的所谓朝廷用兵藩镇有所叙述，但只是视作中央对方镇的征伐过程；对此后至唐亡的八十年，除范著《中国通史简编》外，大多是一语带过，没有一个总体性的把握和认识——将安史乱后的藩镇问题，以“藩镇割据”来概括，仿佛安史乱后的藩镇都是在不断地跟中央挑衅，而且是个全国性的问题。我想，重要的原因，就是研究者主要是从纵向，即从中央对藩镇的“征战史”或藩镇对中央的“跋扈史”的角度来看藩镇问题，故能分出阶段；但没有更重视在同一阶段，从“横向”局势的角度来审视。这可以说是共同存在的一个问题。

日本学者日野开三郎在三四十年代，开始对唐代藩镇问题进行专门的研究，其成果就是集中收录在其《东洋史论集》（三一书房，1980）第一卷《唐代藩镇的支配体制》中的诸作，如三十年代发表的对河阳镇遏使、节度使的个案研究，综论如《唐代藩镇的跋扈和镇将》《支那中世的军阀》等（书末附各书及各文初刊年代）。六十年代，中国台湾学者王寿南以唐代的藩镇研究为题，完成了他的博士学位论文《唐代藩镇与中央关系之研究》(初刊1969年，此据台北大化书局1978年版。书后所附“唐代藩镇总表”，是对吴廷燮《唐方镇年表》工作的推进，极便参考)。从中央与藩镇的关系的角度，指出唐后期的藩镇，并不是所有藩镇、始终在与中央对抗即所谓割据。这实际指出了藩镇对中央的跋扈乃至对抗，有时间性和地域性。这为唐代藩镇的分区、分类研究开了先河。随后八十年代大陆学者张国刚陆续发表《唐代藩镇的类型及其动乱特点》(《历史研究》1983年4期)、《唐代藩镇的历史真相》(《文史知识》1986年9期)，将唐代藩镇分作河朔割据型、中原防遏型、边疆御边型、东南财源型四类(此据其《唐代藩镇研究》，湖南教育出版社，1987)。这是对王寿南所揭示的方镇叛乱或跋扈的地域性的具体化。程志《论中唐藩镇的本质和作用》(《东北师大学报》1986年6期)则用统计的方法，对安史之乱以后的方镇与中央的关系进行了论证，称唐先后设方镇89个，参与叛乱的只有11个，占总数的12%；真正半独立的，只有河北三镇，只占3.3%。将河北三镇纳入统计，没有太大意义；对江南拥兵很少甚至不拥兵的以观察使为使额的方镇，亦予统计，也无太大意义。但他的统计，至少可以纠正将唐后期藩镇一概视作“割据”的错误观念。这些成果，使学术界对唐后期藩镇格局的混沌认识变得清晰了起来。

作为西方世界的一部概观性或通论性的著作,《剑桥中国隋唐史》(英文版原刊 1979 年,此据中国社会科学出版社 1990 年汉译本)反映了西方学术界七十年代隋唐史的研究成果和认知水平(孟彦弘《评〈剑桥中国隋唐史〉》,对此书有所评述,见本书前文)。第八章集中讨论藩镇问题。这是作者以其博士论文为基础写就。藩镇的核心问题,其实是控制问题。如能控制,则方镇即可为中央所用;否则,即成削弱中央的力量。本章将藩镇分成“自治的藩镇”和“忠于朝廷的藩镇”两大类,在叙述安史之乱以及安史之乱以后的代宗、德宗、宪宗各朝与藩镇的关系,在论述中央政府企图对藩镇进行限制的种种措施(如裴垍对赋税上缴之制的改革,将驻守于支郡之兵划归州刺史统领以削弱藩镇对军队的控制力量等)以及藩镇的文职化时,都是紧紧围绕着“控制问题”来展开的。这无疑大大深化了我们对藩镇问题的认识。但是,对唐后期,特别是穆宗以后的藩镇格局,却是语焉不详。在“藩镇制的衰落”中说:

打算具体指出九世纪中央权威在藩镇开始崩溃的时间,这大概是徒劳的。维持秩序的问题在九世纪中期以前在地方上已经出现,但在王朝最后几十年中央权威的最后和彻底的崩溃则要到黄巢之乱才开始。(552 页)

以下，便主要是对唐末民众暴动的讨论。

八九十年代，唐史学界影响最大的一部断代史，当属王仲荦《隋唐五代史》(上海人民出版社，1988)。该书除以时间为序，叙述朝廷与藩镇的征战之外（见该书第二章第三节“开元天宝的全盛时期与安史之乱”、第四节“宪穆敬文武宣六朝的政治”。按，对穆宗时河北的再叛，他认为“当时宰相全不了解河朔诸镇的习俗”云云，上册198页，是对吕思勉《隋唐五代史》已取得的认识的倒退)，还特别在关于唐代政治制度和军事制度一章中，辟出“安史乱后的藩镇”一小目，力图从总体上对唐后期的藩镇格局加以概括：

> 总的情况是这样，唐已置河北于度外，但汴州、徐州、青淄、淮西，倘若落在割据势力的手中，则江南、淮南不可保，大动脉的运河运输线也有被切断的危险，所以对这些敏感地区，唐王朝是不能放弃不管的。
>
> 此外，为了确保江淮财赋的集积，唐王朝于广陵置淮南节度使，于丹徒置浙西节度使，亦曰镇海节度使。于成都置剑南西川节度使，于梓州置剑南东川节度使，于梁州南郑置山南节度使，于襄州襄阳置山南东道节度使，于江陵置荆南节度使，于广州置岭南节度使，这样方镇的布局，是颇有深意的。政府特别注意淮南、剑南西川的人选，往往选拣宰相有名德者居之，故二镇为宰相回翔之地，人所矜贵。

唐以太原为北京，玄宗世又置河东节度使，其后又于蒲州置河中节度使，河阳置河阳三城节度使。……

安史乱后……唐在西边列置藩镇，而且每年调关东军队到西边防秋，并在岐州置秦陇节度使，亦称凤翔节度使，于邠州置邠宁节度使，于泾州置泾原节度使，于坊州置鄜坊节度使。这些方镇，开始时有屏藩首都，拱卫关中的作用的。（上册 524 页）

这个把握，已经能折射出学术界对藩镇研究的深化和进步。对藩镇作了分区、分类，已不再以“藩镇割据”一语概括唐后期的藩镇形势了。

四、

在六十年代以前，对唐代藩镇的认识，基本上没有超出《新唐书》的认识范围。赵翼《廿二史札记》本乎此而略有发挥。除吕思勉以帝系为序，对唐朝廷与藩镇之间的征战有详尽的叙述之外，对整个唐后期藩镇格局的把握，不外乎（一）河北独立或半独，或曰置之度外；（二）唐穆宗所谓河北再叛之后，唐代的藩镇问题，不是以“割据”一语带过，就是借用赵翼语，称“天下尽裂于方镇”；对这八十年的藩镇格局，基本没有一个较为清晰的认识。

但汪篯的这两则札记，从中央与藩镇关系着眼，依据藩镇的实力，将藩镇分作三类；又分别从时间、空间两个维度，明确指出，穆宗以后，至少到宣宗，并不是“藩镇割据”的局面，并没有“天下尽裂于藩镇”。真正独立于中央的，只有河北三镇（这在唐人就已认识到了）；河北之外的藩镇，可以分为两大类，第一大类，是拥兵藩镇（只有拥兵，才有可能对中央跋扈乃至独立），第二大类，是不拥兵的藩镇（汪篯甚至指出，这不能指称为“藩镇”）。在第一类拥兵藩镇中，又可分为两类，一类多是由武将出任节度使，有时是与中央跋扈、对抗的，但总的来说，是听命于中央的；另一类则多由文人出任，甚至是宰相回翔之地，不能被视作、事实上也不是割据势力。

从上述整个藩镇研究史中，我们就可以看出，这一对唐后期藩镇格局的概括，可谓卓识；对廓清学术界长期对唐后期藩镇认识的混沌、模糊，学术意义重大。只可惜，他在六十年代已取得的卓识，到九十年代才为学界所知。这是非常遗憾的——他对唐后期藩镇格局的这一提纲絜领的概括，并没有完全反映在翦伯赞主编、由他与吴宗国先生执笔的《中国史纲》（人民出版社，1965年初版；此据1982年印刷本）中，详参该书第六章第三节“一、安史之乱和安史乱后的政治军事形势”“三、唐后期统治阶级内部的矛盾”之“唐王朝与藩镇的战争”。该书称，安史乱后，“河北、山东形成了藩镇割据的局面，在剑南、山南、河南、淮南和岭南，甚至京畿之内，也常常发生节度使或军将的叛变”（195 — 196 页）；经过代德宪宗与藩镇的战争，穆宗即位，河朔再叛“唐王朝无力平叛……河北藩镇的势力更加巩固”（207 页）。这大概就是教科书的局限性，不能充分表达撰写者的独到的心得。

就现已刊布的汪篯论著来看，他关于唐史的研究，主要集中在两个方面，一是以田制为中心的经济史，二是唐前期、特别是唐初的政治史；关于唐后期的研究成果，相对较少，主要集中在六十年代撰写的这一组《隋唐史札记》中。共计 20 条札记，有 5 条是唐前期，有 3 条是通代，其余均属唐后期。就唐代政治史的研究来说，他关于唐前期政治的研究，更多的是对陈寅恪已有认识的进一步论证和深化，当然，他的研究更为细密。但从他关于唐后期藩镇格局的这两条札记来看，如果不是那个时代过早地夺走了他的生命，他对唐后期政治史的研究，一定能开辟出一片新天地。周一良先生曾在《纪念陈寅恪先生·补记》(《毕竟是书生》，北京十月文艺出版社，1998 年）中说：

陈（寅恪）先生及门众多，影响深远。我认为脑力学力俱臻上乘，堪传衣钵，推想先生亦必目为得意弟子者，厥有三人：徐高阮、汪篯、金应熙也。所可惜者，三人皆未能充分发挥作用也。徐英年早世，汪在‘文革’中受迫害自杀，而金则作为驯服工具，不断变换工种，终未大有成就也。”（148 页）

现在，我们只能寄希望于未来的研究者，完成汪篯先生的未竟之业，将唐后期的藩镇研究、以至整个唐后期的政治史研究，推向深入了。

谨以此文，纪念英年早逝、未尽其才的唐史前辈学者汪篯先生。

二〇一六年末汪篯诞辰百年纪念时属草，二〇一七年三月末改定于新都

学理非议

以图证史：艺术与真实

——凭几而写抑或持简而书？

我曾撰《中国古代书写格式考》（初刊2009，收入《出土文献与汉唐典制研究》，北京大学出版社，2015），讨论中国古代的书写，何以会形成自上而下书写、从右往左移行的习惯。我认为这是由日常使用竹木简来书写而形成的。在用纸以前，普通用以书写的材料是竹木简和牍，更为高级的材料，是帛（甲骨、吉金，都不是日常使用的书写材料）。影响书写习惯的，是典籍（文书的书写，是学习典籍。应将典籍与文书分开来讨论，不宜混为一谈）。以竹木简为书写材料时，典籍只能是单篇别行；即使如此，单篇或单卷的长度，也颇可观。抄写典籍，一般是先将竹木简编联成册，然后抄写，犹今之先订成本、然后用以抄写（至于档案或类似如今之收据等，只能是在使用后再行编联、存档，基本没有讨论其编联与书写何者在先、何者为后的必要）。从出土的典籍来看，也有先在简背写下编号或刻划记号，写完后再行编联的例子（前者如武威发现的王杖诏令册，见武威县博物馆《武威新出土杖诏令册》，《汉简研究文集》，甘肃人民出版社，1984，34 — 61 页；后者如北大藏西汉《老子》简，详参韩巍《西汉竹书〈老子〉简背划痕的初步分析》，《北京大学藏西汉竹书》（贰），上海古籍出版社，2012，227 — 235 页），但我想这总不会是普遍的作法。

先编联成册、然后再抄写，决定了从上向下书写、从右往左移行；无论是书写还是查阅，这都是最为方便的。小文草就，得读邢义田先生讨论汉简体积、重量的《汉代简牍的体积、重量和使用》（初刊 2007，收入其《地不爱宝：汉代的简牍》，中华书局，2011）。邢先生以“抄写、编联、读写姿势和家具”为名，专立一目，谈简的编联与书写的先后。他认为应是先书写、后编联，这样才能与图像中所反映的一手执简牍、一手书写的姿势（或坐或立）相配匹（21 — 40 页）。小文发表时，我特作“附记”，加以申说，无非仍持先编联、后书写之说。我认为“图像资料上的书写者左手持牍、右手持笔的形象，或者反映的是特殊场合，或者反映的是作图像者的意图，其象征意义远过于写实，如著名的《女史箴图》，就未必是写实。我们实在很难想象，宽度约一厘米的薄薄竹木简，如何能左手持之、右手书写”。

针对我的这个看法，马怡先生发表了不同的意见。她曾经当面告诉我，同意我关于古人书写格式或习惯的解释，但认为这个习惯是因为那时的书写是左手持竹木简册（即已经编联）、右手书写（单支的竹木简，是无法持以书写的）。此后，她撰写了《中国古代书写方式探源》（《文史》2013年3辑）、《简牍时代的书写：以视觉资料为中心的考察》（初稿提交2013年7月召开的中国汉画学会第14届年会，后作增订，刊发于武汉大学简帛网http://www.bsm.org.cn/show_article.php?id=1995）、《从“握卷写”到“伏纸写”：图像所见中国古人的书写姿势及其演变》（《形象史学2013》，人民出版社，2014）等系列文章，来论证此事。揆其逻辑，大前提是在高脚家俱产生以前，按照礼法的要求，跽坐，即将双膝并拢、双脚在后，臂部坐在脚跟上，“这是当时的正规坐法，其他坐法皆不合礼仪”（《简牍时代的书写》）。这种坐姿决定了人们无法伏下身去写字；同时，也没有供人书写的较高的几案（只有低矮的用以承物的案）。其次，图像所见，时人无论是坐、是站，书写的姿势都是一手执简牍、另一手书写。

就坐姿而言，在高脚坐具出现以前，人们“正规坐法”的确如马怡先生所言，但这是在正式场合（其实，照杨泓先生的说法，马怡称为“跽”的，实际是坐姿；挺直身子、臂部离开脚跟，是为跽，或曰长跪。杨说见其《说坐、跽和跂坐》，收入其《逝去的风韵》，中华书局，2007；另参同书所收《家具演变和生活习俗》）。在私人场合，总不至于一直这样正襟危坐吧？现在日本仍有人席地而坐，同时使用高腿桌子、伏案而写。这可以说明盘腿坐即可伏案书写。只要有高腿几案，人们在写字时，一定会采用类似盘腿坐的姿势，而不会因为要株守“跽”，而不使用这种几案。因此，用“正规坐法”来论证不适宜于伏案写字，我认为是不能成立的。况且，马怡《中国古代书写方式探源》已经论证过，有种T形器——置于臂下和双脚之间，是专门用以坐呢（154页）。

问题的关键，是高脚坐具出现之前，有没有高腿几案？最近邢义田《伏几而书：再论中国古代的书写姿势》（台北《“故宫”学术季刊》33卷1期，2015）解决了这个问题。文章用三节的篇幅，即“五 汉代图像资料中的几案”“六 高及腰腹的汉代几案：实物举例”“七 中国两晋至五代与日本中世纪几案举例”，证明了在席地而坐即无高脚坐具时，高腿即高及腰腹的几案已经出现。同时，也谈了在用帛、纸作为书写承载物时，是无法左手托举、右手书写的；简上的画，也是先将若干支简并排摆放，画毕后方才编联（该文第三、四节）。这说明，如无几案可凭，这些工作是无法完成的，除非是趴在地上来进行。

邢义田先生指出，画像或考古实物，是有高腿几案的。比如，湖北荆门包山二号墓（楚怀王前期），有四件高足案，其中两件，其面板长80，宽39.06-40，高46cm；另两件，面板长117.6-118，宽40.8-41.2，高49.6cm。湖北随县战国早期的曾侯乙墓，出土了一件长137.5，宽53.8，高44.5cm的漆木案（143页）。此前的研究，认为这是置放祭品的几案。放在墓中，用以摆放祭品，是完全合理的。但是，时人能制出用以摆放祭品的这类高足几案，难道就不会用作书写吗？邢义田先生也特别举出了包山二号墓中一件长80.6，宽22.4，高33.6cm的拱形足几，与司法文书简和铜刻刀同时出土于北室。我想，这即使不是实用的几案，至少是具体而微吧。其实，只要有了这种形制的器物，长、宽、高等尺寸，都是可以随各人情况，加以改造的吧。

新疆阿斯塔那唐墓曾出土双陆局，日本正仓院也收藏有类似的两件。它的高度正适于席地而坐者（参孙机《唐李寿墓石椁线刻〈侍女图〉〈乐舞图〉散记》，初刊1996，收入其《仰观集：古文物的欣赏与鉴别》，文物出版社，2012）。我们很难想象，时人不能制成类似的物件，用作书写。时人能制作窄长条、两头有足的“挟轼”（同上文，《仰观集》319页），也一定能加长、加宽、加高，制成可用以书写的凭几。至于坐姿，伏案书写，与坐姿并无矛盾。“跽”，是会客或正式场合的坐姿，这并不排除在私下伏案书写时，会用盘腿等更舒适的姿势（事实上，图像资料中已有高脚坐具流行前，席地盘腿而坐的形象。即使图像中没有出现盘腿而坐的图面，我们总不至于认为当时的人还没有学会这样的坐姿，或在非礼仪性的正式场合、也绝不会采用这样的坐姿吧）。这正如在“跽坐”为正式坐姿时，不妨碍T形坐具、隐几的使用一样（参杨泓《隐几》,《逝去的风韵》58 — 60页）。

如果说对用于书写的几案的认识，是“视而不见”；那么，将图像资料所表现的人们左手托简牍、右手书写的姿势，视作时人的日常书写姿势，我想就属于“无中生有”。

在汉代画像中，经常有小吏左手持简牍、右手作书写状的画面。这个画面，多是为表现小吏在主官面前毕恭毕敬、忙忙碌碌、勤勤恳恳的样子。这样的题材，当然不宜于用安坐于几案前的造型来表现。有些听讲的图像，主题是表现讲课者传道授业、学生弟子认真听讲，所以不会用学生弟子伏案书写的造型（这就像现在表现认真听讲的绘画或摄影，也多是用学生聚精会神去“听”来表现，而不是用埋首“写”来表现。相反，官员作报告，则常常会用听者作记录的形式；这是为体现讲话内容的重要）。《女史箴图》中有一个画面，是一女子左手持纸、右手挥毫。整个画面，主要并不是为了表现“写”，而是通过这样的“写法”，来表现“敢告庶姬”；重点是“告”（参邢义田《伏几而书：再论中国古代的书写姿势》，145页）。总之，画面上的这些举动，并非写实，而是根据题材，使用的表现手法。在所有涉及“书写”的画像中，书写本身都不是该幅画的重点。这也决定了，画面中出现的“书写”，都只具意象，不是写实。这是画像中没有伏案而书的画面的根本原因。

就目前我们所掌握的一些图画材料来看，同样的题材，会有许多人画。如著名的“捣练图”题材，既出现于长安县兴教寺青石槽线刻画（时属唐前期），又出现于金墓的壁画。我想，对大多数画匠来说，都是依照粉本，“照本宣科”，即使作画时有所改动，应该也是“小打小闹”；他们没有能力、大概也未必愿意进行大幅改动。这也正是唐代的绘画题材，会出现在辽代墓中的原因（杨泓《记柿庄金墓壁画“捣练图”》，《逝去的风韵》218—220页；刘合心《陕西长安兴教寺发现唐代石刻线画“捣练图”》，《文物》2006年4期。相关内容，另参沈睿文《唐代丧葬画像与绘画的关系》，《于阗六题》，北京大学出版社，2014，127—163页；板仓圣哲《复原唐代绘画之研究：以屏风画为焦点》，《艺术史中的汉晋与唐宋之变》，北京大学出版社，2016，239—260页）。

粉本，或近似于临摹得来的底稿，也会有变化。比如，北朝造像，由胡服而变为宽衣褒带、佛像造型转为削瘦（参宿白《北朝造型艺术中人物形象的变化》《云冈石窟分期试论》《平城实力的集聚和“云冈模式”的形成与发展》《洛阳地区北朝石窟的初步考察》诸文，均见其《中国石窟寺研究》，文物出版社，1996）。这可以视作类型的变化。一种类型，在一定的时期及一定的地域，是大致固定或相同的。画面中出现的“名物”，从时间上说，只能确定其下限，即作画时已经出现或存在。

宗教壁画及塑像等，人物形象大致相同或相近。考古发掘中，也确实发现过用以制作泥塑菩萨头像的“范”。宗教画中的世俗人的形象，也未必是写实。比如唐代壁画中的供养人，女性常画得颇为丰腴，有人据此认为唐人以女性丰腴为美，甚至认为唐代女性实际长得即颇丰腴。我对此十分怀疑。画工对供养人体态、面相的“描绘”，大概主要是以他所绘制的宗教人物形象为基础而略加改造而成，未必完全写实。艺术与真实，要充分留意题材的表现手法有着固定的格式或套路。这种格式或套路，并不是写实的。对绘画的分析，似乎也应该借用考古类型学的方法，对同一类型的题材及其表现手法，做综合的分析；在此基础上，再分析其艺术的风格、技巧等。将壁画与画史论著所著录的著名画家的画作，进行简单比对或勾联的作法，也需格外慎重。画史论著中的著名画家的作品，或许可以视作一个时代、某个地区流行的粉本或样本，却不宜将某壁画直接视作某著名画家的画作。——创作，大概只是少数画家的追求并能达到的境界；对大部分画师来说，主要是模拟、复制吧。

以图证史，要考虑作品的题材以及要表现什么、如何表现（程式、格式或类型），要考虑该图是不是写实、在多大程度上写实以及如何写实，还要考虑怎样来证明它的写实的成份。脱离题材以及表现手法，简单地“以图证史”，常常会失之毫厘、差之千里。这就像一千年以后，如果有人用“文革”期间表现农村幸福生活的画作，来证明当年农村生活的实况，那结论会是什么呢？我们如果用两会新闻发布会的画面，是否能得出我们现在的书写方式是左手持本、右手书写，并否定凭桌而写乃日常的实况呢？

总之，在高脚坐具产生以前，凭几或伏案而书，是席地而坐时代的日常书写的实况。邢义田先生已强调，小吏在日常书写、处理大量官文书时，一定是凭几而写，不会是左手持简牍、右手悬腕书写。我在上引小文中也曾经强调，典籍或书籍的书写习惯，影响乃至决定了公文书的书写习惯，而不是相反。日常典籍的抄写或书写，并不需要在礼仪场合，必须用“正规坐姿”来书写。学者依据左手持简牍、右手悬腕书写的图像，来证明这是当时人的书写姿势，真可谓是使用了实实在在的材料，证明了一个并不存在——或者准确地说，是“非常态”的书写姿势。是用“真材料”勾勒出来的一个“假事实”。

历史研究，要重视常识。以图证史，更应如此。回归常识，也许会少一些不是问题的问题。

原刊《学术月刊》2017 年 12 期

国学热与文化自信

继上世纪八十年代传统文化热之后，近年又掀起了国学热。各校纷纷成立国学院，教育界和学术界也有不少人呼吁国务院学科评议组，成立国学学科，本科招生。还有不少人将提倡国学与文化自信联系到了一起。但什么是国学？能不能成为一门学科？提倡国学是否能够增强我们的文化自信呢？本文拟谈一些粗浅的看法，抛砖引玉，请大家指正。

一、何谓“国学”？

什么是“国学”？国学之“国”指的是什么呢？只是指汉语作载体的文化吗？《隋书·经籍志一》：“魏氏迁洛，未达华语，孝文帝命侯伏侯可悉陵，以夷言译孝经之旨，教于国人，谓之国语孝经。”国语，指的是鲜卑语。无独有偶，满族入关，也将满语称为国语。可见，“国”是一个相对概念。今天的中国，虽以汉语言文化为主体，但也包括了多民族的多种语言和文化。用“国学”只指称汉语言文化，显然是不妥当的。如果包括了蒙语、满语、藏语、维语等等为载体的文化，那么“国学”这个大“集合”里的内容，究竟是什么呢？它们之间的关系是什么呢？它是一个有机的体系吗？会不会成为一个撇开自然科学之外的一个集合体呢？受外来影响而成为我们文化一部分的那些内容，我们该怎么看呢？照此逻辑，那是不是各国都有自己的“国学”，如（英）国学、（德）国学、（美）国学、（意大利）国学？（俄）国学呢？从知识体系上说，我们该怎么建立人类的知识之树呢？

这些问题，当然不是我这篇小文所能解决的。我只是想说明，所谓“国学”，实际是一个通俗的称谓，并不是一个精确的学术性的名词。1922 年，北京大学国学门办了一个学术季刊，即以“国学”为名，一直到 1952 年院系调整方才撤销。胡适《〈国学季刊〉发刊宣言》（《胡适全集》2，安徽教育出版社，2007），对“国学”下了一个定义：

“国学”在我们的心眼里，只是“国故学”的缩写。中国的一切过去的文化历史，都是我们的“国故”；研究这一切过去的历史文化的学问，就是“国故学”，省称“国学”……“国故”包含“国粹”；但它又包含“国渣”。我们若不了解“国渣”，如何懂得“国粹”？所以我们现在要扩充国学的领域，包括上下三四千年的过去文化，打破一切的门户成见：拿历史的眼光来整统一切，认清了“国故学”的使命是整理中国一切文化历史，便可以把一切狭陋的门户之见都扫空了。

他虽然意在批评门户之见、强调“扩大研究范围”，但将“国学”视作涵盖了中国一切传统的文化的定义和眼光，却是真确的。对国学研究，他又说：

我们理想中的国学研究，至少有这样的一个系统：中国文化史：（一）民族史、（二）语言文字史、（三）经济史、（四）政治史、（五）国际交通史、（六）思想学术史、（七）宗教史、（八）文艺史、（九）风俗史、（十）制度史。这是一个总系统。

这些分门别类的“史”，就组成了“一个总系统”。这可说是“作为研究对象的国学”。在这里，我们可以看出胡适的心胸和眼光；他既没有限定在所谓儒学为中心的传统哲学思想，更没有降低到背古诗文，讲千字文、百字姓等童蒙读物这个层次。

1923 年，应《清华周刊》之约，胡适列了《一个最低限度的国学书目》(《胡适全集》2)。分为工具书之部，有《书目答问》《四库全书总目提要》《经籍纂诂》《历代地理韵编》《中国人名大辞典》《历代名人年谱》《世界大事年表》等。思想史之部，有四书五经、包括诸子百家主要作品的《二十二子》、佛教经典、《宋元学案》《明儒学案》以及一些重要思想家如王安石、朱熹、陆九渊、王阳明、顾炎武、黄宗羲等重要思想家的文集。文学史之部，主要是总集和重要作家的别集以及诗词曲剧小说等。这个书目，非常广博，以至于记者不得不请他再拟一个“实在的最低限度的书目”，于是他又将他认为最为重要的，加了圈，共计39种。

梁启超对胡适的这个书目，不尽以为然，于是，他也开了一个书目，名《国学入门书要目及其读法》(1923年)，分为(甲)修养应用及思想史关系书类，(乙)政治史及其他文献学书类，(丙)韵文书类，(丁)小学书及文法书类，(戊)随意涉览书类。他认为胡适的书目太注重文学和思想史，忽略了史学，因此，他开的书目，特别增加了《资治通鉴》《文献通考》《续文献通考》《皇朝(清)文献通考》《通志二十略》《二十四史》《读史方舆纪要》等史部的书。当然，梁启超也在其书目基础上，开出了《最低限度之必读书目》，有25种书，其中除四书、诸子外，特别举出了《史记》《汉书》《后汉书》《三国志》和《资治通鉴》(见《饮冰室合集》专集71，中华书局，2011)。

在当时被目为守旧的学者黄侃，给学生开列的“基本书籍”，有《十三经注疏》《大戴礼记》《荀子》《庄子》《史记》《汉书》《资治通鉴》《通典》《文选》《文心雕龙》《说文解字》《广韵》（黄度群、闵孝吉记《量守庐讲学二记》，张晖编《量守庐学记续编》，三联，2006）。我想，今天提倡国学的人，看到胡适、梁启超、黄侃的书目，大概是会感到自己眼界的狭隘的。

鲁迅 1930 年为考入清华中文系的许寿裳之子许世瑛开过中国文学的书单（《鲁迅全集》8，人民文学出版社，1982）：

计有功（宋人）《唐诗纪事》，辛文房（元人）《唐才子传》，严可均《全上古……隋文》（即《全上古三代秦汉三国六朝文》），丁福保《全上古……诗》（即《全汉三国晋南北朝诗》），吴荣光《历代名人年谱》（可知名人一生中之社会大事，因其书为表格之式也。可惜的是作者所认为历史上的大事者，未必真是“大事”，最好是参考日本三省堂出版之《模范最新世界年表》），胡应麟（明人）《少室山房笔丛》，《四库全书简明目录》（其实是现有的较好的书籍之批评，但须注意其为“钦定”的），《世说新语》（刘义庆。晋人清谈之状），《唐摭言》（五代王定保。唐文人取科名之状态），《抱朴子》（葛洪。内论及晋末社会状态），《论衡》（王充。内可见汉末之风俗迷信等），《今世说》（王晫。明末清初之名士习气）。

这个书单，完全是私人的一个书单，没有公布过。从这个书单，也可看出鲁迅的眼光。即以文学史而言，他的眼界也是扩大到了社会，而不仅仅是文人的集子而已。

特别要注意的是，胡适、梁启超的书单中，都有《四库全书总目提要》；鲁迅的书单中，有《四库全书简明目录》。这反映了他们对作为门径的目录书的重视。有了《四库全书总目》，学子们就可以更容易全面了解承载中国学术思想文化的典籍概貌。

为人所称道的清华大学国学院，四大导师中，梁启超以清代学术史为主，讲授的是《中国近三百年学术史》；王国维利用甲骨文、金文、竹木简等出土史料与传统文献比勘来研究历史，以《古史新证》授课；陈寅恪以满文、蒙文、巴利文等民族语言和域外史料与传统文献进行比勘，发表了《元代汉人译名考》《几何原本满文译本跋》《蒙古源流研究（四篇）》《敦煌本唐梵对字音般若波罗密多心经跋》《西夏文佛母大孔雀明王经夏梵藏汉合璧校释序》等系列论文（后转治中古史）；赵元任研究语言学；作为助教的李济则专攻考古学，对中国现代考古学的建立起了很大作用。从这些导师的治学范围和方法，可以看出当时的所谓国学范围之广博、研究之专深。

有人将国学或中国文化简约为儒家文化。这实在是太狭隘了。即以儒学奉为经典的十三经而言，这些经典，虽然经过了儒家的整理，但它是诸子百家乃至中国文化共同的元典、共同的财富。诸子百家实际是对元典的充实、丰富和发展。至于将儒学化约为经学，进而将提倡国学化约为提倡读经，甚至以祭孔、读经、背诵古诗文作为弘扬国学的主要方式，则更是等而下之了。我们要知道，七八十前的前辈学者眼中，国学已经是大国学，是大历史，是以研究这种大历史、大国学如何形成、怎么变化为职志的。

其实，这种浅陋的主张，并不始于今日。为抵制新文化，上世纪二十年代即已有人大力倡导尊孔读经。鲁迅在1922年发表《不懂的音译》(《热风》,《鲁迅全集》1),就曾对这些现象进行过批评。他说：

中国有部《流沙坠简》，印了将有十年了。要谈国学，那才可以算一种研究国学的书。开首有一篇长序，是王国维先生作的，要谈国学，他才可算一个研究国学的人物。

举例表彰的，正是清华四大导师、以清朝遗老自居的王国维的学术成就。同年，他又发表《估学衡》(《热风》,《鲁迅全集》1),对盲目提倡国粹者进行了讽刺：

总之，诸公掊击新文化而张皇旧学问，倘不自相矛盾，倒也不失其为一种主张。可惜的是于旧学并无门径，并主张也还不配。倘使字句未通的人也算是国粹的知己，则国粹更要惭惶煞人！“衡”了一通，仅仅“衡”出了自己的铢两来，于新文化无伤，于国粹也差得远。

三十年代，社会上又掀起一股读经的呼声。傅斯年在1935年4月7日《大公报》发表星期论文《论学校读经》，称：

经过明末以来朴学之进步，我们今日应该充分感觉六经之难读。汉儒之师说既不可恃，宋儒的臆想又不可凭，在今日只有妄人才敢说诗书全能了解。有声音文字训诂学训练的人深知“多闻阙疑”“不知为不知”之重要性的。那么，今日学校读经，无异于拿些教师自己半懂半不懂的东西给学生。……六经虽在专门家手中也是半懂半不懂的东西，一旦拿来给儿童，教者不是浑沌，便要自欺欺人。这样的效用，究竟是有益于儿童的理智呢，或是他们的人格？

胡适也在同年发表了《我们今日还不配读经》（《胡适全集》4），引王国维所说“《诗》《书》为人人诵习之书……以弟之愚暗，于书所不能解者殆十之五，于诗亦十之一二”后，胡适说道：

二三十年后，新经学的成绩积聚的多了，也许可以稍稍减低那不可懂的部分，也许可以使几部重要的经典都翻译成人人可解的白话，充作一般成人的读物。

在今日妄谈读经，或提倡中小学读经，都是无知之谈，不值得通人的一笑。

在鲁迅、胡适、傅斯年这些于国学有深厚修养的学人看来，让小朋友读“经”是很荒唐的。提倡整理国故，终生从事中国文史研究的胡适，主要从事中国上古史研究并多所创获的傅斯年，并不是反对研究国学，反对研读经典、普及经典。这种批评，放在今天，也是极有见地的。

二、用历史的眼光看“国学”

即以汉语言为载体的所谓国学，也有一个不断变化、发展和丰富的过程；以此为载体的所谓传统文化，也有这样一个过程。比如，宋明理学，就吸收了佛学的内容，而经过中亚传入中国的佛学，也有一个中国化的过程——吸收了中国那时的传统文化而实现了“中国化”，变成了中国传统文化的一部分。吸收了佛学的中国传统儒学，又形成了新的传统，即所谓新儒学。再比如，在理学影响之下，妇女的离异或寡居再嫁，渐为社会所排斥。但至少在唐代还并不如此，所以朱熹对李唐王室出现的“丑闻”，概之以“唐源流出于夷狄，故闺门失礼之事，不以为异”。宋代的寡妇再醮也是常事。北宋名相范仲淹的母亲即曾改嫁。他在年谱中并不隐讳，将此事载入。清道光十六年（1836）进士及第的陆以湉读到此事，在其笔记《冷庐杂识》中即不禁大发议论："宋世士大夫家妇女再适者，不以为异，故范文正公年谱直书其母谢氏再适长山朱氏。今制崇尚贞节，妇人再醮者不得请封。雍正元年诏直省州县各建节孝祠，有司春秋致祭，所以励风教维廉耻者至矣，宜不复沿陋习也。"著名词人李清照，在其夫赵明诚死后，也曾改嫁，并因后夫反目，互相攻讦，可谓沸沸扬扬。对妇女如此不人道的苛求并予表彰，并不是中国文化中一以贯之的传统。

我们的文化在不断地吸收中发展着，我们的传统也在不断地变化着。我们据以"自信"的文化，究竟是指哪一时期、哪个部分呢？中国文化源远流长，从未中断。中国文化在不断变化的过程中，不断吸收着许多不同文化的菁华和因子。她是在不断吸收、不断充实、不断丰富、不断变化中，才得以存在并发展的。她的生命力也正在于此。开放、包容、吸收、融合的过程，历史上从不曾中断，现在不应该中断，将来也不会中断。开放、吸收、融合以及与时俱进，才是中国文化未曾中断、始终葆有鲜活生命力的重要原因，也正是我们文化自信之源。鲁迅在 1934 年就力倡"拿来主义"（《且介亭杂文》,《鲁迅全集》6）:

我们要拿来。我们要或使用，或存放，或毁灭。那么，主人是新主人，宅子也就会成为新宅子。然而首先要这人沉着、冷静、勇猛，有辨别，不自私。没有拿来的，人不能自成为新人，没有拿来的，文艺不能自成为新文艺。

要有开放的胸襟，要“拿来主义”。吸收得越充分，我们的文化才能越丰富、越健康，才能越有生命力。封闭的、静态的、单一的文化，终究会变成为标本，变成为死的文化。不能以自信为借口，拒斥对人类文明的吸收。

三、“国学”与“西学”

世纪之交，有种说法，叫作二十一世纪，是中国文化的世纪，大有中国文化一统天下之势。在经济迅速发展、国力强盛的今天，沾沾自喜的自满情绪更容易发酵。如果以文化自信为名，固步自封、自以为是，行文化傲慢之实，那实在是很愚惷的。

有些人想通过强调文化的特殊性，将我们的文化与世界区别开来。其实，普遍与特殊，正如“白马非马”——所谓普遍的，都是抽象出来的；所谓特殊，正是对普遍的反映。没有脱离开特殊的普遍，这正如拉出来的，都是白马、黑马、公马、母马，无法拉出“马”来。马，只是一个抽象出来的概念，因此它才具有普遍或普世性。这个普遍性，必须藉由特殊性来体现；没有特殊，普遍性就无从体现。从这个意义上，特殊的就是普遍的。各种文化，如中国文化、印度文化，东方文化、西方文化，都是“文化”的体现。我们无法拿出一种不具有特定内涵的纯粹的“文化”。因此，我们不能以特殊或特色为由，自外于人类文明。事实上，这是做不到的。胡适1935年就明确提出“充分世界化”（《独立评论》第142号《编辑后记》，《胡适全集》22）：

我是主张全盘西化的。但我同时指出，文化自有一种“惰性”，全盘西化的结果自然会有一种折衷的倾向。……现在的人说“折衷”，说“中国本位”，都是空谈。此时没有别的路可走，只有努力全盘接受这个新世界的新文明。全盘接受了，旧文化的“惰性”自然会使他成为一个折衷调和的中国本位新文化。如果我们自命作领袖的人也空谈折衷选择，结果只有抱残守缺而已。……我们不妨拼命走极端，文化的惰性自然会把我们拖向折衷调和上去的。

1961年，他在《怀念曾慕韩先生》（《胡适全集》19）中又说：

在三十年前，我对他的议论曾表示一点点怀疑：我嫌他过于颂扬中国传统文化了，可能替反动思想助威。我对他说，凡是极端国家主义的运动，总都含有守旧的成分，总不免在消极方面排斥外来文化，在积极方面拥护或辩护传统文化。所以我总觉得，凡提倡狭义的国家主义或狭义的民族主义的朋友们，都要得特别小心地戒律自己，偶不小心，就会给顽固分子加添武器了。

胡适的警告，放在今天，依然是有效的。我们在提倡国学、提出文化自信时，实在是要时刻警惕的，不要陷入国家主义、民粹主义的泥潭；不要将国学、文化自信，作为拒绝吸收人类优秀文化的堂皇的盾牌和借口。

文化有差异，生活方式更是千差万别。诸如生活习俗、节庆假日等，既不必作为自信的象征，也不必加以抵制。“人同此心，心同此理”，作为人类，既要看到不同文化下的异，也要看到作为人的同。充分的了解，才能“见怪不怪”、彼此理解，和而不同。曾几何时，一些年轻人喜欢过一些洋节，不少老人大惊失色；随着交往的增多，了解的深入，现在年轻人对洋节已可“淡然处之”了。回头看当年老人们的担忧，是不是有些杞人忧天呢？其实，我们今天视作自己固有的节日，有不少也是受了外来文化如佛教的影响而形成的呐。

提倡国学研究、文化自信，不是要从政治文化角度，重申“中学为体、西学为用”，以国学抵制西学。所谓西方的文明，也在这一百多年的中西交融中，不断浸润、“中国化”为我们现在文明的一部分。自由、平等、民主、法治等我们文化中原本较弱的因子，现已成为我们文明的一个有机的组成部分，成为我们新的传统。即以意识形态色彩甚为浓厚的马克思主义哲学而言，经过一百多年的传播、吸收，已大体实现或完成了它的“中国化”的历程，其合理的菁华的部分，也已经成为中国文化的一个有机的组成部分。可以说，在世界成为地球村的今天，在世界一体化的今天，在中国不断融入世界、世界文明不断被“中国化”的今天，“中学为体、西学为用”的中西对立的文明态式已经不复存在（如果存在对立，那也是政治对立，而不是文化对立）。所谓“文化自信”，是不言自明的。反观历史，我们没有理由不自信；立足当下，自信也是题中应有之义。

总之，文化自信，不是关起门来，孤芳自赏、自家喝彩；也不是为了证明我们的文化具有特殊性，甚至特殊到了比其他文化都要优越。真正的自信，是既能知道自己的不足，又能知道自己的长处。有了自信，才能包容，才能判别和吸收。研究国学，并不是为自信找理由，而是为了更清醒地了解自己，以便吸收新知。许多文化的差异，只是差异而已，并非优劣。年青人过个“洋节”，就要高叫传统文化沦丧了；翻译了几本书，就忧心忡忡，以为自己的阵地丧失了。这些，不正是没有自信的表现吗？

二〇一八年四月，改定于新都

原题作“用历史的眼光看国学”，刊《南方周末》2018—5—24副刊C25

访谈

《隋书》点校修订本出版座谈会上的发言

谢谢文史研究院、谢谢中华书局，为我们工作的结束，举办这么隆重的一个仪式。

吴玉贵先生感谢了所有支持我们工作的人。我要感谢吴老。没他带着我，我就没机会参加这项工作。谢谢吴老！

自从进了大学、进了历史系，我就在读中华书局的书。我女儿小时候看我书架上插着的大多数的书的书脊都写着“中华书局”，还好奇地问我，“你是不是跟这个单位有什么关系呀”。她的意思，我大概要么是入股了，是股东；要么就是被下蛊了，见着中华书局的书就买。从前读一些老前辈充满了感情，回忆某家出版社的出版物对自己终生的影响，还不太好理解；现在我就完全可以理解了。我是看着中华的书，一天天变老的，能没有感情吗？有机会为中华、为廿四史做些工作，用吴老的话说，真是“得

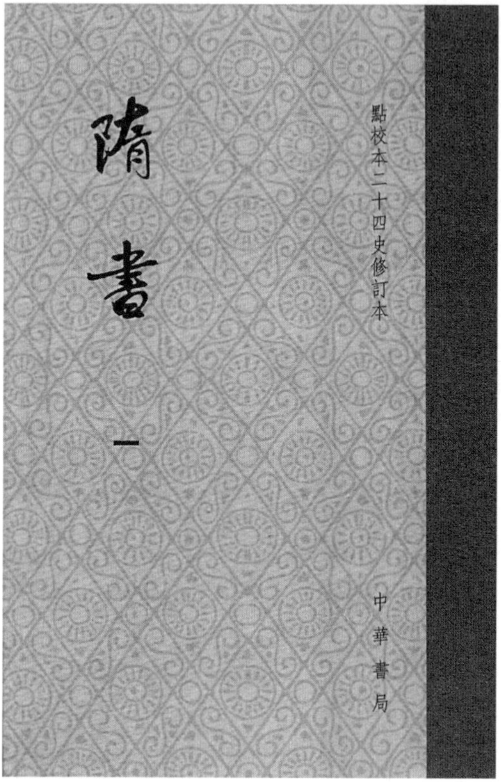

《隋书（修订本）》，吴玉贵、孟彦弘主持修订，中华书局，2019 年

附骥尾、与有荣焉”。

我对古籍整理很有兴趣，但从来没有真正做过这方面的工作。只看过猪跑，没吃过猪肉。批评别人的古籍整理的工作，就没有底气，说出的话也没有分量。这次不仅有机会实践，而且参加的是史部书中最重要、最基本的典籍，而且是极有学术声誉的中华书局点校本廿四史的修订工作。有了这样的经历，我今后再批评别人，就会更有底气了。这基本跟“国，我们也是出过几次的”一样有分量。

这次廿四史点校修订，徐总（俊）一直说，是升级版。我理解的升级，首先、也是最重要的，就是针对第一版的不足，进行弥补。上一版的不足，参与其事——应该说是主持其事的赵守俨先生说得就已经很清楚了，就是“择善而从”的问题。在版本校的过程中，选择自己认为对的那个版本的字，直接改了，不出校记、不告诉我们。这个字，用了这个版本，那个字又用了那个版本，这样，实际就形成了一个新的版本，造成了版本流传的混乱。以前流传的版本，在刊刻时一定是有底本的，也会据别的版本作些校勘，但一般都不会告诉我们他们用的是哪个版本、校改的是哪个字（汲古阁本《隋书》用宋本校过，还标了“雍本”即监本作某，但一是做得不全面不彻底，二是标注得也不彻底），所以现在我们得花很大工夫，通过比对，来确定版本流传的线索。现在，我们完全不应该再这样做了。但在“文革”的大背景下，“烦琐考证”是政治问题；

明知道不对，也仍旧得那么做。这是非常遗憾的。这次修订工作，能彻底弥补这个缺憾，我觉得就达到了点校修订的目的，就达到了“升级”的效果。

我们工作的大量精力，是花在了版本校上。以百衲本为底本，一个字一个字通校了宋代的两个刻本（我们称之为宋甲本、宋乙本）、元代的至顺本、明末的汲古阁本。参校了南北监本、殿本。百衲本的底本是元代大德本，但张元济在工作中，通校了清代的殿本；有异，即校北监本和汲古阁本。根据版本校和其他资料，张元济会依据自己的判断，加以描改（在没有出版百衲本校勘记以前，我们对他的描改知之甚少，除非将百衲本跟它的底本再作详细比勘），因此，我们也把北图藏的公文纸印大德本作为参校本（各家收藏的大德本的情况也非常复杂，有初刻与覆刻混杂的，又有搀入补刻的，尾崎康先生作过调查，可以参看其《正史宋元版之研究》），遇有跟百衲本不同处，也进行了比对。所有的版本校，都是我们俩人一个字一个字做的。这个力气活，使我们对各版本的各种情况，有了真切的了解。这对我们最后的判断——校还是不校、怎么校，大有好处。

通过这项工作，我们真切地认识到，古籍校勘，最关键的工作，就是版本校。前不久乔秀岩先生在《北大学报》上发表了篇文章，谈校勘。他的意思，校改都不用，校字记就够了。这个意见对不对，另说；但这涉及校勘的目的是什么。我们想，我们不作理论探讨，也不说得玄乎其玄，最朴实的想法，就是要通过校勘，给大家提供一个可靠的、方便得用的本子。要安个名字，就叫“学术普及本”吧。

所谓“学术普及本”，有两个含义。第一，不要指望有了这个本子，一本在手，其他本子就不必看了。不行。您该看、该核对古本，还得去核对。我们的工作，不是为了取代古本、也取代不了古本（我们不是校字记，不能全面反映各个版本的面貌。我们认为是错的字、没有价值或价值较小的异文，我们都不会出校勘记）。第二，不要把校勘跟研究搞混，校勘不能取代研究。研究者，是把书当作载体；校勘者只是要解决一部书在流传当中出现的问题。这个书，它写得对不对、准确不准确，不是我们要解决的问题，我们不管；我们只管它在流传中出现的问题，力图保持和恢复“书”的原貌，只讨论“书”、不讨论“事”。这也是研究者跟校勘者的分别所在。研究者，总想进一步，解决书的问题；校勘者只想、也只能解决书在流传中产生的问题。比如岑仲勉的《隋书求是》，读《隋书》、研究隋代史，这个书要经常翻，但是，我们校勘《隋书》，大部分条目，都不能用。这也是在工作中，我们跟审读专家经常产生分歧的地方。能改的、该改的，都改了，我们自己写书算了，还费劲校它干嘛呢。

版本校之外，最重要的，就是所谓的本校和他校。总结出这样的概念和术语，真是了不起，但是，也引起了很大的混乱。不是说，记载同一件事的文字，就都可以拿来校。我们特别注意到了“渊源关系”，即所谓史源的问题。比如，本纪和列传，在撰写时所依据的材料来源就不一样，作者没能做到、甚至没有想到，要彼此呼应，所以我们在作“本校”的时候，就注意不作过度校勘。

作他校时，我们也特别注意用以校勘的书，跟《隋书》的关系。最好是“母子关系”，取校的书就是抄的《隋书》，比如《隋书节要》就是摘录《隋书》，《职官分纪》就是抄的《隋书·百官志》，《北史·隋本纪》就是以《隋书·本纪》为蓝本。这就可以直接取校。而像《隋书》人物列传，是依据官方相关档案，而墓志，多半是依据家人掌握的情况。虽然是同一个人的生平资料，但是来源（史源）不同，校勘时就要格外小心。

其次，记载这个事的书，都是跟《隋书》出自同一个史源。用来校勘时，还要考虑到书的性质，比如类书如《册府元龟》与史著如《北史》《通鉴》就不一样，要考虑到史著的改写的因素。

同样是类书，《御览》标明引自“隋书”的四夷相关的内容，就不见得是《隋书》；《册府》没有标出处，但根据我们对它引用的魏晋南北朝的几种正史的了解，我们可以知道隋代的部分，它基本抄自《隋书》。拿《册府》来说，宋本是残本，明刻本的错字又相当多；没有其他材料佐证，我们基本不会单凭《册府》作依据，来校改某一个字。

我们努力把他校“恢复”成版本校，或者说，我们是从版本校的意义上，来使用他校的。我们用《北史》校《隋书》时，我们是认为编纂《北史》时所利用的《隋书》是唐初的《隋书》；用《通典》来校时，我们是认为杜佑看到的是唐代的《隋书》；用《册府》来校时，我们是把它看作北宋修《册府》时所使用的北宋版的《隋书》；用《通志》、用《通鉴》时，也是这样的逻辑。

作他校时，我们也十分注意版本。未经点校整理，我们就力求选用较好的版本，如《玉海》，我们就用了元刻本；有点校整理本，我们也都用了早期的刻本作了比勘，如《通典》《乐府诗集》，我们就都覆核了宋本（点校本，我们是视作该书的研究成果来使用的）。总之，我们在作本校和他校时，都努力区分用作校勘的材料的性质及其版本。

最后，我们还要注意，这是作者写作的错，还是流传过程中的错；如果是前者，我们也不能给人家校成对的。不强调史源，不强调各类不同的书的不同性质，不注意用以校勘的某书刊刻的特点，通过检索，用“合并同类项”的方式，胡校一气，那就把书弄乱了，是“校书而书亡”了。当然，我们做不到每一条、每个字都能弄清，但至少我们在工作中有这样一个清醒的认识。弄不清，我们就不校了，但不至于因为我们胡校，把书弄乱了。

《隋书》原来的校勘工作，是由汪绍楹先生和阴法鲁先生承担的。汪绍楹是老先生，解放后给中华做过不少古籍整理的工作，主要是句读，比如《太平广记》。旧版《隋书》在标点方面，句读的色彩比较浓——点的比较碎、句子比较短，句号用得比较多。阴先生是文学系出身，研究音乐史卓然成家。但阴先生那一代学汉语言文学的学者，有不少人都支持简化字，甚至支持文字拼音化。阴先生写过一篇谈古籍整理文字规范化的文章《关于古籍中有些混乱字体和避讳字的清理问题》，强调文字的规范化。古书在刊刻过程中，都会用那个时代的通用文字，进行“文字规范”。我们今天也在做。把异体字、古体字，都全部保留，那也不行（再说，古本俱在，可以覆按），但要是通通把这些字都规范成现在通行的正规的繁体字，也很麻烦。关键，就是“度”的把握。旧版《隋书》在这方面的工作，走得比较远，我们这次适当往回拉了一下。

我们做的是“点校修订”的工作，是对原来的点校进行修订。有了原来的点、原来的校，我们的工作省了好多事。这跟读白文、白手起家做，完全不可同日而语。所以我们很感谢、也很尊重原来的点校工作。这个本子，用了近半个世纪，在学术界，在读者眼中，有相当的权威性。虽然不能说是“定本”，大家实际上是把它当作定本来用的。有朋友知道我们承担点校修订工作后，总是在问，是不是把旧版的成果都作了充分吸收？我们明白，大家是担心，我们对旧版的成果吸收不到位，他们还得时不时再翻旧版。就《隋书》的校勘修订来说，我们可以请大家放心，我们绝对对原来的校勘记的成果作了充分的吸收，没有减少任何旧版的学术信息，特别是校勘记。原来有些校勘记，其实不是校勘，是说明性的，我是主张删去的，但开审稿会，徐总就说，虽然不属于校勘，但对读者是有帮助的嘛，干嘛要删呢——这可以说是修订工作的一项总的原则，“不错即不删”。我们基本就是这么做的。对原来的校勘记，我们是基本是“只做加法、不作减法”；加法，就是补充版本校的材料、补充书证。我们删掉的校勘记，基本都是因为失去了校勘点，才删去的。

在校勘工作中，吴老总提醒我，我们承担的是中华书局交办的工作，是委托项目（中华是东家，我们要尊重中华的意见。他们也确实有一些整体的考虑、有总的体例）；廿四史的点校修订工作很特别，不应该也不能太多显示个人的所谓独到之见，持论要稳妥。这个原则和立场，既表现在具体工作的技术处理上，也表现在一些判断上。比如，我们想，版本校可以说明了，就不必再引书证了；直接书证能说明了，就不必再引间接书证了。但修订办还是希望校勘记要丰满一些，多提供一些材料、多提供一些线索，可以方便读者。所以，我们就遵办了。原来要更骨感一些，现在就显得更丰满了；但是不是会略显臃肿呢？这还要再看看专家在使用中的感受。再比如，一些字的处理上。在最后的定稿阶段，我们经常说的一句话，就是“请修订办定”。当然，这都是一些“两可”之处，比如，出异文校，还是作校改；某处，究竟是出校勘记说明一下，还是根本就不必出呢；比如，一些措辞，是这么说，还是那么说呢。等等。这些地方，我们都是“请修订办定”。吴老常说，我们是给人家干活的；最后，还是要听东家的。作为像廿四史这样的基本典籍，在整理过程中，确实要注意，不要把个人的所谓 “独到之见”太多地带到工作中，这一点，我们觉得确实很重要。这不是一个展示个人魅力的舞台，而是反映学术界成果和共识的平台。是学术公器的集中反映。

《隋书》的点校修订，经过近十年的努力，总算是告一段落了。我们工作做得好不好、做得到不到家，都要请学界同仁在阅读、使用的过程中加以检验。吴老在接受《上海书评》的访谈中说，我们工作的态度很端正，也尽了全力，但“态度好不代表水平高”。一部正史，涵盖面非常之广，我们有自己的一些长处，但大部分都是短处；懂的少、不懂的多。工作中也总会有瞪眼犯糊涂、有“灯下黑”的地方。诚恳希望得到学界同仁的批评、指正，使《隋书》的点校工作越来越完善，点校修订本《隋书》越来越得用。

二〇一九年三月一日

关于《隋书》点校修订工作的访谈

1. 孟老师是如何接受《隋书》的点校修订任务的？能不能谈谈这个经过？

对于二十四史点校本的点校修订工作，中华书局一个总的原则是，原来点校本由哪个单位承担，此次修订仍然尽可能请哪个单位来继续承担。这样，工作有连续性，知识产权方面的问题也容易解决吧。《隋书》原来是由汪绍楹先生点校的，初稿完成后，汪先生不幸过世，阴法鲁先生作了覆校和改定。汪绍楹先生的生平，我们知道得很少，只知道解放后他在中华书局承担古籍整理的工作，像《太平广记》《艺文类聚》，就都是由他整理的。阴先生曾经在科学院历史所工作，后来到了北大中文系工作。中华书局一时找不到合适的人继续承担《隋书》的点校修订工作。吴玉贵先生原本是点校工作的审订委员，听到这个情况后，就承担了这一工作。承他提携，叫我也参加了进来，帮他做些工作。于是，我就跟着吴老师，一起做了近十年。

2. 可以描述一下您和吴玉贵先生的友谊吗？

我是1994年毕业分配到历史所工作的。我进的是社会史研究室，就是吴老师所在的研究室。从那时起，我们就一直共事。后来他出面组建我们所的“历史文献与史学史研究室”，我又跟着他到了这个室。后来院里强调研究马克思主义，每个所都要设这样的研究室，我们这个室就改名为马克思主义史学理论与史学史研究室，把“历史文献”给抠掉了。他长我十岁，是前辈。我在历史所，他给我的关照和提携最多。我常说，人跟人，跟狗跟狗一样，味对，才行。我们俩人的性格，反差其实挺大的，但是，味对。他开始挺烦我（现在仍有朋友拿这事逗我们），后来就很包容我了。我们老家有句俗语，叫“大盆扣小盆”，就是长者会容忍后生。吴老师很容忍我。人跟人能成为朋友，不是说对方没有缺点了，是人，就有缺点；而是说，对方的缺点，你可以接受了可以容忍了。有些人，单个看，都是挺好的人；但两个挺好的人，也许一辈子成不了朋友。我想，这就是味不对，彼此不能接受对方的缺点。我是一个很招人讨厌的人，嘴不好，好发议论，好品评人，总是挑别人的毛病，事儿特多。我虽然经常吹，讨厌我的人，人未必就讨厌；但我讨厌的人，都特招人讨厌，迄今尚无例外，但实际上，我才是挺讨厌的一个人。哈哈哈。吴老师长我十岁，在学术上，是前辈；在生活中，是老大哥。我这个人，有“老人缘”，比较容易招老人喜欢。

3. 在十年的工作上，吴老师有没有帮助到您的地方，或者在这个过程中在学术上启发引领您？

在工作中，吴老师对我帮助和提携当然非常多。在承担这项工作之前，他就已经做过文献整理和研究的工作，先后完成出版了《唐书辑校》《突厥第二汗国汉文史料编年辑考》。对历史文献整理非常有心得。我参加《隋书》点校工作以前，完全没有实际做过古籍整理的工作。在实际的点校工作中，承他指点了很多。如果没有他承担这项工作，并且叫上我一起参加，我大概不会有机会参与像廿四史这样重要的基础的典籍整理工作。

4. 你们在修订过程中，有意见相左的地方怎么办？有没有具体事例？

一人一个脑袋，一人一个想法。有不同意见，很正常。意见不一样，就沟通啊，反复说嘛。说得多了，相互影响，就自然往一起凑了，意见就渐趋一致了。我觉得，没有实质性的冲突吧。再说，中华书局有“修订办”，他们还聘请有专家，开了无数次会。还能有什么问题，经过这样充分的交流、沟通，仍旧是解决不了的呢，是吧。不可能。

5. 除了您二位之外，有没有其他人参与，比如组织学生做相关工作，以此来培养新人。年轻人愿意做古籍修订工作吗？

我们是研究所，招学生很少。让哪位研究人员招个学生，大概是领导的关怀吧。吴老师也是只招过一个硕士、一个博士，就退休了。“培养新人”，好像也不是我们俩考虑的事情，我们好像也缺乏这样的责任感。我们没那么重要。呵呵。年轻人愿意不愿意做古籍整理，我们还真是不太知道，因为接触年轻人比较少。我们接触多的，不是跟我们一样老的人，就是比我们还老的人。

6. 我听到荣新江老师说您是个“闲人”，您自己怎样看待这句话？

“闲人”是西北话，大概是指那些没有承担很多社会工作的人吧。我是无职、无衔、无课题、无活动；“闲人”，可谓知我者言。刚参加工作时，曾经跟着朋友，一起申请过国家社科基金的青年项目，但没被核准。此后就一直没再申请过国家项目。社会工作，我也几乎没有。我最辉煌的经历，就是当过一届两年的唐史学会理事，还是顶我们单位一位老前辈的缺。事情少，就闲嘛，就有时间做这种熬时间的工作。点校，就是磨，一遍遍磨，就是熬时间。熬得久了，磨得多了，就完成了。闲人最适合做这种事。

7. 最近半年您怎么都不大发微博了？

被禁言了。新浪微秘通知我，“禁言永久”。我都不知道我为什么被禁言。后来，又注册了一个小号，仍旧是实名。人长了嘴，除了吃饭，就是说话。总得说几句吧。不知道为什么有人总是怕人说话。

8. 请问您平时的作息是怎样的？揽下这项工作之后，如果有压力的话，如何纾解压力？

平常大概睡得比较晚，起得也比较晚。我们不坐班，我又是闲人，时间支配比较自由。校勘工作，还是修订，以前有基础，我们又不是白手起家，所以，没什么压力。就是要有耐心。好像有什么人说过，说一件工作，你投入一万个小时、还是一万五千个小时，你就能成为专家。有兴趣，能耐烦，一遍遍校、一遍遍磨，总能完成。校书的工作，一个字一个字对，一天就能看那么多，想快，也快不了。《隋书》是倒数第二部跟中华书局签约的，但《隋书》点校修订本的出版，是第八部。我们是“提前”完成任务，能有啥压力。最多，就是在某个阶段，工作比较紧张，比如最后的定稿，不能像平常那样，可以磨磨叽叽、慢慢来，要按时集中把问题解决掉。

9. 您这十年修订工作的时间规划是怎样的，平时的工作状态是什么样的，对您而言，这个工作有没有枯燥的地方？

古代史研究，因为没什么用，所以没有多少硬性的任务。不像人家研究两弹一星，或者涉及国计民生的学科，没人家那些项目，国家就完了。我们没这个问题。所以，可以比较从容地规划自己的研究工作。吃饱睡醒，就是这点事。不是对这个书，就是对那个书。这十年，除了应付“创新工程”的考核，我主要就是做这项工作，对《隋书》了。

对书、校勘，本来就是这样的一个工作。我虽然没有实际做过，但并不陌生。所以有思想准备。平常读书，也难免需要核查、比对，所以并不觉得枯燥。世上的事就是这样，你有兴趣，就觉得有意思。没兴趣，就会很枯燥。我有兴趣，而且是我主动要求参与这项工作的，所以，烦躁，倒是有；枯燥，好像还不太强烈。兴趣最重要。

10. 工作期间，您是如何与中华书局的人沟通的？

我在出版座谈会上说，我自从进大学、进了历史系，读得最多的书，就是中华书局出版的书。我说我是看着中华的书一天天变老的。有朋友打趣说我不会说话，难道就没看上海古籍的书？当然是看的了。当时确实也有不少是“中华书局上海编辑所”编的书，但书脊上印的也是“中华书局”。在那个场合，就是那么一说。学中国文史专业，解放后，还真是中华出的书比较多。所以，跟中华书局有感情，虽然跟中华书局工作的人一个也不认识。后来，认识了徐总，总是给人提意见。承担这项工作以后，认识中华的人就更多了，大家成了朋友。最重要的是，中华书局古籍编辑的业务能力都很强，并不是外行。他们站在编辑、出版的角度，能给我们提很多我们意识不到的问题。所以，沟通，没有问题。在工作中，吴老师也反复强调，这项工作是中华书局的委托项目，说白点，就是人家雇我们给人家干活，就是短工嘛。我们得听东家的，是吧。不能说，你雇个小时工，最后是什么事你都得听小时工的。那哪行，是吧。

11. 您如何理解校书工作是一件“为古人做嫁衣、为后人做嫁衣”的事情这句话？

这事，我没想过。我既不为古人，也不是为后人，是为我自己。自己有机会做，又喜欢做，就做了。我常说，像古代史这样的研究工作，其实不是给别人做，是给自己做。自己做得多，是自己的；做得好，也是自己的，跟别人没关系。在《隋书》点校修订的过程中，我们倒是一直努力想做得好一些。当然，正如吴老师在接受《上海书评》的访谈中说的，我们的态度是端正的，也是尽了力的，但态度好、尽了力，并不等于水平就高、做得就到位了。我们希望这项工作能做得好一点，不然，一把年纪了，在学界也混到快退休了，老叫人挑错、叫人批评，脸上也挂不住啊，是吧。吴老师总批评我，凡事，首先就是想到自己。这个批评很对。比如这个工作做得不好，影响了销路，我不想；我就想自己面子过得去才行。年纪越大，体面越重要。

12. 有人认为，古籍整理工作很简单，不过是校对文字，标点注解翻译，初通古文就能从事。您有没有遇到过这种误解？对于古籍整理工作还存在哪些误解？

我平时接触的，都是同行，不大会有这样的想法吧。再说，人家即使有这样的想法，大家都是朋友，也不会当我们的面直接这么说，是吧。除非就是想要专门恶心我们。至于是不是有人对古籍整理有误解，也许有吧，但我不太关心。历史专业本来就是一个让人觉得没什么用的专业，我也觉得没什么用。他们对古籍整理有没有误解，跟我没关系啊，我工资又不是他们给我发，所以我不大关心。如果说他们一误解，我工资就少了，那我就得好好跟他们解释解释、理论理论了。

13. 比较需要专业知识的“志”的修订，您或吴玉贵老师，有遇到哪些困难？请教过哪些专家？

中华书局聘请的有相关专家，都是学有专长的学者。他们会读他们专门研究的那部分内容，把读后的意见，交中华书局，修订办再转给我们。我们根据我们版本校的情况，来决定哪些采纳他们的意见。工作完成，修订办又会把稿件给相关专家审读，提出意见，供我们参考。所以，虽然修订主持署的是吴老师和我，其实，这里有好多人的心血。

14. 这次是否是严格地执行了“底本校勘”，有没有例外？有没有少量的“理校”？

我们这次工作，就是针对上一次工作的不足，进行弥补。最大的不足，就是上次的“择善而从”。这是“文革”期间，反对烦琐考证，把校勘这一学术工作，上升到了政治的高度，没人敢反对，所以明知不对，也无可奈何。我们这次修订，最主要就是要解决这个问题。所以，绝对做到了“改必出校”，没有例外。至于理校，几乎没有；即使有，我们也出了校勘记，作了说明和交待。我们的工作，就是通过校勘，给学术界提供一个可靠、得用的本子，为大家研究历史提供些方便。他校，我们也是从版本校的角度来进行的。比如，我们用《册府元龟》，是认为编《册府元龟》时看到的是北宋时的《隋书》；引《资治通鉴》，是说司马光等人看到那个版本的《隋书》；说《北史·隋本纪》主要抄的是《隋书·本纪》，那也说唐初人编《北史》时所看到的《隋书》。我们一直努力要把“他校”转化成“版本校”，以保证我们校的是《隋书》这部书。如果把记载同一件事的不同的书拿来校，那就把书校乱了，“校书而书亡”了。所谓理校，貌似很高明，有见识，其实要不得。不要说理校，我们觉得“本校”“他校”这样的提法，都容易引起误解，引起校勘的混乱。我不太主张用这样的概念，但我太笨，归纳、提炼水平太低，也没想出更好的概念或提法，只好跟着这么用，但我觉得，要警惕，不要胡校。

15. 您之前提到多年没有申请国家项目、没有社会活动，对于单位“一年一篇核心期刊论文”的考核，也勉强“应付”。为什么和其他忙碌的学者选择了不一样的路径？

不是不申请，是申请不上。我刚参加工作时申请过，被拒了。后来马齿日长，就不想申请了。严格说，不是“不想”，是“不敢”。这把年纪了，被拒，太难看了。实际这是逃避。至于活动，我也想参加，没人叫我啊。我有个同学，叫我去作个讲演，看我什么衔都没有，他都替我难过。贴个通知，白丁一个，领导也会问他，“你这是请的什么人啊”，没名没分，一看就是循私情、走后门。哈哈哈……说正经的，有的学者，东西有分量，影响很大，本来是可以活得很热闹的，但自己选择了过寂静的生活。我是不得已，没人理，只好悄悄在家呆着了。

16. 现在似乎古籍整理逐渐成为热潮，整理本出版的速度和数量都比较大，您怎么看这一现象？

有人愿意整理，出版社现在效益可能也好一些了，愿意出这些书，这是好事。至于质量，其实各行各业都有所谓质量问题。这个情况，我觉得还是让学术界来解决，就是通过书评、通过批评、通过挑错，来提高质量、保证质量。除了这个，大概也没有更好的办法吧。咱也不能不许人家整理，也不能行政命令不许人家出版，是吧。顺其自然吧。

17. 在修订的过程中有没有衍生出其他学术研究?

好像还真没有“衍生品”。在校书的时候，大概有点像庖丁解牛，我们注意到的，是一个一个的字。注意力其实不在内容。如果要深入研究内容，研究历史，那恐怕是另一码事，得再细细读书、慢慢思考，才行。当然，通过校书，我们对这部“书”本身如编纂、流传，相关的书与书之间的关系等有了更多更真切的了解。

18. 这个项目之后，你有其他什么研究计划?

研究计划，好像也谈不上。我们还有考核呢，一年发表一篇核心期刊，是清零式的考核。比如，我今发表了两篇、明年没有，那就不行，就得退出我们院的“创新工程”。像《隋书》点校修订本，是今年出版的吧，不算核心，不能算我完成了今年的考核。我们做了近十年，但不抵我们在本院规定的核心期刊中发表一篇三五千字的文章。所以，我应付这个考核，已经疲于奔命了，哪还想什么研究计划。我的“计划”，就是一年发一篇核心，完成考核。

19. 您退休后，最想做什么？

我除了发议论、骂人，就一无所长了。退休了，大概也只能是看看书、发发微博吧。别的不会干啊。百无一用，给家庭贡献约为零，给社会贡献，也约为零，就是自己乐了。入了一个自己喜欢的行当，做着自己喜欢的工作，比较高兴。

荐书

2016年荐读书录

关于新清史，并连带对民族、国家认同等讨论，是名副其实的史学热点。中国史的内亚因素，或游牧社会对中国史发展的影响，因此讨论而引起了大家的关注。这让像我这样习惯以中原王朝为中心来思考问题的人，能放宽眼界，站在游牧社会的角度，来审视、思考内亚因素的作用和影响，实在是件好事。我们不能以今天“中国”的概念来界定历史，如南北朝，谁代表“中国”呢？如辽宋金，谁又是“中国”的法统呢？我们既要从后往前看，又要从前往后讲。研究辽，就是指那个时期、它所控制的地域；研究宋，亦然。最好避免用某个时期或某个朝代的“中国”这样的概念或表述。学术研究，总要有些新角度、提出一些新问题。《上海书评》适时推出了一系列访谈，今年结集为《殊方未远：古代中国的疆域、民族与认同》，由中华书局出版。这对民族史、中国史的研究实在是大有裨益。

书中还涉及从周边看中国、对种族思维逻辑的批判等，这对我们反思当下的史学研究，颇具警醒作用。《上海书评》是份最好的书评报，没有之一。它为专深研究的学者与社会大众之间搭起了一个桥梁，是在介绍专家之学，是在引导民众阅读和思考，而不是像百家讲坛那样，用讲故事的方式，一味迎合大众口味。当然，万幸这个集子不是由《中国社会科学报》来编辑，否则义正辞严的大批判稿一定得选入。其实，改革开放已经三十多年，不能人进入了新时代、心还留在上世纪。不要总抱着被迫害的幻觉，把学术问题政治化。这部书的装帧、印刷也极好，真希望学术著作都能这样来印制。

“文革”结束之后，国家的号召如此清晰地折射到史学界，恐怕就是丝绸之路史研究之于“一带一路”了。借一带一路而进行的考察、举办的会议，用“不计其数”来形容，虽有夸张，却近写实。有关丝绸之路史的书很多，销路多半也不错。荣新江《丝绸之路与东西文化交流》去年由北京大学出版社出版，今年即重印。此书并非丝绸之路的通论性作品，但其中却有不少篇概观性的文字，如

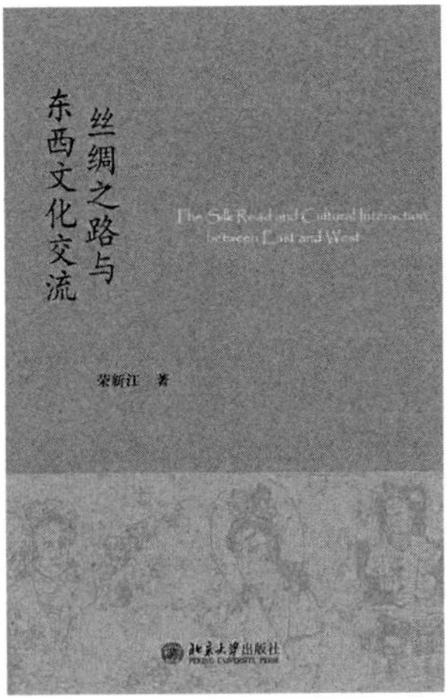

《丝绸之路与古代新疆》《波斯与中国：两种文化在唐朝的交融》《丝绸之路上的粟特商人与粟特文化》《西域：摩尼教最终的乐园》等，可读性都极强。作者长期浸淫于以丝绸之路为中心的中西交流史研究，故能有通观之见，而涉及的知识都是极准确的，且能反映学术界最新的成果。

近年凤凰出版社推出了“中国近现代稀见史料丛刊”，主要刊布一些流传不甚广的诗文集、书信、日记等，有的还是稿抄本。主持者虽谦称，也未必有多么稀见，但平常不易得阅，也是事实。今年出版的第四辑中，收入了刘承幹《嘉业堂藏书日记抄》，是据上海图书馆所藏的刘氏《求恕斋日记》稿本整理的。刘氏以遗民自居，溥仪曾赐他匾额曰“钦若嘉业”，故以嘉业名堂。常与往来的，多是清遗民，或精于板刻的学者，如杨钟羲、缪荃孙、张元济、叶昌炽、李审言、叶撰初、董康等。与罗振玉、王国维等，亦有交道。日记中常记有他们的住址。他们以消寒集、淞社、希社等名义，定期聚会。他宴客，则常常在田金凤家、林素馨家。

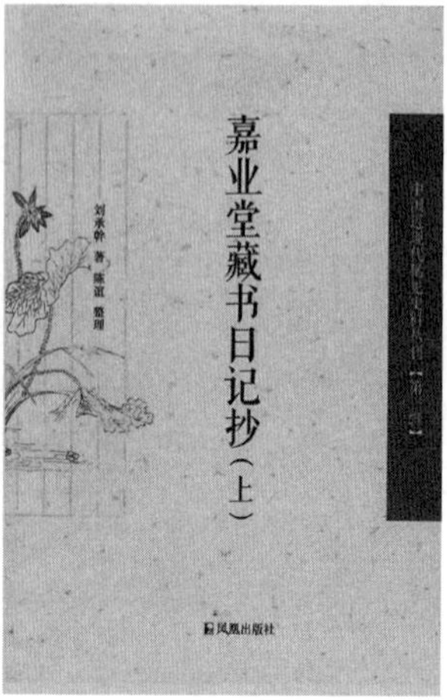

日记抄既以“藏书”名，内容当然多与书有关。如他曾阅杨守敬的藏书，“内有宋板经数千卷，为一大观，此外抄本书籍极多”。他很佩服缪荃孙的学问，“缪筱珊先生目录之学原原本本，为当代巨擘”。“缪筱珊先生屡为余言，刻书之事，全赖讨论，非一月两集不可”。与缪的交道也最多。缪荃孙为其鉴定何义门手批《津逮秘书》零种，还帮他估价、购买汲古阁刊元人集，当然也常介绍他购书、刻书等。嘉业堂在近现代的藏书、刻书都极有名。以藏书、刻书为业，这大概要算作绝响了吧。日记中讲到他的收书、刻书，透露了民国前半期古书聚散的线索和过程，如他曾购入天一阁的抄本、结一庐的藏书；还有翁方纲四库提要稿、宋会要辑稿的购藏过程；有他刊刻如《雪桥诗话》的过程。还顺带记有钞资（每叶三角）、刻工价（千字大洋两元贰角，当然像湖北陶子麟能影刻宋本，价格即不止此数）等。我们还可以看到他跟书商，如博古斋柳蓉村、蟫隐庐罗子经等打交道的情形。

刘承幹是唐长孺先生的舅公。唐先生 1929 年入大同大学文科。1930年正月十三日，唐往贺年，“知其于中国史学颇有根柢，年只二十岁，在上海大同学校肄业，而于国文程度甚高。据君实云廿四史已将看完。有此才华，余甚慰许，惜我家无此好学之子弟也”。七月十九日：“甥来谈至十二时，对于史学颇为用功。青年学生而于旧学钻研不倦，亦属凤毛麟角不可多得者也。”八月廿二日，唐来为大同大学健身房捐五十元而去。1931年十月初三日，“唐长孺甥来，与谈学堂情形。长孺颇聪明，惟喜言词曲，予以为小道，劝其从事经史之学。伊又喜与女学生交际，恐入歧途，殊可惜也”。1932年六月廿九日：“唐甥长孺来，伊今夏毕业于大同大学文科，欲托予函致张菊生，荐一商务馆编辑员，或在各图书馆内谋一位置。”1935年三月初六，“夜唐耕馀偕其子长孺来访，延入长谈至十时馀去。长孺素嗜史学，近在研究元史，在上海南市爱群女中学当教习”。不知何以此选抄，截止于1936年。如果编一人名索引，则更为有用。

2018年荐读书录

常常想给朋友们介绍一下自己一年里读过一些什么有趣的书，但发现很难。要介绍的，都应该是新书，但新书，我一般都不会在出版的当年就买。我总要“渗一渗”。这是作学生时养成的习惯。新书“渗”成旧书，才会打折；即使不打折，钱总在发毛，等到快脱销时再买，等于是打了折。书，总得放一放，才能知道好坏，即使自己没读，也在“放”的过程中，能得知它的口碑。如果“渗”了一两年、两三年，这书就不行了，显然不必买。这是穷学生的买书经，现在买书的钱是富裕了，但养成的买书习惯却总难改，而且似乎是年纪越大越难改。

不仅如此，现在喜欢翻的，又多是些“旧书”。比如，前不久我就随手翻了沙汀《睢水十年》《敌后七十五天》、梅志《往事如烟》、辛竹（金克木）的纪实文学《旧巢痕》和《难忘的影子》。可惜这些书都太“旧”了，显然不适合一年一度的分享——我倒是想建议，不妨开一“温故知新”的专栏，让老年人谈“旧书”。

马齿日长，似乎对“道理”越来越没有兴趣，对“事”的兴趣却与日俱增。回忆，给人不够真实的感受——有时很难分清，哪些是作者那时的感法，哪些是作者写作时的想法。当然，大的背景是不会错的。读这样的书，总是能帮助我们了解或体会那个时代。跟作了提炼和选择的回忆录相比，日记更真实，但是，也更琐碎。对日记主人公的身世、经历以及他或她的那个“圈子”等背景，如果没有比较多的了解，读起来容易如坠雾中，甚至被细节淹没而失去读下去的兴趣。抗战、西南联大，这是大家耳熟能详的；郑天挺在史学界又是鼎鼎大名，大学的历史系又多半会将他主编的《中国通史参考资料》列为参考书——有了这样丰富的背景知识，再加上电影《无问西东》的热映，《郑天挺西南联大日记》（中华书局）想不进入人们的视线都很难了。这部日记出版之后，根据它所写的文章，我看很快就要赶上这部日记的份量了。郑先生为人很老派，读日记，更能体会到他的忠厚。他早年丧偶，却未再续弦，也没有红颜知己之类的女朋友。在当时，这样的人实在不多，特别是像他这样有名望有地位的教授。我对周围“换了老婆”或表妹很多的朋友，都直白地表达了自己的羡慕忌妒恨，但对郑先生，我只有佩服。当然，我并不是主张丧妻便最好不续弦，或丧夫便只能不改嫁的道学家。人性，

总应该是第一位的。我只是很佩服郑先生。

写过日记或一直坚持写日记的人，都知道每天记日记，其实是件比较无聊的事。我常发怪论，不重要的人，就不要公开日记；人不重要、日记就不重要（这当然是谬论，有学者早就利用普通人的日记完成了博士论文）。其实，即使是重要的人，生活中也是平常日子多、重要日子少。郑先生也有这样的感慨，“近读《越缦堂日记》，觉余之日记大可废。时事不书，个人之胸臆感想不尽书，读书所得又别书，每日徒记起居行止，大无味也”（1940 年 6 月 27 日）。类似的感慨，邓之诚也发过。这从另一个方面倒是可以说明，每天写日记，即使动笔就想着将来要公之于世，想作伪或总说假话，也是挺难做到的。余英时先生不就从顾颉刚先生的日记中考索出了他的“私情”吗？周振鹤先生说，日记就应该是流水账，甚是。

我还想说一句，这部日记“编”得很好。一是作了必要的注释或校正（有的人名，据名册作了校正，我倒觉得不必；只需注出是某人即可。写日记时，用简称用同音字，是常有的事）；二是书末的索引编得极到位——人名索引是按日记的年月日编的，而不是按页码，这活儿干得非常地道。此外，还编了一个人名字号别称的对照表，也极为有用。这书即使有可供全文检索的电子版，这个对照表依然不能被完全取代。出版日记，工作都做到这个程度，我觉得才算是真正做到了家。随后出的《陈乃乾日记》，做得就没这么到位。

我喜欢读的另一部书，是本所前辈何龄修先生的《五库斋忆旧》（广州人民）。在编《孟心史学记》时，为稿件事，我常陪他到三联书店。每次到书店，总是蒙责编孙晓林、曾诚两位先生作东请饭。席间闲聊，何先生常常会说一些有趣的旧事。在他，只是为了让我们下饭；我们听了，却是眉飞色舞，大开眼界。于是，我们就屡屡怂恿他写出来。他大概是听进去了，时断时续，写了不少，交给了晓林先生。偶然跟小磊兄提及，他极感兴趣，于是就有了这本书的正式面世。惟一遗憾的是，何先生没有来得及看到他的这本书。小磊兄为此甚是耿耿。

书里讲的他的家世、他早年的遭遇，我都不甚了了；读了这本书，才有些了解。他谈史学界的事，特别是历史所的事，我多半听他说过。这虽然是他的回忆录，但他谈自己的事情，其实并不多，更没有借老师、借朋友之口来夸自己的内容（他曾跟我嘲笑过某位历史学家的回忆录，说读了之后，只记得此公说自己的老师如何夸自己聪明）。

这本书，实在可以反映他所经历的上个世纪五十至八十年代的史学界的一些侧面。我觉得这是很可贵的。我读过一些回忆录，始终围绕自己——自己说了什么、做了什么、发表了什么论著、得到了什么好评。论著俱在，实在不必在回忆录中再写一遍内容提要；贡献云云，也最好由学术史来评，自评也并不算数。读者其实是想通过你的回忆，了解你所处的那个时代，了解那个时代的人和事；至于你，三五百字，或者三五千字，也就交待清楚了，哪用得着连篇累牍写成本书呢。

今年中国社会科学出版社印行了黄宝生先生译注的《梵汉对勘 妙法莲华经》，有梵文，有他的今译和一些译注，有鸠摩罗什的译文。虽然完全不懂梵文，读读这样的对勘本，于我们了解佛典也是有益的。黄先生的梵汉佛典对勘译注，自 2011 年以来，已经出版了好几部。对佛教史有兴趣的朋友，不妨注意黄先生的工作。

原刊《南方周末》2019 — 1 — 8

引我走向专业学习的几部书

对自己发生过影响，或至今还在不断要读的书，对普通读者来说，大多太过专门了。专业研究者眼中的专业书，就像工人手中的工具，有时也很难区分出哪些更重要、哪些不太重要。况且，专业书对普通读者意义不大，而读该专业的学生，老师也都会开列，不必在报纸上求得这些知识。谈一下引起我读书或走向专业之路的兴趣的书，或许更有意义。丁肇中一次在北大讲演，学生问他，应具有怎样的素质才有可能成为优秀的物理学家；他略作沉吟，说“兴趣”。知之不如好之，好之不如乐之。无论做什么事，兴趣最重要；读书，尤其如此。

我读初中的时期，教我们《语文》的是一位从别的学校退休而被我们子弟学校聘来的老教师王振业。他那时大概已有七十岁上下了，讲课慢条斯理，极有趣。讲《史记·陈胜吴广列传》中“王侯将相宁有种乎”，用了龙生龙凤生凤老鼠生来会打洞的俗语，同学们在一片笑声中理解了这句话。也许是年纪大了的缘故吧，他为人极和蔼，从不像其他老师那样动辄便训斥甚至谩骂学生（刚从某中专毕业来校教我们化学的科任老师，张口闭口，指着同学说“你们这群猪”）。课余，我常到与学校一墙之隔的他的单身宿舍去玩，见他桌子上摊着《泽州府志》，竖着排印，很是奇怪。还见过他摊开念的中华书局版孟森《明清史讲义》和影印的《说文解字》。一次在县城新华书店，遇到他桌子上摆的那本《说文解字》，便买了下来。当然，是读不懂，也不知道该怎么用，但总向同学炫耀自己能认识有限的几个繁体字。

刚进大学，专业课开的很少，主要是外语、政治；算的上专业课的，是中国现代史。之所以要倒着教，是系里觉得我们一上来就学古代史，会听不懂、跟不上——至少要过古汉语和繁体字的关。这样一来，我对专业是两眼一抹黑，不知该读些什么书。第二学期，在学校的新华书店遇到吴小如、吴同宾编撰的《中国文史工具资料书举要》（中华书局，1985），就买

了回来。此后，不断胡翻，对一些文史工具书及其使用方法才多少有了些了解。后来开了中国古代史，沙知老师讲隋唐史时，时常请益，才开始慢慢购置一些专业书，《书目答问补正》（上海古籍，1983）就是这个时候买的。同时，沙师还推荐了更实用的陈高华、陈智超等编撰的《中国古代史史料学》（北京出版社，1983年）。日后的购书、翻书，基本就是以这三部书为线索。

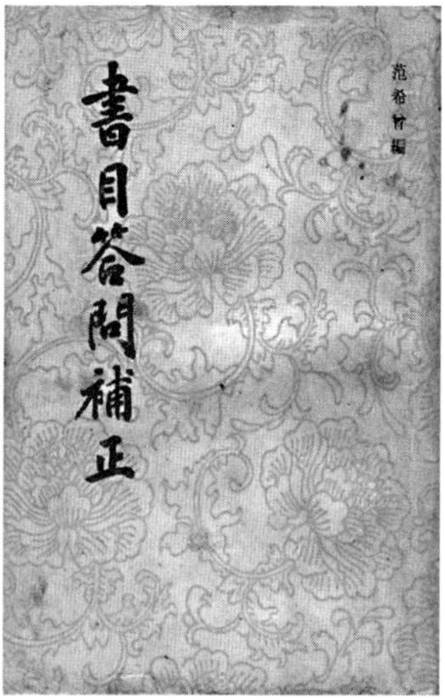

刚入学，要巩固专业思想，同时老师还提醒我们，如果对古代史有兴趣，就必须过古文关。如何过一关呢？一次教我们近代史的老师到宿舍聊天，谈到这一点，他建议我们读《左传》。当时杨伯俊的《春秋左传注》在北京一度脱销；我是在一个寒假到太原转乘时，在当地新华书店购得的。大学期间，从头到尾读过的古籍，一是这本《春秋左传注》，二是《资治通鉴》。沙老师建议通读《通鉴》；我问怎么读，他说像读小说那样，一字不落读，要作札记。可惜，我没有作过一篇札记，因为看不出问题，不会作。我们的中国古代史课是分段上的，是断代史的拼合。沙老师教隋唐史，建议我们在上各断代时，要将该断代正

史的《食货志》和《百官志》读一读，《地理志》要翻一翻。我倒是按他的要求这么做了，但并没有真正读懂。大学毕业的学位论文也没能自己找到题目，还是沙老师命题作文的。

上隋唐史课时，认真读过两本专业论著，即陈寅恪的《隋唐制度渊源略论稿》和《唐代政治史述论稿》（上海古籍，1982）。这两本书，读得实在费劲。沙老师极推崇陈寅恪；作为还未入门的学子，就更加崇拜。大三作学年论文，文体全学陈氏。当然，这是买椟还珠，只学会了形式，学了皮毛，没有能学到他分析问题的眼光。胡适就曾批评说，陈寅恪不会写文章。跟胡适比，他写文章的技巧确实要差一些。现在分析魏晋南北朝向隋唐的发展，分析隋及唐前期政治史的发展，仍然用的是陈氏的框架，虽然岑仲勉等先生一再驳斥。学术研究，破而不立，则破就不能真破。陈氏的理解和解说，确有不妥之处，但在新的解说、新的框架建立以前，仍然得用他的这套来讲。

读文史，离不开目录学。历史系何聪老师开过史部目录学的课，她还给学生发过自己编的油印的教学参考资料。现在能开这类课的历史系，大概也不会很多吧。她曾经给邓广铭先生作助手，编过宋人文集的目录。我对目录学的兴趣和知识，就是从她的课上得来的。多年以后，她远游海外，还托她在人大工作的女儿将她多年使用的余嘉锡《四库提要辨正》（科学出版社，1958）赐赠与我。《书目答问》是属于开书单性质的，所谓“应读何书，

书以何本为善”，这对我们了解中国古代典籍的基本面貌，非常有用。要作更全面的了解，就是《四库总目提要》，不仅有书的目录，还有各书的作者概况、内容的提要和价值的评定。对读中国古代史的学生来说，更实用的，是《中国古代史史料学》。这是各断代的专家编写的，介绍了各断代的主要史料及其史料价值，极便初学。当然，就目录学而言，姚名达的《中国目录学史》(商务印书馆，1957)、金毓黻的《中国史学史》（商务，1957）是入门的必读书，而进一步的深入研究，要则反复研读余嘉锡的《古书通例》和《目录学发微》。无论研究中国古代史的哪个断代、哪个问题，都离不开典籍；这些目录、提要性以及研究论著，就是根。

《历史文选》是历史系的基础课和必修课，但大家普遍极不重视。讲这门课的是王德元老师。那时他近六十

岁了吧，略带口音，慢条斯理，很有点像那时的一部电影《女大学生宿舍》里讲《诗经》的那位老师的样子。我比较爱听。有关文字学方面的工具书，大路货如《康熙字典》、较专门如《词诠》《经传释词》等，都是从他的课上听来去买的。我对文字学完全没有入门，但却很喜欢读有关文字考释的书，如杨树达的《积微居小学金石论丛》，直到现在也是我的消遣读物，虽然我并不知道他讲得对还是不对。

大学读过一篇最令人心潮澎湃的书，是沙老师推荐的顾颉刚《古史辨自序》，印在上海古籍刚刚重印的《古史辨》第一册上。前不久中华书局影印了《自序》的稿本。有人感慨现在人写的现代汉语的书面语远不及前人。我想，读了顾氏的《自序》就能深切地感受到了。这篇《自序》能唤起年轻人学习、研究历史的激情，最适合用作巩固专业思想之用，可惜推荐者并不多。

迄今我读过的历史普及读物，是林汉达编写的《东周列国故事新编》这是上初中时读的。家里怎么会有这个书，全无印象。直到现在，还能想起其中的几个故事，还能记起书中的插图。那时，小伙伴中有读《上下五千年》的，我也仿佛借着读过几页，但没能读下去，总觉得跟教科书差不多。

二〇一三年八月四日

原刊《南方周末》2019 — 5 — 16C24 阅读版

书外的话：关于拙作

承师友相助，北京大学出版社 2015 年给我印行了《出土文献与汉唐典制研究》。如果从读大学历史系算起，我学习历史已经三十年；如果从发表第一篇学术论文算起，研究中古史也有二十年的光景。这本书，正是我习史的一个小结。年届半百，方印得一册，我常跟师友戏谓，此乃"老米得子"，格外地敝帚自珍。所以，所谓书外的话，也一定会有更多的自我表扬乃至自我炫耀的成分。浅薄之处，是要请读者鉴谅的。

书中所收，内容较为庞杂，既有法制史，也有经济史；所用材料，既有简牍，也有敦吐文书，还涉及校勘、辑佚等传统文献的整理。所涉及的时代，则大体是汉唐之间。看这些东西，说得好听点，是比较博，没有枯守一个题目或一类材料；说不好听点，即所谓"鼫鼠五能，不成伎术"，漫无所归，没有围绕一个题目或在一个领域里深

《出土文献与汉唐典制研究》，孟彦弘著，北京大学出版社，2015年

耕细作，做系统研究。我的一位老师收到小书后，很关心我今后的研究工作，他问我今后做什么，是继续这么写单篇论文，还是选一个题目做研究呢。这么问，正反映了这本书的“无所守”。

但漫无所归，又多少反映了治学、研究的一些偶然性。比如，对简牍，自上世纪初西北简发现以后，就为学界所重视；自己虽然在读书时，也购买过诸如《居延汉简》《居延新简》等录文本，虽也翻阅过，但始终读不进去。北大历史系参加了长沙走马楼吴简的整理工作，蒙罗新兄盛谊，邀约在京同好读这批新材料，自己才渐有入门之感。长沙简的几篇文字，就是这么得来的。大学二年级，上中国通史的隋唐断代史课时，即随沙知先生读《通鉴》等。临近毕业时，沙先生正在整理敦煌契约文书，他一次骑自行车时，不慎摔倒，腿骨折，于是命我代他到北海的北图，按照他给的编号，冲洗相关敦煌文书的照片。拿着照片，自己也曾试着识读、录文，还在《敦煌遗书总目》上作一些标记。临近毕业，虽然也念了一些书，但却是“没有问题”，想不出什么题目，于是沙先生命我辑录敦煌文书中的写经题记。我在人大图书馆的库本阅览室一本本翻阅《敦煌宝藏》，并辑录出了有确切年代的题记（可以此为样本，判定抄写年代不明的经卷）。读研究生时，又到北大旁听过张广达和荣新江先生合开的敦吐文书课。工作后，又参加了荣新江先生主持的高昌三碑的读书班。尽管如此，我于敦吐文书始终未能一窥门径。直到参加整理天圣令，讨论有关驿传、过所等问题，才总算有兴趣、有勇气去读和使用一些文书材料了。读书、治学，总需要一些契机。大约有了这样的契机，才能逐步扩大自己的研究范围，否则很难读进去。现在有幸参加整理旅顺博物馆藏日本人所获新疆出土文书残卷的读书班，不时翻阅佛教经录以及汤用彤、吕澂等著作；虽仍是懵懂，但总算开始对佛典文献有了浓厚的兴趣。

研究，当然是深度最为重要。一位数学家曾言，研究中最难把握的就是质，即深度。有时作者自以为深刻的东西，别人看来不过是浅显的常识。从研究深度上说，小书所收大致可以分为三类。第一类，是像《秦汉法典体系的演变》这类文章，从律令的法律效应、所要处理的事类不分，律令篇章不固定，到律令分为两类法典、律令篇章大体固定，这一变化，大约生活在那个时代的人，也未必能意识到吧。第二类，是讨论一些争论已久的问题，解决起来是有些难度的。比如唐代的驿与传、馆与驿的分别，过所与公验的关系、过所的所谓正副本的问题，都不是将材料摆在那里，就能明白的。对吴简中的《吏民田家莂》所录田地的性质、竹简所见子弟的探讨，总力图把问题放在更大的背景下来讨论（前者，是置于汉晋间民屯的多种形式以及屯田的私有化的背景下；后者，是置于魏晋以户为役之制的形成中）。对这些新材料，总想避免仅仅利用传世材料，来对新材料进行猜谜式的简单对应或解说，而是努力以此为材料，来讨论历史问题。第三类，是功夫活或力气活，如查核《全唐文补编》中与《全唐文》重复的文章，点校本《博物志》与四库本的校对，等。但在查核、校对时，也会有些收获，比如校《隋书》，我才意识到所谓本校、他校，都要以史源相同为前提；强调“史源校”，就比泛泛谈本校、他校更为有用，也更为重要。

总的来说，我对文献比较感兴趣；对所思考、研究的问题，则喜欢选一些略具综合性的问题，纵向关注其前后变化，横向则想关照到与其他方面的联系，而不想一事一议、就事说事（其实，论集中也有这样就事说事的论文，如对财用钱的考证）。当然，联系要觅得桥梁，变化要探得转折。就史学研究而言，有人读书得间，擅长作对人有启发性的工作；有人对文献、对书有兴趣，擅长作扎实的史料收集、排比、考辨的工作。研究的选题，都要从兴趣出发，扬长避免；无论哪一类工作，都要本着“宁实毋虚、宁拙毋巧”，避免蹈空胡论。工作有没有价值、有多大意义，也许只要放到学术史中，才能得到检验。所以，作为研究者，不要把自己太当回事，对学问则不要太不当回事。

二〇一六年元月十五日

凤凰枝文丛

三升斋随笔	荣新江 著
八里桥畔论唐诗	薛天纬 著
跂予望之	刘跃进 著
潮打石城	程章灿 著
会心不远	高克勤 著
硬石岭曝言	王小盾 著
云鹿居漫笔	朱玉麒 著
老营房手记	孟宪实 著
读史杂评	孟彦弘 著
古典学术观澜集	刘　宁 著
龙沙论道集	刘　屹 著
春明卜邻集	史　睿 著
仰顾山房文稿	俞国林 著
马丁堂读书散记	姚崇新 著
远去的书香	苗怀明 著